SM



# Ordre des chapitres

| | | | | | | | |
|---|---|---|---|---|---|---|---|
| 47 | 56 | 43 | 38 | 45 | 54 | 61 | 64 |
| 42 | 39 | 46 | 55 | 60 | 63 | 36 | 53 |
| 57 | 48 | 41 | 44 | 37 | 34 | 31 | 62 |
| 40 | 27 | 50 | 59 | 32 | 29 | 52 | 35 |
| 49 | 58 | 25 | 28 | 51 | 22 | 33 | 30 |
| 26 | 9 | 12 | 15 | 24 | 5 | 18 | 21 |
| 11 | 14 | 7 | 2 | 19 | 16 | 23 | 4 |
| 8 | 1 | 10 | 13 | 6 | 3 | 20 | 17 |

## Ordre des chapitres

| | | | | | | | |
|---|---|---|---|---|---|---|---|
| 47 | 56 | 43 | 38 | 45 | 54 | 61 | 64 |
| 42 | 39 | 46 | 55 | 60 | 63 | 36 | 53 |
| 57 | 48 | 41 | 44 | 37 | 34 | 31 | 62 |
| 40 | 27 | 50 | 59 | 32 | 29 | 52 | 35 |
| 49 | 58 | 25 | 28 | 51 | 22 | 33 | 30 |
| 26 | 9 | 12 | 15 | 24 | 5 | 18 | 21 |
| 11 | 14 | 7 | 2 | 19 | 16 | 23 | 4 |
| 8 | 1 | 10 | 13 | 6 | 3 | 20 | 17 |

Plan du rez-de-chaussée des Bégonias

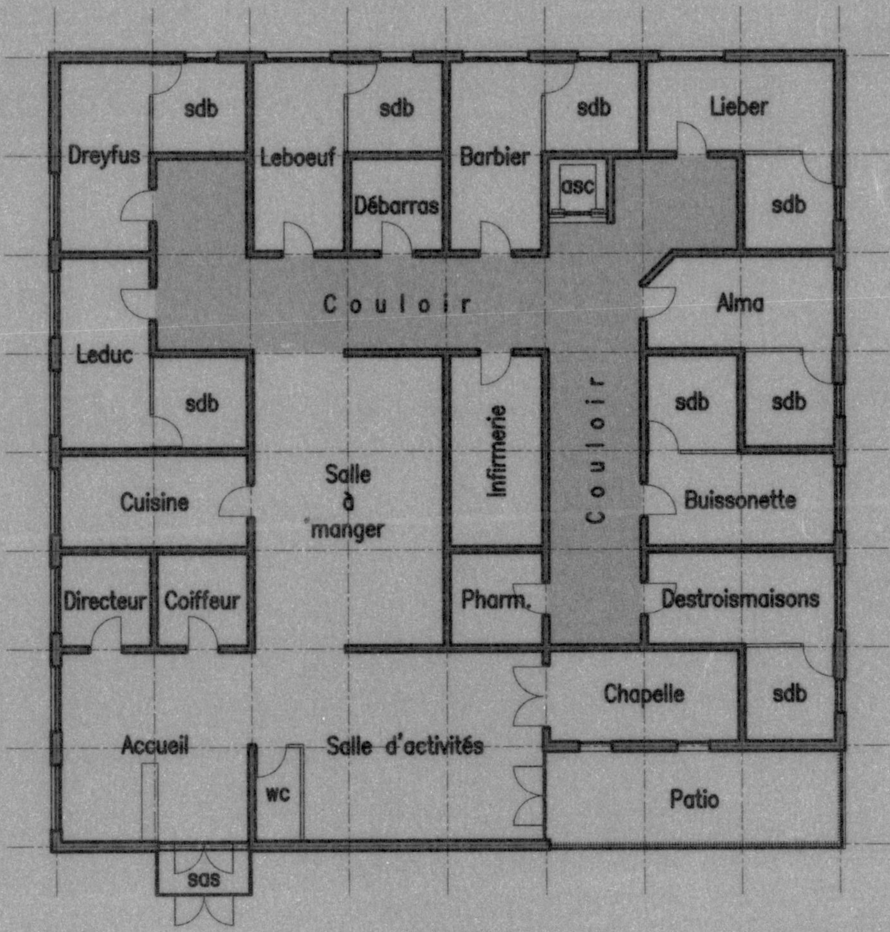

# PLAN DU REZ-DE-CHAUSSÉE DES BÉGONIAS

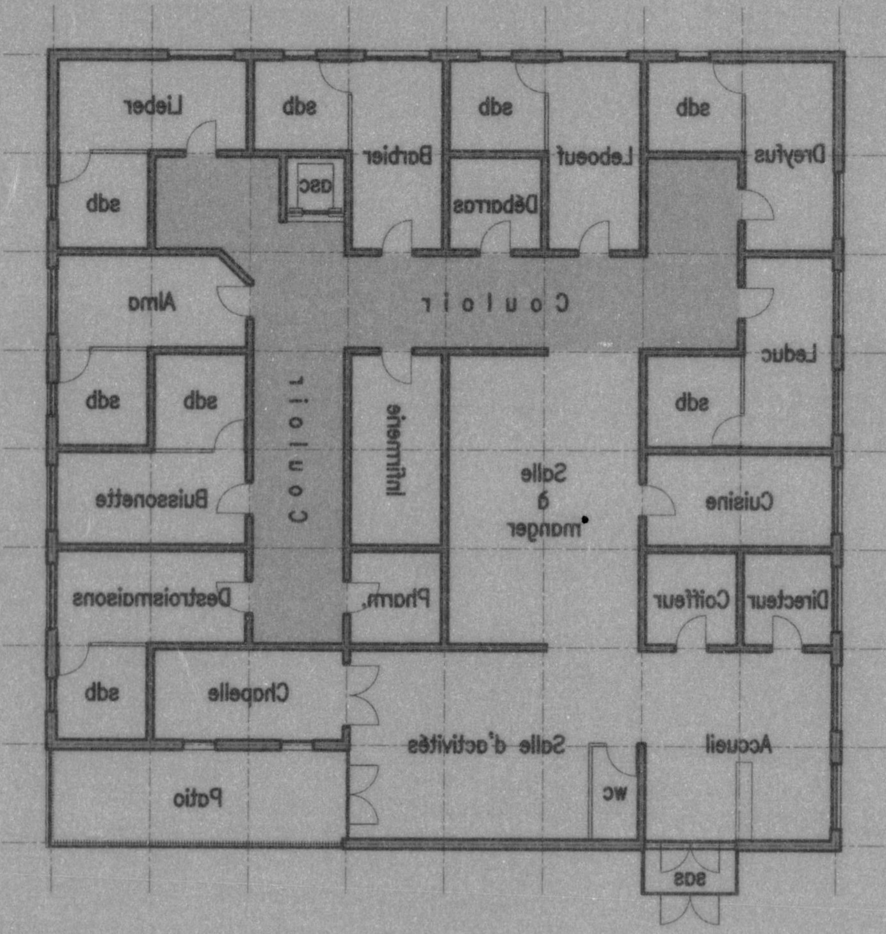

# Nous vieillirons ensemble

DU MÊME AUTEUR

Thornytorinx, *Belfond, 2005.*
*Prix du premier roman de Chambéry.*

Nous sommes cruels, *Stock, 2006.*

Camille de Peretti

# Nous vieillirons ensemble

*roman*



Stock

Ouvrage publié sous la direction
de Delphine Mozin

ISBN 978-2-234-06124-8

*À Baba*

*Au fond, je me donne des règles*
*pour être totalement libre.*

Georges Perec

# Première partie

*Nous sommes une matière qui épouse toujours*
*la forme du premier monde venu*

Robert Musil, *L'Homme sans qualités*

# CHAPITRE 1
## *À l'accueil, 1*
## *09 h 00*

Oui, cela pourrait commencer ainsi, ici, sur le paillasson de l'accueil. Lui porte un pull vert sombre, le col amidonné de sa chemise à carreaux bordeaux dépasse bien proprement. Un pantalon en velours à côtes, la raie au milieu, l'œil terne. En trente ans de mariage, elle a fait de lui un parfait Versaillais. C'est à cause d'elle qu'ils sont ici. C'est elle qui a voulu, la tenace, mais il n'y avait pas d'autre solution. À la maison, ça devenait vraiment impossible. Et maintenant qu'il a cédé, il voudrait un peu de tendresse. Qu'elle lui prenne la main par exemple, qu'ils forment un couple uni. Elle a peur qu'il se débine. Déjà, elle s'adresse à la jeune fille plate qui se tient derrière le comptoir en simili acajou. « Bonjour, mademoiselle, nous avons rendez-vous à 9 heures avec monsieur Drouin. » Elle parle fort, serrée dans son jean Stretch avec son petit twin-set pour se donner des airs de Jackie Kennedy. Le serre-tête, le collier de perles et le sac à main, tout est là. Elle pense : cette fois-ci, mon petit chéri, tu ne vas pas y couper, c'est moi qui te le dis. Elle le pense si fort ; il a l'impression que tout le monde peut l'entendre. Il a honte. Il ne sait pas quoi faire de ses bras. Il aimerait entendre sonner son téléphone portable pour pouvoir sortir et fumer une cigarette. Il a arrêté de fumer, il y a six mois. Et personne ne l'appelle jamais le dimanche. Sauf sa mère. Sa mère, elle ne sait plus se servir du téléphone. Il y a deux ans, elle était déjà presque aveugle, mais elle était bien encore, il était allé chez France Télécom pour lui acheter un appareil avec des touches énormes. Un téléphone « adapté aux personnes âgées. » Il avait enregistré les numéros importants en mémoire. Ça avait été toute une histoire pour lui expliquer qu'elle n'avait qu'à taper 1 pour les pompiers, 2 pour le docteur Cadieux et 3 pour lui, son fils chéri. C'est sûr, il aurait dû se mettre en numéro 1, car lorsqu'elle avait commencé à perdre la tête, elle appelait les pompiers trois fois par jour. La tumeur derrière l'œil droit était passée à l'œil gauche ; elle se cognait partout. Elle continuait à faire la cuisine et mangeait tout cru ou carbonisé. Elle n'avait jamais été un cordon-bleu, mais lorsqu'elle les recevait le dimanche, c'était pire que tout. Les rires de ses imbéciles de fils et le sourire en coin d'Aline commentaient chaque bouchée d'un « c'est pathétique ». Lui s'en fichait, c'était toujours mieux que ce qu'il s'apprêtait à lui faire vivre.

« Vous pouvez vous asseoir, monsieur Drouin va vous recevoir dans cinq minutes. »

Aline s'avance vers lui, elle sourit, compatissante. Fausse. Elle est ravie qu'ils soient là. Elle a gagné. Elle lui tend la main. Il n'a plus envie. Machinalement, il se laisse entraîner vers un canapé en cuir bleu. Elle jette un coup d'œil dans la salle qui s'ouvre sur la droite. « C'est joli ce petit salon. » Pas de réponse.

« Jean-François, tu rêves ?

– Non, non, je viens.

– C'est chaleureux ce jaune citron, tu ne trouves pas ?

– Non. »

Il a parlé trop vite, la main de sa femme glisse de la sienne. Ses talons aiguisés s'enfoncent dans le lino taupe moucheté de gris et son brushing se raidit. « Tu ne vas pas recommencer, tu as dit toi-même qu'il n'y avait pas d'autre solution. » Elle a parlé très bas, entre ses dents. Il est désolé. Il ne sait pas prendre une décision. Dans la vie privée il hésite, il balance. Pourtant, à l'usine il est plutôt un homme d'action. Il a toujours été comme cela. Même sa mère le lui reprochait.

Mais qui est-ce qui m'a collé une moule pareille ? Elle est exaspérée, Aline. Elle fait ça pour lui. Après tout, elle n'a pas à s'occuper d'une belle-mère qui n'a jamais pu l'encadrer. Rien n'était trop bien, rien n'était trop beau pour son fils polytechnicien. Alors bien sûr, quand le jeune directeur brillant de

Verreco avait épousé sa secrétaire, ça lui était resté en travers de la gorge à la vieille. Elle n'a que ce qu'elle mérite. La mère d'Aline va bien, Dieu merci, elle ne fait pas ses soixante-quinze ans. Elle est autonome, elle ne les appelle pas trente fois par jour. Jean-François lui dit toujours : « Tu ne ferais pas ça à ta mère », il ne se rend pas compte, le pauvre. Complètement aveugle. Enfin, depuis qu'elle s'est cassé le col du fémur, il a bien été obligé d'admettre que ce n'était plus tenable, déambulateur ou pas. Si encore elle avait sa tête, mais elle est sénile, la mauvaise. Non, ça n'est pas Aline qui va la plaindre. Après tous ces Noëls où elle lui a offert un parfum qui n'était pas le sien, c'est un juste retour des choses. Et comme elle la regardait méchamment lorsqu'elle demandait à inspecter les carnets de correspondance de ses petits-fils. « Eh bien, ça n'est pas brillant, vous n'avez pas le temps de les aider à faire leurs devoirs, Aline ? » Sous-entendu, tu ne travailles pas, mon fils t'entretient et tu es une mauvaise mère. Lors du redoublement de Nicolas, elle avait même insinué que le niveau d'études d'Aline était insuffisant, comme si les mauvaises notes c'était héréditaire, par la mère. Et lui, toujours à s'écraser, à la soutenir. Eh bien, qu'il s'en occupe ! Qu'il aille lui rendre visite tous les jours si ça lui chante. Le pire c'est qu'Aline se souvenait toujours de la date d'anniversaire de la morue et insistait pour qu'elle vienne en vacances avec eux. Au début du moins, quand elle croyait qu'elle finirait bien par se faire accepter. Et puis un jour, elle avait lâché l'affaire. Après un Noël où elle avait reçu un de ces éternels flacons qui finissaient en désodorisants dans leurs toilettes, un Noël ordinaire où sa belle-mère avait dépassé les bornes. Aline avait surpris une conversation dans la cuisine entre la mère et le fils. « Pourquoi nous a-t-elle placées l'une à côté de l'autre ? Nous n'avons pas élevé les cochons ensemble que je sache ? » Certes, les deux belles-mères ne sont pas du même monde, mais ce jour-là, Aline avait compris l'infranchissable. Ce que l'amour, la famille, la fête de la naissance du Christ, même pour une très bonne catholique, ne pourrait jamais changer. Il ne fallait pas toucher à la mère d'Aline. Sa mère à elle est bonne et drôle, peut-être un peu « nature », comme on dit. Qu'on la traite de secrétaire illettrée, passe encore, mais de quel droit cette vieille schnoque méprisait-elle sa mère ? Au moins, ses deux garçons ne sont pas dupes, c'est leur mamie de Nice qu'ils préfèrent, avec son accent des herbes folles et son rire du mistral. Et si elle perdait la tête comme la mère de Jean-François, eh bien ils aviseraient. Elle la prendrait chez elle, chez eux. Elle s'occuperait d'elle. C'est ce qu'il aurait voulu pour sa mère à lui. « Tu es à la maison, elle pourrait venir ici. » Il ne lui a dit qu'une fois. La semaine dernière. « C'est ta mère ou c'est moi », a-t-elle répondu. « On ne peut pas vivre sous le même toit, on n'a pas élevé les cochons ensemble. » Et paf, dans les dents ! Il est parti regarder la télévision. Le lendemain, il a proposé d'aller visiter les maisons de retraite de la banlieue parisienne.

Et ils sont là, à l'accueil des Bégonias, du papier peint jaune tout autour, et lui ne sachant pas s'il doit rester assis ou s'enfuir. L'hôtesse a disparu derrière son comptoir, il l'entend taper sur son clavier comme une petite souris mécanique. Sur le mur, face à la porte d'entrée, un grand panneau de bois coloré indique le programme d'animation de la semaine sur des plaques détachables.

Aujourd'hui : DIMANCHE 1er OCTOBRE Météo : Nuages

Programme d'animation

à partir de 15 heures
(sauf indication contraire)

| Lundi 25 septembre | Mardi 26 septembre | Mercredi 27 septembre | Jeudi 28 septembre |
|---|---|---|---|
| Animation santé | Dialoguons ensemble | Soins esthétiques à partir de 14h30 | Cinéma |
| Goûter | Goûter | Goûter | Goûter |
| Promenade dans le parc | Jeux divers | Atelier tricot | Bain relaxant |

| Vendredi 29 septembre | Samedi 30 septembre | Dimanche 1er octobre |
|---|---|---|
| Belote | Revue de presse | Coiffeur à partir de 10h30 |
| Goûter | Goûter | Goûter |
| Activités manuelles | Jeux de mémoire | Chansons |

Il avait promis, pourtant, à la mort de son père ; il lui avait dit : « Toi aussi, maman, tu mourras chez toi, avec la vue sur la tour Eiffel, ne t'inquiète pas, maman. » Peut-être qu'un poster ferait l'affaire. Il ne sait plus bien. Se rendrait-elle compte qu'elle ne se promènerait plus jamais sur le Champ-de-Mars ? Il a préparé une liste avec des questions pratiques. Ça l'a toujours sauvé dans la vie, le côté pratique des choses. Quand on fait face à un gros problème, il faut le diviser en petites solutions. Les résidents ont-ils le droit d'apporter leur décoration ? Ont-ils une ligne téléphonique personnelle ? Est-ce qu'ils peuvent garder leur médecin traitant ? Elle n'est pas si laide cette maison. Mieux que celle qu'ils ont visitée la veille en tout cas. Pour le prix, on pourrait s'attendre à du marbre et à des statues grecques. Mais bon, il ne faut pas être mesquin. Il espère vraiment que sa mère est assez sénile pour ne pas savoir, pour ne pas se sentir trahie et abandonnée. Car c'est bien de cela qu'il s'agit. Quelles que soient les formes que l'on y mette, simili acajou ou pas, il s'apprête à déposer la femme qui l'a mis au monde dans un mouroir de luxe ; et il va la laisser mourir seule. Si seulement Aline avait bien voulu. Son épouse ne travaille pas, mais elle est très occupée, et puis avec les deux garçons, ça n'est pas tous les jours facile. Nicolas qui a redoublé sa première et sa terminale leur a annoncé qu'il voulait faire médecine. Ils ne sont pas au bout de leurs peines. S'il continue à ce rythme-là, il sera interne à trente-deux ans.

« Ta mère et moi on n'a pas élevé les cochons ensemble. » Pourquoi donc lui a-t-elle dit cela ?

## Chapitre 2
*Salle d'activités, 1*
*09 h 15*

Elles sont trois. Chacune son fauteuil. Mme Alma, Mme Buissonette et Mme Barbier. Louise, Marthe et Jocelyne de leurs prénoms. Mais elles continuent à s'appeler « madame ». Trois petites vieilles. Il est 9 h 15. À 10 h 55, elles allumeront la télévision pour regarder la messe sur France 2. D'ici là, il faudra faire passer le temps. Dans ce salon – improprement appelé « salle d'activités », car les activités se déroulent presque toujours dans la salle à manger –, les murs sont d'un jaune plus clair que celui de l'accueil, quasi paille. Un téléviseur immense – il n'en existe pas de plus grand – et un lecteur DVD sont posés sur un meuble en verre et en aluminium. Ils contrastent avec le reste du mobilier qui se veut rustique. Deux canapés en cuir vert tilleul avec des armatures en imitation bois de merisier se font face.

Trois fauteuils assortis sont installés devant la télévision et trois autres encore dispersés dans la pièce de manière désordonnée. Une table basse ovale, sur laquelle sont éparpillées des revues spécialisées et les deux télécommandes – celle du téléviseur et celle du lecteur DVD –, occupe le centre de la pièce. Les résidents ne sont plus autorisés à se servir des boîtiers, depuis le jour où le son avait disparu. Il avait fallu attendre une semaine pour qu'un technicien, ami du directeur, se déplace. Une table carrée recouverte de feutrine pour jouer aux cartes et quatre chaises garnies de tissu fleuri complètent cet ameublement stérile. Trois plantes en plastique dans des pots avec de la vraie terre sont posées au pied des cloisons qui s'ouvrent sur l'accueil et la salle à manger. Sur la droite, en venant de l'accueil, les W-C du rez-de-chaussée forment un décrochement. Deux portes de dimension identique se découpent sur le mur du fond. La première, en bois sombre, permet d'accéder à la chapelle ; l'autre est une porte vitrée qui donne sur le patio.

Louise Alma est une femme de son temps. Née en 1912, elle faisait ses premiers pas au parc Monceau pendant que d'autres hommes se massacraient dans les tranchées. Elle a connu toutes les guerres, la Première et la Seconde, la guerre froide, la guerre d'Indochine et celle d'Algérie, la guerre de Corée, la guerre des Six Jours, la guerre du Kippour, la guerre du Viêtnam, la guerre du

Liban, la guerre Iran-Irak, celle des Malouines, la guerre du Golfe, la guerre en Yougoslavie, la guerre civile au Rwanda, la guerre en Irak et les guerres en Tchétchénie. Elle a connu trois Républiques françaises, et des gouvernements aussi éloignés que ceux du Front populaire et de Vichy. Avec son père et sa petite sœur, ils ont rejoint le général de Gaulle à Londres et c'est là qu'elle a rencontré son mari. De dix ans son aîné, René était un négociant en vins et spiritueux reconverti dans les explosifs. Leur fils Pierre est né à Brick Lane, alors que très loin, de l'autre côté de la mer, des hommes s'embrochaient sur le champ de bataille de Stalingrad. Le journal qu'elle ouvrait chaque matin au petit déjeuner lui a présenté les visages de Churchill, Hitler, Mussolini, Lénine et Staline, Roosevelt, Nasser, Gandhi, Kennedy et Martin Luther King, Mao Zedong, Margaret Thatcher, Yasser Arafat, Gorbatchev, Ceausescu, Helmut Kohl, Bill Clinton, Saddam Hussein, Nelson Mandela ou encore Slobodan Milosevic. De retour en France, René a repris ses activités dans les liqueurs ; les trente glorieuses leur souriaient. Leur vie était douce et prospère. Louise et les siens ont assisté aux élections de Pompidou, Giscard d'Estaing, Mitterrand et Chirac. Elle se souvient de toutes les révolutions, des trahisons, des secousses. Le krach de Wall Street, l'appel du 18 juin, l'horreur de la Shoah, Hiroshima et Nagasaki, la création de l'État d'Israël, la crise du canal de Suez. Pour fêter le traité de Rome et la constitution de la Communauté économique européenne, Louise et son mari avaient organisé un bal costumé. Tous étaient habillés en bleu de la tête aux pieds. Puis sont venus les voyages, René a pris sa retraite, ils ont visité les colonies devenues indépendantes. Elle se souvient des espoirs du Printemps de Prague, de l'angoisse de la crise des missiles de Cuba : rivée à son téléviseur, elle a crié de joie lorsqu'elle a vu les bateaux faire demi-tour. En mai 68, elle a assisté avec enthousiasme aux débats des étudiantes qui siégeaient au théâtre de l'Odéon. Il y a eu la sécheresse de 76, puis René est tombé malade, un cancer de la prostate, l'année du deuxième choc pétrolier. Un nuage du côté de Tchernobyl les menaçait. Puis sont venus le temps de la perestroïka, la chute du mur de Berlin et Tiananmen.

Mme Alma est arrivée aux Bégonias il y a un peu plus de dix ans, après l'accident. Dans un mois, elle aura quatre-vingt-treize ans. Sa petite-fille lui fera envoyer des fleurs avec une carte. Le fils de Louise est mort avec sa seconde épouse. Une explosion en plein vol. « Une erreur de pilotage » avait titré la presse. Sa petite-fille habite maintenant au Ghana. Elle a épousé un homme d'affaires qui travaille dans le caoutchouc et elle ne revient jamais en France. Elle prétend qu'elle a peur de prendre l'avion. Louise est la seule famille qui lui reste. Comme elle n'était pas le genre de grand-mère qui tricote des écharpes à ses petits-enfants, elles n'ont jamais été proches. C'est pour cela que Mme Alma s'est installée aux Bégonias, elle ne voulait être à la charge de personne. Après l'accident, elle a rassemblé ses bijoux et ses photographies et elle est partie. Sa bonne Édith a bien pleuré, mais Louise n'est pas une sentimentale. Toujours regarder la vérité en face. Elle avait besoin qu'on s'occupe d'elle et Édith n'était là que trois heures par jour. Son fils et sa belle-fille disparus en poussière de kérosène, elle n'avait plus personne à recevoir à déjeuner. Ses amis étaient tous décédés ou séniles. Elle souhaitait être entourée. Pour la première fois de sa vie. Dans le temps, son René lui suffisait.

Louise Alma a aimé son mari passionnément. Elle lui a consacré sa vie et il le lui a bien rendu. Une vie remplie de voyages, de bisque de homard et de tarte au citron. Elle a veillé à ce que leur fils ait une bonne éducation, à ce qu'il soit poli et travailleur. Elle lui a inculqué deux, trois principes, mais ça n'était pas son truc, la maternité. Plutôt du genre des amoureuses, plutôt belle femme. Son père lui disait : « Tu n'es pas aussi jolie que ta sœur, mais tu as de la classe, ma Louison. » Toujours très élégante, un peu bohème. Elle savait recevoir, arranger des bouquets de fleurs, et dire à ses ennemis comme à ses amis leurs quatre vérités. Indépendante disaient certains, égoïste pensaient les autres. Mme Alma s'est toujours pas mal fichue de ce que les gens pouvaient raconter derrière son dos. Elle ne regrette rien. René est au ciel, leur fils aussi, elle attend son tour. Sereine, lucide. Jamais eu peur. Pas même quand cet Allemand lui avait mis un couteau sous la gorge. Elle tient ça de son père. C'est lui qui lui a appris à conduire une automobile. Quand Louise le mentionne à Mme Buissonette, elle n'emploie jamais le mot « père », elle dit « papa ». Elle pense souvent à lui ces temps-ci. Elle se souvient du jour où elle est tombée de bicyclette et de son regard effrayé lorsqu'il l'a vue avec toutes ses écorchures. Comme il lui a paru fragile soudain, cet homme invincible. Louise ne s'est jamais fait de souci pour son fils. Peut-être ses remords après l'accident venaient-ils de là. Il était trop tard, bien sûr. Un grand vide s'était installé alors. Un grand frémissement d'avoir tout raté avec cet enfant déjà vieux pour qui elle n'avait jamais tremblé. Elle n'en a pas parlé à Mme Buissonette. Elle lui a juste confié que son fils et sa bru étaient morts dans un accident et qu'elle a une petite-fille à Tombouctou. Pour Louise Alma, le Ghana ou Tombouctou c'est la même chose, on n'a pas idée d'habiter un pays pareil.

Mme Buissonette a toujours admiré Mme Alma et, à bien y repenser, c'est pour elle qu'elle est ici. À soixante-dix-huit ans, elle était encore très autonome, mais elle avait eu comme un coup de foudre. Marthe s'est toujours occupée des autres. Femme de pasteur, mère de cinq enfants, elle a fait partie de toutes les associations, de toutes les bonnes œuvres et autres ventes de charité possibles et imaginables. C'est comme cela qu'elle a rencontré Louise Alma. À l'époque, elle faisait le tour des maisons de retraite pour emmener les fidèles au temple les mardis et les samedis. Elle a croisé Louise dans le hall d'accueil et, immédiatement, elle a été attirée par cette femme avec son polo Lacoste et ses colliers en ivoire. Du genre riante, Marthe a entamé la conversation, puis a annoncé d'une voix chantante : « Je reviendrai demain pour vous voir. » Toujours par monts et par vaux, Marthe se sentait pourtant seule, elle n'avait pas de véritable amie. Le lendemain, parée de son plus beau tailleur et d'une nouvelle paire de bas Nylon, elle a apporté des magazines. Et elle avait bien vu, car Louise Alma est folle de presse à scandale. Elles se faisaient la lecture tour à tour, ponctuant chacune de leurs phrases de commentaires passionnés. C'est comme cela qu'elles sont devenues amies, grâce au prince Charles et à Stéphanie de Monaco. Marthe venait deux fois par semaine au début, puis tous les jours. Pendant sept ans. Elle connaissait tout le monde aux Bégonias.

Quand Mme Turcot est décédée, une vieille muette retraitée des postes qui occupait la chambre juste à côté de celle de Mme Alma, Marthe a pris sa décision très vite. A-t-elle même réfléchi ? Elle a foncé jusqu'au bureau du directeur : « Monsieur Drouin, je vais occuper la chambre 3, avec votre permission. » Bien sûr il y avait une liste d'attente, mais cela lui paraissait une telle évidence. Elle habitait un petit appartement au rez-de-chaussée d'un immeuble moderne et menait une vie tranquille, réglée. Elle ne s'était jamais plainte de quoi que ce soit. Ses enfants n'ont pas compris cette soudaine lubie. Quand Marthe a une idée en tête, rien ne peut l'arrêter. Elle a fait ses comptes rapidement, demandé à son fils aîné de se charger de la vente de son deux pièces, et quand elle a signé la promesse de vente, ses rideaux vert sapin étaient accrochés aux fenêtres de la chambre 3 depuis belle lurette.

Un peu surprise, Mme Alma s'est cependant bien gardée de montrer ses sentiments. Peut-être Marthe a-t-elle été déçue. Non pas qu'elle s'attendît à de la reconnaissance, mais une manifestation quelconque de joie de la part de son amie lui aurait fait chaud au cœur. Tant pis, maintenant elle est là et elle est bien. Si cette imbécile de Mme Barbier ne les collait pas tout le temps, tout serait parfait. Que cette femme vulgaire ose adresser la parole à sa bonne amie la met hors d'elle. Une bureautière, une grosse laide avec un dentier qu'elle oublie de mettre une fois sur deux. Mme Buissonette l'a surnommée Barbier-sans-dentier. Une femme sans principes et sans retenue. Elle raconte des horreurs à qui veut bien les entendre. Qu'elle s'est fait « abuser » par son oncle quand elle était petite. Même si c'est vrai, ce sont des choses que l'on garde pour soi. Mme Alma a beau la défendre en disant que c'est une brave femme qui a beaucoup souffert, tatata, on ne la fait pas à Marthe. Une comédienne oui, une qui veut faire son intéressante devant des gens comme il faut. C'est bien joli de respecter tout le monde, mais une femme qui a passé sa vie à vendre des cigarettes derrière son comptoir en écoutant les élucubrations des poivrots de passage, excusez du peu. Pas étonnant qu'elle raconte des histoires de viols de mineurs, de père qui battait sa mère et toute la misère humaine qui va avec. Elle a de la matière. Les Bégonias sont un endroit bien fréquenté ; comme quoi on peut faire fortune avec un bureau de tabac, mais l'éducation ça ne s'achète pas.

« Vous n'avez pas froid ?

– Non, merci, mon petit, vous savez bien que je n'ai jamais froid.

– Eh ben moi, je peux lui prêter mon gilet à ma'ame Alma si elle a froid.

– Ah ! mais on ne vous demande rien à vous, madame Barbier. Puisqu'elle vous dit qu'elle n'a jamais froid.

– Désolée. »

Mme Barbier passe son temps à s'excuser. Elle sait bien que Mme Buissonette ne peut pas l'encadrer. Celle-là avec ses grands airs, elle ne trompe personne. Mme Barbier rumine de mauvaises pensées. Mme Alma c'est une vraie dame, ça oui ; pour l'autre, faut encore voir à voir. Déjà qu'on est dimanche et que c'est le jour des visites, faut pas lui gâcher son plaisir. Toujours à lui chercher des noises, la Buissonette. Si elle se laissait aller à dire ce qu'elle pense, Jocelyne lui en décocherait une ou deux qui la ferait se tenir tranquille. Enfin, devant Mme Alma, faut pas. C'est comme ça les dames, ça en impose.

« On devrait aller dans nos chambres.

– On n'y fera pas plus de choses qu'ici. »

Toute raidie sur son fauteuil tilleul, Jocelyne Barbier observe son ennemie. Elle a beau être femme de pasteur, c'est une mauvaise, la Buissonette, une vipère. Les culs-bénits, la charité chrétienne, faut pas lui en parler à Jocelyne. Toute sa vie elle a trimé, toute sa vie elle a pris des claques et à chaque fois qu'elle est tombée, elle s'est relevée toute seule. Alors qu'on vienne pas lui raconter des mensonges du bon Dieu qui protège les malheureux. Si elle regarde la messe à la télévision, c'est juste pour faire plaisir à Mme Alma, pour lui tenir compagnie. Et puis aussi parce qu'elle n'a rien d'autre à faire. Ça lui manque son bureau de tabac. Elle aurait pu tenir la caisse jusqu'à sa mort si son fils avait bien voulu, mais il disait qu'elle voyait plus clair et qu'elle se trompait pour rendre la monnaie. Un ingrat celui-là aussi. Jocelyne préfère ne pas y penser. Il défend son bout de gras, comme tout le monde. C'est sa belle-fille qui l'a remplacée. Une vraie guenon dressée sur ses escarpins pointus. « C'est pas ma faute si vous en voulez à la terre entière », lui a-t-elle dit, un jour. Comme si elle savait, elle, avec sa vie toute rose et un mari qui fait ses quatre volontés. Jocelyne a tout gardé pour elle. Trop de mauvaises pensées. Trop de tristesse. Les Bégonias en fin de compte, c'est pas plus mal. C'est chic, les infirmières sont gentilles, surtout la petite Isabelle qui fait les gardes de nuit. Elle reste à lui tenir la main quand Jocelyne a des mauvais rêves. Chaque nuit. Les pilules qu'ils vous donnent n'y changent rien. Celui qui inventera le médicament contre les cauchemars, il se fera un bon petit pactole. Isabelle dit que Jocelyne doit se libérer de ses démons. Ça pour sûr, Mme Barbier ne croit pas en Dieu, mais elle sait que le diable existe. Elle l'a rencontré plus d'une fois.

# Chapitre 3
## *Patio, 1*
## *09 h 30*

Le patio est un petit coin de jardin grillagé avec des buissons de houx et de buis, des troènes et des thuyas, bien alignés. La pelouse a été tondue de bonne heure ce matin. Entre deux allées bétonnées et trois bouleaux, ça sent bon l'automne. Il y a des petites fleurs jaunes et blanches, des bancs en plastique verts et une table près des lauriers où l'on installe un parasol quand il fait trop chaud, en été. Un if commun se dresse maladroitement contre le mur recouvert de lierre qui cache la voie ferrée.

Assise dans son fauteuil roulant, Nini attend. Hier soir au téléphone, Camille lui a dit : « À demain. » Comme elle a déjà annulé les deux dernières fois, il y a de fortes chances pour que, aujourd'hui, elle tienne sa promesse. Camille a bien tort de penser que Nini ne compte plus. Nini sait exactement quand sa petite chérie doit venir et quand elle n'est pas venue. Nini n'a plus ni sa tête ni ses jambes, sauf quand elle veut. Elle se fait trimballer d'un endroit à l'autre en fauteuil, mais si elle sonne et que personne ne rapplique, elle va se chercher son verre d'eau toute seule. Elle chancelle, elle avance.

Nini est une grande comédienne. Elle passe du coq à l'âne, elle divague, elle fume comme un pompier, elle tousse. On ne sait jamais quelle part de sa folie il faut prendre au sérieux. Nini énerve, elle est insupportable. Nini la vieille enfant a toujours été intenable ; depuis qu'elle vit aux Bégonias, c'est pire. Elle sonne pour un oui, pour un non, toujours à enguirlander les infirmières et à dire qu'elle va se plaindre à Camille. Elle claironne : « Ma filleule va m'apporter des cigarettes et des fleurs. » Et puis le vendredi soir ou même parfois le dimanche matin, Camille annule, alors Nini se tait. Quand les autres lui demandent pourquoi sa filleule qui a écrit un livre n'est pas là, elle se défend comme un tigre : « C'est pas ce dimanche-ci, c'est l'autre ! » Nini ne parle pas, elle hurle, elle piaille. Elle dit beaucoup de gros mots. Quand elle rit, elle crie si fort que l'on croirait qu'elle pleure. Quand elle pleure pour de bon, ses yeux font rouler deux grosses larmes d'alligator, elle ne sait pas s'arrêter. Nini aime rire et pleurer. Elle a encore tellement d'amour à donner. Camille et elle ont longtemps entretenu une correspondance, mais cela aussi est terminé. Nini écrivait des lettres où les mots s'alignaient dans le mauvais ordre. Des lettres d'amour. Aujourd'hui, ses mains tremblent trop pour tenir un stylo. Nini est illisible.

Les visites aux Bégonias sont une épreuve de force et Camille est faible. Avec Nini, elle avance à reculons. Elle passe la porte de la maison de retraite et sent sa gorge se serrer, elle se dit : « Juste une heure et après tu pourras retourner aux turpitudes de ta petite vie de pétasse parisienne, une heure pour acheter deux semaines de tranquillité. Un bouquet de tulipes ou d'hortensias, une cartouche de cigarettes ou des chocolats de supermarché pour ne pas te sentir coupable. » Camille ne reste jamais une heure entière, elle pense que Nini n'a plus la notion du temps. Mais Nini a un sablier d'amour greffé dans le cœur, et il indique toujours que c'est trop court.

« Oh merci, j'adore les fleurs !

– Je sais. Bonjour, Ninotchka.

– Tu m'as apporté mes cigarettes ?

– Oui.

– Donne-moi une des tiennes d'abord. Y a qu'ici qu'ils nous permettent de fumer ces crevards.

– Bonjour, madame Lieber, une, deux, beau temps pour hisser les voiles.

– Bonjour, capitaine. Vous connaissez ma filleule, Camille. Elle est écrivain, elle est passée à la télé.

– Voilà. Une, deux, trois, quatre. Voilà. Je n'ai pas le temps, j'ai des ordres à donner en cuisine. Madame, mademoiselle. »

Le vieux en T-shirt marin rayé soulève sa casquette d'un petit mouvement très courtois et tourne les talons sans autre forme de procès.

« Il est toujours amoureux de toi ?

– Oui, enfin ces temps-ci il m'emmerde.

– Nini !

– Je dis ce que je veux, merde ! »

Camille aime bien le capitaine Dreyfus. Toujours prêt pour le grand départ. Il passe ses journées à hisser les voiles et à donner des directives à bâbord qu'il annule à tribord deux minutes plus tard. Le médecin des Bégonias a diagnostiqué une démence fronto-temporale. Un inoffensif en tout cas. Il dirige la maison comme un navire de croisière. Le capitaine Dreyfus n'a jamais mis les pieds sur un bateau, sauf peut-être un bateau-mouche. C'est un Parisien qui n'a, de sa vie, quitté sa quincaillerie de la rue Mouffetard. En réalité, il ne s'appelle pas Dreyfus, son véritable nom c'est Picard. Il ignore ceux qui s'adressent à lui de cette façon, et il a fallu changer l'étiquette de la porte de sa chambre ; il ne voulait pas y mettre les pieds tant que l'on n'y avait pas inscrit : « Capitaine Dreyfus. Commandant de bord ». Ils sont conciliants aux Bégonias. Ce qui étonne le plus Camille, c'est que Nini, qui fait tout à l'envers et n'écoute personne, appelle M. Picard « capitaine » et obéit à ses ordres. Cela dépasse l'entendement.

Il est vrai que Nini a elle-même son grain de folie, mais Mme Buissonette, Mme Alma et les autres résidents qui ont toute leur tête jouent également le jeu. Il faut les voir quitter le « pont » – comprenez le patio –, quand le capitaine a décrété qu'il était trop dangereux de rester là, même par une belle après-midi en plein mois d'août.

Elles sont seules. Camille s'est assise sur un banc. Elle est perdue dans ses pensées. Elle refuse la maladie de celle qui l'emmenait au restaurant quand elle était petite fille. À l'époque, Nini riait très fort et tapait sur la table dans son délire, toutes les fourchettes tremblaient et le cendrier se renversait, les gens cessaient de parler pour assister à sa démesure. Camille n'avait pas honte alors, elle chuchotait en souriant : « Ninotchka, arrête ! Tout le monde nous regarde. » C'était bien, ce sont de bons souvenirs.

Nini secoue les branchettes dépouillées du rhododendron pour attirer son attention.

« On va dans ma chambre ?

– On est bien là, et puis tu n'as pas terminé ta cigarette.

– J'ai soif.

– Tu veux que j'aille te chercher un verre d'eau ?

– Non, je veux un coca light.

– Très bien, attends-moi là.

– Non, je veux venir avec toi, pousse mon fauteuil ! J'ai froid.

– C’est sûr, tu n’as même pas mis de manteau. ».

Aujourd’hui, Camille a vingt-cinq ans et elle culpabilise. Voilà bientôt dix ans qu’elle se reproche de ne pas s’occuper de cette bonne fée qui a besoin d’amour, de cette femme qui lui a tant donné. Nini lui fait peur, la vieillesse et la maladie lui font peur. En vérité, seul son égoïsme l’effraie. Elle trouve des prétextes, elle a du travail, elle a des choses à faire, c’est trop loin, il y a des embouteillages, sa voiture est en réparation, elle doit aider sa sœur. N’importe quoi. La dernière fois qu’elles sont allées au restaurant, c’était atroce. Nini mangeait si salement, c’était à vomir. À présent, tout chez Nini dégoûte Camille. Ses poils au menton, ses ongles longs et jaunis, sales. Ses vieux Kleenex qu’elle garde sur ses genoux et dans lesquels elle crache et se mouche tour à tour. Le spectacle d’un monstre marin vociférant ses dernières insultes, des bouts de riz cantonais entre les dents. Camille s’en veut, alors Camille est agressive, elle passe son temps à engueuler Nini. « Arrête de geindre, tu ne trompes personne, écoute-moi quand je te parle, si tu continues ton cinéma je ne reviens pas te voir avant l’année prochaine, termine au moins ta cigarette, sinon dans deux secondes tu en allumes une autre. » Et puis elle repart, le cœur brisé. Elle se dit que tout est fini, qu’elles ne partagent plus rien, qu’elle n’a pas été gentille, qu’elle n’est pas restée assez longtemps. Ingrate.

« Oh regarde les moineaux ! Petits, petits, petits.

– Ce ne sont pas des moineaux, ce sont des pigeons, Ninotchka.

– Maman avait une broche en diamants avec une hirondelle. C'est papa qui lui avait offerte, elle l'avait mise pour aller voir le général de Gaulle, je t'ai montré la photo ?

– Et si on y allait à pied ?

– Au distributeur ? Non, je veux aller dans ma chambre. Pousse mon fauteuil.

– Tu me fatigues, Nini. Je suis là depuis cinq minutes et déjà tu me fatigues.

– Ah ! Tu m'emmerdes. Je suis maniaco-dépressive, tu peux comprendre ça, madame je-sais-tout ? Donne-moi une clope. Une des miennes, elle est dégueulasse celle-là. »

Le dragon a rejeté la petite cigarette blanche à moitié consumée dans les fleurs jaunes. Camille soupire, le bruit d'un train se rapproche.

# Chapitre 4
## *Chambre de la Baronne, 1*
## *09 h 45*

Geneviève Destroismaisons n'est pas Baronne, mais avec un nom pareil, il fallait bien lui trouver un surnom. C'est la plus jeune résidente de cette maison de retraite. Lorsqu'elle et son mari sont venus visiter les Bégonias, M. Drouin a cru qu'ils venaient placer un parent. Les ecchymoses sur les mains de la femme l'ont mis sur la voie. À soixante ans, Geneviève était encore très belle. Grande, blonde et les yeux rêveurs. Les yeux dans le vide. À côté d'elle, son mari faisait l'effet d'un hérisson hypermétrope.

« Cet établissement n'est pas adapté aux malades d'Alzheimer, monsieur Destroismaisons.

– Oui, je sais bien, monsieur le directeur, mais en attendant, je veux dire, quand ça deviendra plus grave, quand on ne pourra plus faire autrement. Nous habitons à deux rues d'ici, vous comprenez ? Et ce serait tellement bien, je veux dire tellement pratique. Monsieur Drouin, s'il vous plaît. Je ne peux plus la garder chez nous, elle me bat, elle se fait mal, j'ai peur pour un mauvais coup, je veux dire pas de ma part, mais quand je l'empêche. Elle se fait ça toute seule, vous pouvez me croire. Et puis elle tombe aussi. L'autre jour, elle s'est pris les pieds dans le tapis. C'est pour ça qu'elle doit venir ici. Tous ces bleus, ça me fait tellement mal au cœur, elle a des crises, elle ne me reconnaît plus. Pas souvent, bien sûr... Oh ! quand ça arrive, je ne sais pas quoi faire, et puis si vous la prenez, je viendrai tous les jours et je m'occuperai d'elle. S'il vous plaît, c'est juste en attendant. »

C'était absurde, mais Philippe Drouin avait cédé. Le mari semblait si terrifié. Après tout, le capitaine Dreyfus n'a plus toute sa tête. Si les crises de cette femme se révélaient trop violentes, ils aviseraient. Le directeur rêve d'un monde paisible où les vieux mourraient chez eux entourés de leurs enfants. Il fait tout pour que les Bégonias ressemblent à une maison de famille. La nuit, Mme Destroismaisons est attachée aux barreaux de son lit et parfois elle hurle à la mort. Puis les médicaments font leur effet. Oui, une pension de famille avec des murs pastel et un vieux piano.

Debout dans la salle de bains de la chambre 1, Alphonse Destroismaisons, le vieil amoureux, passe de la crème sur les joues de sa Geneviève.

C'est une salle de bains type, aux normes, comme on en trouve dans toutes les maisons de retraite. Entièrement carrelée de blanc, avec une douche de plain-pied, un fauteuil en plastique dans le coin, sous la robinetterie, pour asseoir les malades lorsqu'on les lave. Ceux qui se douchent debout s'agrippent à une barre d'appui. Sur un rebord en faïence, on a posé une bouteille de savon liquide, un gant de toilette et une pierre ponce. Le tube lui glisse des mains. Geneviève assiste impassible à la chute. Elle se laisse faire. Elle est calme. Sa peau est douce. C'est important pour lui qu'elle reste belle, qu'elle soit maquillée. Les produits de beauté, les laits, les trousses de maquillage parfois, sont disposés sur une petite étagère au-dessus du lavabo ou dans l'armoire à pharmacie fixée au mur. La trousse de Mme Destroismaisons est en plastique imprimé léopard. Elle l'emportait lors de leurs escapades en amoureux dans des Relais et Châteaux en bord de mer. À la vue de cet objet familier, M. Destroismaisons se plaît à croire que sa femme fait juste un petit séjour à l'hôtel. Un hôtel pour aller mieux. Il lui met du bleu sur les yeux. Les yeux perdus de celle qui ne le reconnaît pas toujours. Elle qui était si coquette. Il l'a habillée d'un pantalon et d'un gilet de coton blanc. Un foulard à fleurs noué avec une broche dorée cache son cou émacié. « Ne bouge pas, ma belle, sinon je dois tout recommencer. » Il ne se débrouille pas trop mal. Le plus difficile, c'est pour le rouge à lèvres. « Ouvre un peu la bouche. Oui, c'est bien, ma chérie. » Corail, c'est beau comme couleur. Il prend un Kleenex, il essuie aux commissures. « Je t'aime. » Une petite fourmi solitaire longe les interstices du carrelage. Un silence aigre les enveloppe. Elle ne lui a pas toujours été fidèle. Mais aujourd'hui il est là, il est le seul. Il lui caresse les cheveux tout doucement.

« C'est ton jour de coiffeur. À quelle heure est ton rendez-vous ?

– À 3 heures.

– À 11 heures, ma chérie. Tu as des fourches, on va le lui dire.

– Oui.

– J'ai eu François au téléphone, il t'embrasse. Tu as soif ? Tu n'as pas fini ton thé.

– Non. »

Alphonse Destroismaisons se redresse et prend, avec une douceur infinie, la tasse en plastique des mains crispées de sa femme. Il la vide dans le lavabo. Sur le mur, à droite du miroir, une liste photocopiée avec des annotations au feutre bleu est retenue par un morceau de Scotch.

| Mme Destroismaisons | | Chambre 1 |
|---|---|---|
| **Nature du vêtement** | **Quantité** | **Observations éventuelles** |
| Manteau | 1 | |
| T-Shirt | 1 | |
| Nappe | 4 | non marquées |
| Foulard | 9 | |
| Mouchoir | 17 | |
| Set de table | 2 | non marqués |
| Soutien-gorge | 5 | |
| Culotte | 11 | |
| Torchon | 2 | non marqués |
| Gilet | 5 | manque un bouton au gris foncé |
| Chemise de nuit | 6 | |
| Robe de chambre | 3 | manque la ceinture de la bleue |
| Robe | 16 | |
| Gant de toilette | 4 | |
| Serviette de table | 13 | |
| Combinaison | 4 | |
| Bas | 6 | non marqués |

« Il m'a dit de t'embrasser. Il ne peut pas venir aujourd'hui, mais il pense à toi. Et les petits aussi.

– Oui, à 11 heures.

– À 11 heures, ma chérie. »

# Chapitre 5
## *Couloir, 1*
## *10 h 00*

Dans le couloir bicolore, une infirmière s'avance. Les murs ont été peints en gris anthracite à mi-hauteur pour camoufler les traces noirâtres laissées par les roues des fauteuils. Le reste du mur s'étale en beige clair jusqu'au plafond blanc. Une barre d'appui longe le mur de droite. Au-dessus, à mi-hauteur, des lampes rondes et plates sont encastrées à la manière de hublots. On se croirait à bord du Titanic.

Dans le couloir désert, une sonnerie de portable retentit. La *Marche turque*. Christiane n'a pas le temps, elle doit préparer les plateaux de médicaments pour la semaine. Elle se dirige vers la pharmacie. Elle sort le portable de la poche de sa blouse. C'est lui. Elle l'aurait parié. Après ce qu'elle lui a balancé vendredi soir, l'heure est aux excuses. Toujours les excuses, après coup. C'est trop facile. Cette fois-ci, il ne l'aura pas. Il a mis trois jours à se décider. Trois jours, tout de même. Et soudain, elle réalise qu'on est dimanche. Il ne l'appelle jamais le dimanche. Peut-être qu'il a eu un problème ? Tut tut tut tututu. La petite machine continue de s'agiter. Ça vibre dans sa main. Tut tuttutututttt. Non, il ne le mérite pas, ce salaud.

« Allô ?

– Ma puce, c'est moi.

– Qu'est-ce que tu veux ?

– Te demander pardon.

– Pourquoi ?

– Pour ce que tu sais. »

Christiane ne répond pas. Elle n'aurait pas dû décrocher. Maintenant qu'il est là, tout penaud, elle va lui faire comprendre qui elle est. On a beau être gentille, il y a des limites.

« Tu m'appelles le dimanche maintenant ?

– Ma puce ne sois pas agressive.

– Je ne suis pas agr... je croyais que tu ne pouvais JAMAIS le dimanche. Ta femme est allée à la messe sans toi ?

– Ma femme est agnostique.

– Oui, bah moi, je crois que tu devrais y aller à la messe, à la confession même. Vu le nombre de péchés que tu as à te faire pardonner, ça risque de te prendre la journée !

– Christiane, pucette, arrête s'il te plaît. Tu sais bien que je ne peux pas me passer de toi. Je suis si mal depuis vendredi.

– Ah oui ? Et à qui la faute ? C'est pas moi qui trompe mon monde !

– Ça n'est facile pour personne. Il faut me laisser du temps... Il faut que tu compr...

– Bien sûr que rien n'est facile. Bien sûr, mais c'est pas moi qui suis allée te chercher que je sache.

– ...

– C'est moi peut-être ?

– Non, mais j'ai eu le coup de foudre.

– Oui, eh bien, Christiane, elle en a assez de jouer les bonnes pupuces en porte-jarretelles en attendant que monsieur la foudre se décide.

– Il faut qu'on se voie.

– ...

– Christiane, je veux te voir.

– Aujourd'hui ?

– Non, tu sais bien que les diman... »

Christiane remet le téléphone dans sa poche. Cet homme la tue. Comme si son pauvre cœur n'avait pas déjà assez souffert, il faut qu'elle en pince pour un homme marié. La vie est mal faite. Josy, l'auxiliaire de vie qui tire les cartes, l'a prévenue pourtant : « Il quittera jamais sa femme. » Même pas besoin de tarot. Elle a été bête comme une oie, voilà tout. Faible. Elle a été faible et il a profité de la situation. Le coup de foudre, mon cul oui ! La maîtresse idéale, celle qui permet de passer pour le fils parfait. « Je vais voir papa à la maison de retraite. » Ah ! il a le beau rôle. Un jour M. Drouin les a surpris. Mon Dieu ce qu'elle a eu peur ! Comme elle s'en est voulu ! Le directeur n'a rien dit. Une semaine entière, elle a attendu qu'il la convoque dans son bureau. Rien. C'est un gentil, M. Drouin, il comprend, cet homme-là. Ce n'est pas à elle que ça aurait pu arriver d'avoir un mari aussi gentil que ça. Non, le lot de Christiane c'est les fuyards. Elle a rencontré Jean-Pierre Picard quand il est venu installer son père aux Bégonias. Dès le début, il lui a fait un rentre-dedans pas possible. Il la fixait droit dans les yeux et ne lâchait pas son regard jusqu'à ce qu'elle baisse le sien, gênée, presque honteuse. Christiane avait tant besoin qu'on s'intéresse à elle. Une envie désespérée que quelqu'un la trouve belle et la prenne dans ses bras. Ça devait être écrit sur son front. Depuis que le père de son fils les avait quittés, elle avait perdu goût à tout. Elle se sentait laide et inutile. Laide et grosse. Elle avait dépassé la barre des soixante-dix-huit kilos. Un abandon dans les règles de l'art. Il était parti en week-end de formation avec son entreprise et il n'était jamais revenu. Un fuyard, comme les autres. Pas une explication, rien ; juste une valise emportée. Trois ans de célibat entrecoupés de régimes et plus aucune robe ne lui allait. Alors Jean-Pierre, avec ses yeux de chat, ça lui a fait tout chaud dans la poitrine. Jean-Pierre demandant si l'on pouvait changer l'étiquette sur la porte du vieux fou, Jean-Pierre si compréhensif qui appelait son père « Mon capitaine », ça l'a fait rire et ça l'a touchée. Elle a pensé « en voilà un qui n'a pas peur d'affronter la réalité ». Il venait sans sa femme. En jetant un œil au dossier, elle a bien vu qu'il était marié. Juste besoin qu'on la trouve belle. Les hommes, eux, ça ne leur suffit pas, à cause du fantasme de l'infirmière en blouse blanche. Il n'a pas tardé à lui déclarer sa flamme.

La première fois qu'ils ont fait l'amour, c'était contre le mur, entre le lit et la table de nuit du capitaine Dreyfus. Ça a duré cinq minutes. Elle a simulé. Trois ans qu'un homme ne l'avait pas touchée. Le soir même, elle a commencé un régime ultraprotéiné aux essences de citron. C'est con les femmes. Il ne l'a jamais aimée. Une fois, elle a vu son épouse. S'est-elle sentie coupable ? Elle a préféré ne pas y penser. Juste besoin qu'un homme la désire. Et Jean-Pierre la désirait. Alors, de promesses en déceptions, elle est tombée amoureuse de lui, bêtement. Ils ont leur petite routine, ils vont à l'hôtel ou quand le temps manque ils font ça où ils peuvent. Monsieur Drouin les a surpris dans la pharmacie. La honte. Elle a eu peur de perdre son travail, elle s'est juré de ne jamais recommencer. Et puis, et puis c'est reparti. Est-ce qu'elle est vraiment amoureuse de lui ? Il est gentil. Tut tut tut tututu. Putain de *Marche turque*. Il lui fait des petits cadeaux, des roses rouges pour la Saint-Valentin, même un collier en turquoise, une fois, pour son anniversaire. Il l'appelle tous les soirs, quand il promène le chien. Le dimanche, il reste en famille. Tut tut tut tututu. Ça vibre dans la poche de sa blouse. Ne pas décrocher. Ne plus se laisser avoir. Tut. La routine. Tut tuttutututtttt. La petite routine médiocre des fuyards et des menteurs.

Dans le couloir des Bégonias, une voix fébrile chuchote : « Allô ? »

# Chapitre 6
## *Salle d'activités, 2*
## *10 h 15*

« Je sais ce que je dis, madame Alma. Vous êtes trop bonne avec cette femme-là.

– Vous rendez-vous compte, mon petit, à quel point elle a souffert ?

– Tatata, Notre-Dame des Sept-Douleurs, oui ! »

Marthe Buissonette s'agrippe aux bras de son fauteuil. C'est stupide de se mettre dans des rages pareilles. Après tout, si Mme Alma décide de jouer les saint-bernard avec tous les chiens perdus de passage, ça ne la regarde pas. Enfin, au moins Mme Barbier a déguerpi. Soi-disant partie se faire belle pour son fils. Elle en a plein la bouche de son « Seb ». Elle ne pourrait pas l'appeler Sébastien, non ? Pour Marthe Buissonette, Seb c'est une marque de Cocotte-Minute. Il est vrai qu'il vient voir sa mère assez souvent.

« Bonjour, madame Lieber. Ah ! C'est votre filleule. »

Camille roule Nini à travers la pièce immobile.

« Bonjour, les vieilles carnes.

– Nini !

– Pousse mon fauteuil, je dis ce que je veux. On va à l'accueil, au distributeur.

– Bonjour, mesdames.

– Qu'elle est belle ! C'est vous qu'on a vue à la télévision ? »

Camille s'est arrêtée. Une vague odeur de maladie et de produits ménagers lui envahit les narines. Le lino taupe fait scintiller son mouchetis gris bleuté. Elle voudrait bien discuter avec les deux pipelettes, mais Nini réclame un coca light. Elle exigera aussi un verre d'eau et encore une cigarette. Camille a hâte de rentrer chez elle. Aller dans les rues de Barbès avec sa mère. Marcher dans Paris, acheter des tissus à carreaux et des chaussures à pois pour avoir des projets.

« Oui, peut-être, c'était quelle émission ?

– "La vie des gens".

– Non, désolée. Je n'ai pas été invitée dans celle-ci.

– Il est comment le présentateur ?

– Je ne sais pas.

– Il est bien cet homme-là. Mme Alma et moi le trouvons formidable. Il est si gentil, il s'intéresse vraiment aux malheurs des autres. »

Mme Alma se redresse, ses yeux bleus pétillent.

« Oui, et ses malheurs à lui ! Vous souvenez-vous de son histoire de cœur avec la petite speakerine ?

– Votre mémoire m'étonnera toujours, Mme Alma. »

Mme Buissonette se tourne vers Camille : « Qu'est-ce que vous en pensez, vous ? » Camille est sur le point de demander de quelle speakerine il s'agit, quand Nini la sauve de son embarras :

« Pousse mon fauteuil, j'ai soif !

– Oui, Ninotchka. À plus tard alors, mesdames. »

Les vieilles angéliques leur sourient. Nini boude. Cette fois-ci, dans son coca, il n'y aura pas de rosé. Camille ne l'a jamais embêtée avec ça. Lorsque Nini vivait encore chez elle, Camille l'emmenait boire des coups au café d'en bas. Nini lui prenait le bras et la tirait à elle : « Tu le diras pas à ma fille, elle ne veut pas que je boive. » Camille lui faisait un clin d'œil de pirate et elle pensait « Bois ma Nini, bois. Du rosé, de la Marie Brizard, tout ce que tu voudras. Cache des bouteilles dans tes armoires. Dis-moi que tu bois du coca si ça te chante, je sais bien que tu mets toutes sortes de trucs dedans, je m'en fiche. » Et elles redemandaient des cacahouètes. Nini les jetait aux pigeons. Le patron rigolait : « Si tu continues à balancer les cacahouètes sur le trottoir, je t'en apporte plus, madame Nini. » Il était si gentil avec elle. Il comprenait. Quand elles arrivaient au bar, il disait : « Ah, voilà ma fiancée ! » Camille n'est jamais retournée là-bas depuis. Ça lui manque, ces après-midi de cigarettes et de kirs. Nini faisait rire tout le monde, Camille payait ses ardoises, et puis Nini lançait : « C'est ma tournée ! » Camille se fâchait. Elle voulait bien payer pour la vieille folle qui buvait en cachette, pas pour les amis de passage. Camille pensait « tous des profiteurs ». Camille était égoïste, elle n'avait pas besoin d'offrir des verres pour qu'on s'intéresse à elle, alors elle ne comprenait pas. Nini parlait beaucoup. Même si c'était décousu, Camille arrivait à faire le lien et elle ne s'ennuyait pas. Nini lui narrait son enfance sous les palmiers, son père qui construisait des ponts et des chaussées pour transpercer la jungle africaine, sa solitude d'alors, petite enfant blanche et juive dans un pays de Noirs et de colons catholiques. La froideur de sa mère. Ses premiers amants, la montagne magnifique, les pistes enneigées et l'odeur des pins, ses études de droit et de journalisme. Elle lui racontait comment elle était devenue magistrat, son mari mort d'une crise cardiaque alors que leur fille n'avait que neuf ans, et à quel point elle avait peu été une mère elle-même. Maniaco-dépressive, entre joie et douleur, euphorie et abattement, incapable de se contrôler, de trouver ses lunettes ou de se faire cuire un œuf. Irresponsable, assistée, toujours eu besoin d'une infirmière. C'est comme cela qu'elle a rencontré la mère de Camille. Nini a vu la petite naître. Elle s'est improvisée marraine et grand-mère de l'enfant d'une infirmière qui la soignait. Quand Nini s'attachait, c'était pour toujours. Elle lui disait : « Tu seras écrivain, tu écriras ma vie. » Quelques mois avant d'entrer aux Bégonias, elle a fait faire des photocopies par centaines. Des articles de journaux, des rendus de jugements, des photos de sa famille, des papiers d'identité. Elle a trouvé un voisin qui, pour la modique somme de soixante-quatre euros, s'est chargé d'aller à la librairie du coin lui faire des doubles de ce tas de souvenirs inutiles. Nini se faisait toujours avoir, elle aimait ça, avec une légère préférence pour les vendeurs de porte-à-porte. Triomphante, elle a tendu tout ce bordel de feuilles volantes à Camille en lui disant : « Tiens, tu vas pouvoir faire un roman ! » Camille y a jeté un œil amusé et elle l'a emmenée boire des kirs pour fêter ça.

Camille et Nini ont disparu de la salle d'activités, laissant Mme Alma et Mme Buissonette devant le silence d'un téléviseur éteint.

« C'est pas bientôt la messe ? »

De l'autre côté du mur, on entend tinter des pièces de monnaie, puis le bruit râpeux et aigu de l'une d'elles passant par la fente métallique de la machine. Le moteur s'ébranle lentement, ça fait brrr... et, dans un claquement sourd, une canette s'écrase sur le tapis molletonné de la trappe.

À la maison de retraite, ils servent du vin à l'heure du déjeuner. De la piquette en carafe Cristal d'Arques. Pour le coca light, il faut aller au distributeur.

# Chapitre 7
## *Salle d'activités, 3*
## *10 h 30*

« J'ai raté le début ? »

Mme Barbier déboule. Robe à fleurs multicolores impression muguet du mois de mai sur des carreaux marron vert et blancs. Elle a mis du rouge à lèvres et ça déborde déjà de partout. Mme Buissonette grince des yeux.

« Non. »

Mme Barbier pousse un soupir de soulagement.

« Ben dites donc, y a pas grand monde aujourd'hui. »

Les deux mains sur les hanches, elle se campe derrière le fauteuil de Mme Buissonette. Elle veut s'asseoir à côté de Mme Alma et attend que la huguenote s'en aille. Face à elle, trois photographies en noir et blanc encadrées de bordeaux s'alignent sur le mur paille. La première montre une femme indienne de dos, sa longue natte brune et son sari flottent dans le vent. Les pieds dans l'eau, elle fait face à la mer. Elle porte un bébé sur la hanche. Dans un mouvement de contorsion, l'enfant regarde par-dessus son épaule, en direction du photographe. La deuxième représente un couple s'embrassant sur les quais de la Seine par une belle journée de printemps. La troisième est celle qui pose le plus problème à Jocelyne Barbier. On y voit un homme trempé jusqu'aux os tenir un parapluie pour protéger un violoncelliste. Derrière eux, un peintre paysagiste encapuchonné leur tourne le dos. Jocelyne pense qu'avec toute cette flotte, le tableau ressemblera à de la bouillie, et puis on n'a pas idée de jouer sous la pluie, c'est des coups à vous faire moisir un violon. L'instrument de musique préféré de Mme Barbier, c'est l'accordéon.

« Moi, quand je suis arrivée ici, ils disaient la messe à la chapelle. Il y avait un piano et des fois y avait quelqu'un qui jouait.

– Ah non !

– Ah si ! Ah si ! Qu'est-ce que vous en savez, vous ? Vous êtes protestante ! »

Mme Alma essaie de se souvenir. Ces deux femmes la fatiguent, toujours à se houspiller comme des charbonnières.

« Vous, ma'ame Alma, vous étiez là avant moi. Hein qu'il y avait un piano ?

– Oui, mais il était faux comme un jeton, on n'aurait pas pu jouer dessus.

– Y a quelqu'un de temps en temps qui jouait au piano.

– Il jouait faux alors.

– On dit qui jouait *du* piano, madame Barbier.

– Désolée. »

Elle s'en fiche bien des commentaires de la Buissonette. Toujours à faire la mère sup. Elle connaît rien à la vie cette femme-là.

« Personne ne l'a accordé ce piano. Alors il a disparu.

– Oui, c'est exactement ce que je pense, sûrement qu'ils voulaient pas payer. Surtout s'il était complètement faux, comme vous dites, ma'ame Alma, dans ces cas-là, ça coûte encore plus cher.

– Ces démarches auraient dû être faites auprès de monsieur le maire, vous savez ce que c'est... cette maison n'est pas tenue.

– Oh, vous devriez pas dire de mal de monsieur Drouin, ma'ame Buissonette !

– Je dis ce qui est. Ça n'est pas mon genre de critiquer, madame Barbier ! »

Louise Alma se tait. Elle rêve d'un piano fermé, mangé par la poussière. Quand l'avaient-ils déplacé ? C'est toujours émouvant un vieux piano jauni avec des touches muettes. Elle se souvient de celui qui trônait dans la maison de son enfance. C'était sa sœur qui en jouait. Toujours le même air de jazz qui leur cassait la tête. Combien de fois l'avait-elle entendu ? Et aujourd'hui, toutes les touches se sont tues. Impossible de se rappeler cette mélodie lancinante qui exaspérait tant papa.

« Mesdames, bonjour ! »

Les deux mémés sur leur fauteuil tendent leurs cous de poulets fatigués. Pascal Lebœuf leur sourit. Mme Buissonette en oublie sa querelle avec Mme Barbier, tire sur son jupon et prend sa plus belle grimace de danseuse :

« Ça va, mon petit Pascal ?

– Ma foi, ça va et quand ça va pas on fait aller. Hier il faisait un temps de chien, aujourd'hui c'est mieux, heureusement. »

Toutes acquiescent : « oui, oui, on fait aller », « il faut bien même si demain il y a la pluie », « enfin c'est ce qu'ils disent, jusqu'à mardi, ça va », « oui, après ça se dégrade », « oui, mais aujourd'hui c'est pas trop mal ». Pascal Lebœuf rend visite à son père le mardi, le vendredi et le dimanche.

« C'est bien de venir voir votre père tous les jours, mon petit Pascal.

– Oh ! je viens pas tous les jours. Et puis je suis pas loin, ça facilite. »

Mme Barbier soupire, son Seb à elle n'a pas le temps. Avec tout le travail qu'il a, elle ne peut pas lui en vouloir, mais tout de même.

« Moi, mon fils, je l'attends, je l'attends. Je suis comme un Charles-attend.

– Comme ça au moins, il vous aime encore un peu. »

Le sang de Jocelyne ne fait qu'un tour.

« Qu'est-ce que vous dites, ma'ame Buissonette ?

– Moins on voit les gens, plus on profite des moments qu'on passe en leur compagnie. Tatata, ne faites pas cette tête-là. C'est connu. »

Elle en a de bonnes, la Buissonette. C'est sûr, quand on n'a pas de cœur, on s'en fiche des visites. Les visites, à Jocelyne, c'est toute sa vie. Et nous sommes dimanche justement.

# CHAPITRE 8
## *À l'accueil, 2*
## *10 h 45*

Impossible de se souvenir du prénom de la nouvelle. Nadia ? Katia ? Samantha ? Elle est gentille pourtant. Calme. Philippe Drouin aime les gens calmes. Il a fait toutes sortes de métiers avant de devenir directeur d'une maison de retraite. Rebecca ? Lydia ? Il n'a pas osé lui demander de retirer son piercing lorsqu'il l'a embauchée. Elle ressemble à un chaton qui vient de sortir de l'eau. Toute fragile et maigre et pointue. Un anneau doré dans son nez pointu. Du genre suicidaire, sans histoire. Tous les matins, il s'attend à ce qu'elle ait disparu. C'est peut-être pour cela qu'il n'arrive pas à se rappeler son nom. Johanna, Priscilla ? Transparente. Jamais un sourire, jamais une plainte. Elle n'adresse pas la parole aux résidents. Peut-être les vieux l'effraient-ils. Philippe peut comprendre. Quand il travaillait dans l'événementiel, il n'avait aucun problème pour se souvenir du nom des gens qu'il rencontrait. Et il en rencontrait des centaines.

Il est sorti de son bureau dans l'idée d'examiner le dossier de Mme Paradis. Les classeurs multicolores sont rangés sur les étagères, derrière le comptoir, au-dessus de la tête de la secrétaire. Elle lui tourne le dos, absorbée par les colonnes de chiffres qui s'affichent sur son ordinateur. Comment l'appeler ? Claudia ? Alexandra ? Tant pis, il le prendra lui-même, ce dossier. Pauline ? Caroline ?

Depuis ce matin, rien ne tourne rond. D'abord à cause de la morte. Bien sûr, la mort fait partie de sa vie de tous les jours, mais il ne s'y habitue pas. C'est la petite Isabelle qui l'a prévenu. Mme Paradis, une dame du deuxième, est décédée dans son sommeil. À cent sept ans, on ne peut pas véritablement parler de surprise. Les Bégonias ont donc perdu leur doyenne. Bon, il a fallu prévenir la famille. Philippe Drouin déteste ce genre de coups de fil. Les larmes, les explications sans fin, une séance de déculpabilisation dans toutes les règles de l'art : non, bien sûr, ça n'est pas grave s'ils n'ont pas pu venir voir leur grand-tante le mois dernier, et oui, c'est très dommage que justement ils aient prévu de venir aujourd'hui, tiens comme par hasard ; non, ils n'ont pas pu lui dire au revoir, mais elle est morte paisiblement, oui une très belle mort, dans son sommeil, on ne peut pas rêver mieux, elle parlait souvent d'eux, elle les aimait beaucoup, qu'est-ce qu'il en sait lui ; elle les adorait et oui, non, cent sept ans c'est un bel âge... Sans compter que c'est toujours un choc pour les autres pensionnaires. Heureusement qu'elle n'est pas morte en public. Le pire, c'est à l'heure du déjeuner. Le nez dans l'assiette. Un poulet basquaise-coquillettes fatal. En emportant le fauteuil roulant, les infirmières disent que c'est un petit malaise, qu'il ne faut pas s'inquiéter, mais les plus jeunes ne sont pas dupes.

Christelle ? Estelle ? Ficelle ?

Et puis est arrivé ce couple. Au départ, de gentils Versaillais venus placer la mère du monsieur. Au final, lui, moustique ratatiné, la voix brisée pour une histoire de poster de la tour Eiffel. Philippe Drouin n'a pas bien compris de quoi il s'agissait. Elle, une hystérique avec un brushing trop tiré pour être honnête. « Sois un homme, Jean-François, elle s'en fout du Champ-de-Mars, ta mère, elle y voit que dalle ! » Elle l'a presque hurlé. Puis, très calmement, elle a dit : « Vous comprenez, monsieur le directeur, ma belle-mère a une tumeur derrière l'œil droit et c'est passé à l'œil gauche. » Sa voix est devenue mielodieuse. Il en a eu froid dans le dos. Le mari qui rapetissait à vue d'œil sur son siège lui a lancé un regard de chien battu, Philippe Drouin n'a pas insisté. Le bureau des pleurs, il connaît. Il leur a donné la plaquette avec les tarifs. Il leur a parlé de l'excellence des soins et des différentes animations. Il a fait son travail, évitant le regard de la femme qui semblait au bord de la crise de nerfs et cherchant celui du mari qui rasait le tapis. Il leur a proposé une petite visite. C'est là qu'ils ont croisé Christiane, en larmes, dans le couloir. Non décidément, rien ne va comme il voudrait depuis ce matin.

Francine ? Rosine ? C'est trop bête de rester là, devant le bureau de l'accueil à regarder la masse terne des cheveux de cette fille. Myrtille ? Framboise ? Citron ? Pistache ? Non, ce qu'il voudrait, c'est aller retrouver ses amis au cercle de philatélie, comme tous les dimanches. À cause de ces rendez-vous, il ne va pas pouvoir. La famille de la morte débarque dans deux heures. C'est trop bête.

Le directeur s'avance vers le comptoir en simili acajou. Il pose ses deux mains bien à plat sur le rebord et se penche pour attirer l'attention de la jeune femme. La voix suraiguë de Mme Lieber le fait sursauter. La résidente la plus excentrique et la plus intenable des Bégonias est accompagnée d'une jeune femme brune en manteau rose.

« Tu pars déjà ?

– Oui, je dois y aller, je déjeune avec Marie.

– Elle va bien ?

– Oui, très bien, elle m'a dit de t'embrasser.

– Alors, embrasse-moi. »

Camille se penche et pose ses lèvres sur les cheveux gris et secs. Elle ne veut plus embrasser Nini sur les joues, sa peau la dégoûte.

« Vous connaissez ma filleule, monsieur Grouin ? Elle est écrivain, elle a écrit Thornytrunxtrunx. »

Ravi de rompre le silence et de se donner une contenance, il prend sa voix des grands événements :

« Ah ! Bonjour, mademoiselle.

– Bonjour, monsieur. »

Camille sourit d'impatience.

« Tu n'es pas restée longtemps. Tu ne m'aimes plus. »

Ça la gêne, ce gros type joufflu en gilet de laine qui les regarde. Comme si elle ne se sentait pas déjà assez coupable comme ça.

« Si je t'aime, mais...

– Passe-moi une clope. »

Camille cherche nerveusement dans son sac.

« Viens la fumer avec moi.

– Non, je dois y aller.

– Vous fumez trop, madame Lieber.

– Elle aussi elle fume ! »

L'hôtesse s'arrache enfin à son ordinateur et dresse son museau. Le directeur saute sur l'occasion : « Donnez-moi le dossier de Mme Paradis... s'il vous plaît. » Les bras maigres s'exécutent et attrapent un cahier-classeur blanc. Philippe Drouin s'en empare avec un sourire en coin et s'avance vers Mme Lieber. Camille prend cela pour un signe. Le directeur s'offre de la remplacer auprès de la vieille abandonnée.

« J'y vais. »

La porte vitrée de l'accueil donne sur le parking. Le monde des vivants. Celui des embouteillages sur le périphérique, celui des gens qui marchent vite, des gens pressés.

« Non ! Embrasse-moi d'abord !

– Au revoir, monsieur. Au revoir, Ninotchka, je reviendrai dimanche prochain. »

Alors les yeux globuleux de cette folle de Nini s'écarquillent. Sa bouche se plisse de douleur. Ses bracelets s'entrechoquent. Elle s'agrippe au bras de Camille avec une force sèche effrayante.

« Allez, ne fais pas la comédie, je t'appelle. »

Très doucement, elle se penche une dernière fois vers les boucles grises, jaunies à la racine à force de tabac, pour y déposer un baiser. Elle ferme les yeux pour essayer de se souvenir de cette grosse femme qui lui offrait des robes à smocks, puis des jeans Cimarron et des manteaux Zara, cette bonne fée qui lui donnait tout ce qu'elle voulait depuis sa naissance. Nini, avec ses seins lourds et son ventre difforme en train de bronzer dans son maillot de bain vert sur les plages de Cannes. Nini toute fanée aujourd'hui s'accrochant à elle comme un chien qui ne veut pas lâcher prise. Elles tremblent toutes les deux. Et, très doucement, Camille s'enfuit.

# Chapitre 9
## *Salon de coiffure*
## *11 h 00*

M. Destroismaisons tient sa femme par le bras. Un pied devant l'autre. Elle marche, elle ne sait pas où elle est, ni où elle va. Un bruit de chaussons qui traînent.

« Lève les pieds, ma chérie. »

Le fauteuil sans appui-tête du coiffeur trône dans le petit box saumon, devant le bac en faïence blanche pour laver les cheveux. Accrochée au mur, une armoire à glace regorge de teintures aux noms poétiques et effrayants : iris cendré, fleur d'abricot, cannelle automnale, neige argent, douce violine. Sur la gauche, une étagère métallique fait figure de feu d'artifice cosmétique. Des laques fixation flexible, des sprays finition parfaite, des mousses mordorées fondantes et coiffantes effet mouillé, des soins antichute aux nutricéramides de bambou et d'anis, des masques fortifiants apaisants tilleul jojoba, des shampoings expérience d'océan aux algues, des shampoings soie liquide caresse de fruits des bois, de la lotion suprême blonde couleur éclat et une petite fiole jaune d'huile de noix essentielle réparatrice pointes sèches. Le coiffeur est passé maître dans l'art de l'amoncellement. La plupart des bouteilles portent la mention « INTERDIT À LA VENTE ». La sœur du coiffeur travaille pour une grande firme de cosmétiques et elle lui donne beaucoup d'échantillons ou de produits à tester qui ne sont pas encore sur le marché. Une fois, Mme Amette a failli y laisser tous ses cheveux, mais en règle générale ce sont de bons produits. Le coiffeur est très friand de nouveautés et d'innovations.

Sur un banc à roulettes, des bigoudis par dizaines débordent d'un panier en osier. Il y a des brosses pneumatiques et d'autres rectilignes, des peignes, des épingles, des pinces à triple dents aiguisées comme des becs d'aigle. Un sèche-cheveux noir démesuré brille et se fait menaçant.

« Bonjour bonjour, c'est nous ! Chérie, dit bonjour à Elton. »

Mme Destroismaisons lève les yeux, incrédule.

« Tu te souviens de lui ? C'est ton coiffeur, ma douce.

– Bonjour, madame la Baronne. Alors, on va bien ?

– Oui.

– Qu'est-ce qu'on veut, aujourd'hui ? Une jolie mise en plis ?

– Oui.

– Et monsieur le baron, rien pour vous ? Une petite teinture ? Je blague, je blague, ne faites pas cette tête-là.

– Je peux vous la laisser ?

– Bien sûr, on s'entend très bien tous les deux. »

Monsieur Destroismaisons dépose un léger baiser sur les mains crispées de sa femme.

« Oui, va-t'en, mon mari va arriver, il ne faut pas qu'il te voie. »

Un ange passe, un petit poignard accroché à la ceinture.

« Bah, qu'est-ce qu'elle raconte ma Geneviève ? C'est lui votre mari ! »

Le gentil rire du coiffeur frappe Alphonse en plein cœur.

« Laissez, Elton, laissez, ça n'est pas grave. Je veux dire, je reviendrai la chercher dans une heure. Sois sage, ma chérie. Tu vas être très belle. »

Les mots s'étranglent dans sa gorge. Ce n'est pas la première fois qu'elle le prend pour son amant. Un de ses amants. Il ne sait pas combien elle en a eu. Il ne lui a jamais demandé. Parfois, il a envie qu'elle lui raconte. Faire parler la folie de sa femme et connaître la vérité. Il se dit « c'est mon droit » puis, à la dernière seconde, il se retient. La pudeur ? La honte ? L'amour.

« Sauve-toi, mon mari va venir ! Va-t'en vite, il arrive ! Prends ton manteau, il va te voir ! Je l'entends. » Autant de lames de rasoir lacérant sa pauvre chair de vieil amoureux. Avait-il été assez aveugle pour passer si près de les coincer ? Les amenait-elle jusque dans le lit conjugal ? Est-ce qu'ils froissaient les draps pendant qu'Alphonse passait le portail du jardin ? Et comme elle niait. Il se souvient de ses yeux bleus limpides : « Non, jamais ! Je ne t'ai jamais trompé ! » Au fond de lui même, il ne voulait pas qu'elle avoue. Il aurait trouvé des preuves s'il avait cherché, au lieu de cela, le dindon de la farce, le cocu. Ils se sont rencontrés chez des amis. Un soir de nouvel an. Elle portait une robe en maille dorée et avait relevé ses cheveux en chignon. Dès qu'il l'a vue, il lui a appartenu. Lorsqu'elle l'a embrassé la première fois, il a eu l'impression de gagner au loto. Le gros lot, le rêve impossible. Fou d'elle, de son corps, de sa manière de pencher la tête en arrière lorsqu'elle souriait, de tenir sa tasse de thé, de la façon dont elle s'habillait, tous les matins, devant lui. Il aurait préféré la mort plutôt qu'elle ne le quitte. Et il s'est renseigné, aucun de ces don Juan de passage ne l'avait aimée suffisamment pour lui rendre visite aux Bégonias. Il se doute bien de ce que leurs amis disent derrière son dos : « Elle l'a trompé avec toute la petite ceinture, le benêt, il continue à s'occuper d'elle comme si, comme si… » Personne ne peut comprendre. Chaque matin, il l'a remerciée de ne pas être partie ; chaque soir, du fond de son lit, quand il la voyait retirer ses sous-vêtements et enfiler son peignoir, il a été un homme heureux.

# CHAPITRE 10
## *Salle d'activités, 4*
## *11 h 15*

*Le Seigneur soit avec vous.*

*Et avec votre esprit.*

Il est le seul. Le seul à l'aimer assez. Il ne regrette rien, non, rien de rien. Ils dansaient si bien tous les deux. Geneviève, surtout. Une danseuse extraordinaire. La valse. Quand ils dansaient la valse... La grâce incarnée. Le professeur en restait bouche bée. Il y est passé aussi, celui-là. Peut-être. Sûrement. Il lui faisait beaucoup de compliments. Elle a toujours eu besoin de séduire. Non, il n'y a rien eu entre eux, Alphonse était là tout le temps. Et puis... non. Qu'est-ce que ça peut faire ? Il ne lui suffisait pas. Les médecins disent que ce qui ressort le plus ce sont les angoisses de la vie avant la maladie. Si ça se trouve, c'était sa peur à elle, son fantasme, et si ça se trouve, elle ne l'a trompé qu'une fois, ou pas tellement plus. Les peurs, ça ne veut pas dire que c'était réel, si ça se trouve. Ils cancanent, ils colportent, ils ne savent pas. Ou alors, c'était elle qui leur avait raconté derrière son dos ? Non, pas Geneviève, elle avait trop de classe. C'est cela qui les énervait. Tous des envieux et des médisants.

*Moïse répliqua : « Serais-tu jaloux pour moi ? Si seulement tout le peuple du Seigneur devenait un peuple de prophètes sur qui le Seigneur aurait mis son esprit ! »*

« Oh, c'est notre baron national ! »

Marthe Buissonette a surgi des plantes en plastique. Alphonse a marché sans réfléchir, perdu dans ses pensées, et le voilà nez à nez avec la sautillante. Mmes Alma et Barbier regardent la télévision, elles ponctuent d'un hochement de tête chacune des paroles d'un vieux curé en aube crème, une étole à rayures vertes sur les épaules.

« Bonjour, Marthe.

– Votre femme est chez le coiffeur et vous cherchez un peu de compagnie ? Venez avec moi, il n'y a rien à faire ici, c'est l'heure de la messe et moi, vous savez, les cathos... Comment se porte la Baronne ?

– C'est vous qui l'avez baptisée ainsi, n'est-ce pas ?

– Tatata, motus ! Votre dame est tellement chic, ça lui va comme un gant. Vous préférez que je vous appelle Alphonse ? Alfonzo ? »

Elle rit, le bouscule. Elle le prend par le bras et l'entraîne vers le fond de la pièce. S'il n'était pas si naïf, il verrait qu'elle lui fait du gringue. Un peu ours, Alphonse n'a jamais su dire quand il plaisait aux femmes.

« Elle est tout le temps fourrée chez le coiffeur votre dame. C'est une coquette. Remarquez, moi aussi, même si je n'ai plus l'âge. »

Alphonse observe Marthe du coin de l'œil, elle porte une robe en velours bleu-gris. Elle attend un compliment. La télévision annone le psaume 18.

*Le Seigneur est mon roc, ma forteresse et mon libérateur.*

*Il est mon Dieu, le rocher où je me réfugie, mon bouclier, l'arme de ma victoire, ma citadelle.*

En face d'Alphonse, la porte des toilettes pourrait faire office de citadelle, ou de refuge. Mais M. Destroismaisons est un homme lâche. Il se laisse choir sur un canapé en cuir vert tilleul. Marthe s'assied à côté de lui. Elle croise les jambes et prend une pose de mondaine qui reçoit la visite d'une vieille connaissance pour le *five o'clock tea.*

« Vous le trouvez comment, vous ?

– Elton ?

– Oui, Elton, pas le curé. Vous l'aimez bien, vous, Elton ?

– Oui, je veux dire, il est très patient.

– Vous savez que ça n'est pas son vrai nom.

– À lui non plus ?

– Tatata, ne plaisantez pas avec ces choses-là. Vous, c'est un petit surnom qu'on vous a donné comme ça, pour la blague, c'est gentil. Le coiffeur il a fait changer sa carte d'identité.

– Vous avez vu sa carte d'identité ?

– Non, cette question ! Ça s'est su. Personne ne vous a dit ? Elton, ça n'est pas un vrai prénom, ça. En fait, il s'appelle Jacques, mais comme celui qui était l'ami de lady Di, il a voulu, enfin, une sorte de modèle si vous voyez ce que je veux dire. Vous savez, le chanteur ? Eh bien, le coiffeur, il est comme lui.

– Il est chanteur ?

– Mais non, enfin, vous comprenez. On l'a lu avec madame Alma dans *Gala.* »

Mme Barbier se retourne et leur lance un regard furibond : « Chtttt ! Allez donc discuter ailleurs. » Le prêtre chevrotant annonce : « Évangile selon saint Marc. » Mme Alma murmure : « Gloire à toi Seigneur. » Le dominicain chausse ses lunettes. La caméra s'arrête sur les jeunes filles du premier rang, elles sont sages et bien coiffées.

*Jésus répondit : « Ne l'empêchez pas, car il n'y a personne qui fasse un miracle en Mon nom et puisse, aussitôt après, mal parler de Moi. Celui qui n'est pas contre nous est pour nous. »*

Mme Buissonette hausse les sourcils et en profite pour se rapprocher d'Alphonse :

« Le chanteur qui avait fait une si belle chanson pour l'enterrement de la princesse, il a un mignon.

– Vous voulez dire qu'il est homosexuel ?

– Oui, appelez ça comme vous voulez. C'est triste quoi qu'il en soit.

– Et qui vous dit qu'Elton...

– Vous n'avez pas vu ? Il a un tatouage sur le bras, et aussi il a des clous dans les oreilles, dans les sourcils, il a des clous partout. C'est un signe ça ! Et puis, les coiffeurs, c'est connu.

– Ah bon ?

– Si c'est pas malheureux. Enfin, il est gentil quand même. »

*Si ta main entraîne ta chute, coupe-la ; il vaut mieux que tu entres manchot dans la vie éternelle que d'aller avec tes deux mains dans la géhenne, dans le feu qui ne s'éteint pas.*

La voix du prêtre se fait vibrante, elle résonne dans la salle jaune. Les spectatrices retiennent leur souffle. Mme Buissonette soupire. Elle pense qu'au moins, avec Elton, Alphonse ne craint pas de voir sa femme s'emballer. Parce que la Baronne, il paraîtrait qu'elle se soit donné du bon temps. Marthe ne dit rien, elle sait se tenir.

*Si ton pied entraîne ta chute, coupe-le ; il vaut mieux que tu entres estropié dans la vie éternelle que d'être jeté avec tes deux pieds dans la géhenne.*

Alphonse est captivé.

*Et si ton œil entraîne ta chute, arrache-le ; il vaut mieux que tu entres borgne dans le Royaume de Dieu que d'être jeté avec tes deux yeux dans la géhenne, où le ver ne meurt pas et où le feu ne s'éteint pas. Car chacun sera salé de feu.*

Un frisson parcourt la colonne vertébrale du petit homme. Est-ce que sa Geneviève sera brûlée par le sel de l'enfer ? Marthe l'observe du coin de l'œil. Un bel homme. Un peu trapu. Et puis si prévenant avec sa femme. Il a charmé toute la maison à lui faire ses trente-six volontés, à la tenir par la main et à la promener dans les couloirs avec des « ma douce, ma belle, ma chérie ». Il est encore jeune ! La maladie c'est terrible.

« La maladie c'est terrible ! »

Il tente un sourire.

« Il y a des hauts et des bas. »

Il soupire à son tour. Il voudrait revenir vingt ans en arrière, prendre sa femme dans ses bras et danser une longue valse de bohème, tout collé contre elle. Ça fait une éternité qu'ils n'ont pas ri. Il est las. Quel gâchis.

« Vous savez, les gens comme Elton aussi.

– Pardon ?

– Oui, eux aussi, c'est une maladie. D'une certaine façon ça n'est pas de leur faute, c'est pour ça.

– Vous dites n'importe quoi. Je veux dire, vous ne pouvez pas affirmer des choses pareilles, Mme Buissonette. »

Alphonse s'est levé. Marthe se redresse.

« Ah ! vous croyez peut-être que je raconte des salades... »

Alphonse s'en va. Il rentre chez lui, laissant la commère la bouche ouverte s'enfoncer dans le canapé et sa femme se faire mettre des bigoudis. La morale, la médisance... Si seulement les gens étaient un peu moins bêtes. Toute la cruauté du monde, pour quoi ? Pour un Dieu vengeur ? Pour faire peur ? Pour le pouvoir ? Ou juste pour parler ? Des méchants qui se tiennent compagnie. Des cannes qui font la conversation. Victimes, le baron et le coiffeur. Le cocu et la folle, main dans la main. Victimes sans espoir de mémés endimanchées et souriantes. Victimes, pour rien. Le dos courbé, il passe près de la télévision, Mme Barbier monte le son.

*C'est une bonne chose que le sel ; mais si le sel devient insipide, avec quoi l'assaisonnerez-vous ? Ayez du sel en vous-mêmes et vivez en paix les uns avec les autres.*

# CHAPITRE 11
## *À l'accueil, 3*
## *11 h 30*

Philippe Drouin est agité. Cela fait trois fois qu'il entre et sort de son bureau. Accoudé au comptoir, il fait tourner les pages du dossier de Mme Paradis, mais sa pensée est ailleurs. Philippe Drouin n'a pas envie d'entendre les jérémiades de Mme Lieber. Il aimerait qu'on le laisse tranquille à son ordinateur, enfermé à triple tour dans son bureau clair. Comme un égoïste qui s'ignore, le directeur est persuadé d'avoir inventé la philanthropie. Il n'a qu'une seule passion dans la vie : collectionner les timbres. Il fait partie d'un club de philatélistes amateurs, composé uniquement d'hommes, qui tient une séance hebdomadaire le dimanche. L'ambiance y est bon enfant, on y sert des biscuits secs et des jus de fruits. Il y a deux dîners annuels, l'un au début du printemps et le second en décembre. Les épouses et compagnes y sont cordialement invitées. Certains membres se voient en dehors de ces réunions, mais pas Philippe. Il compte peu d'amis et n'aime pas particulièrement les mondanités. Quant à organiser un déjeuner chez lui avec deux ou trois de ses « collègues du dimanche », comme il les nomme, il n'y a jamais pensé.

Philippe Drouin habite un petit appartement propret. Il fait sa lessive tous les lundis soir et donne ses chemises et ses pantalons à repasser à Mme Rosette, la concierge de son immeuble. Ses habitudes de vieux garçon l'emplissent de joie. Lorsqu'il sonne à la loge le mercredi soir et que Mme Rosette lui tend la pile impeccable de ses chemises pliées, Philippe remonte les escaliers avec un sourire de précaution sur les lèvres. Il n'a pas voulu lui donner les clefs, on ne sait jamais. Philippe Drouin adore faire les courses au supermarché. Il ne fait pas de liste. Il aime se laisser tenter par les nouveaux produits, les plats cuisinés, les salades de fruits exotiques et les plaquettes de chocolat nouvelle vague aux saveurs crème brûlée. C'est un gourmand qui croit aux bienfaits de la cuisine industrielle.

Cela fait dix ans que Philippe collectionne les timbres. Aujourd'hui, il possède une vingtaine d'albums et certaines séries rares. Ce n'est que dernièrement qu'il a découvert les ventes aux enchères sur Internet. Bien sûr, il n'y a pas la convivialité du club de philatélie, pourtant l'adrénaline liée à la chose le séduit. Trois fois déjà, il a proposé un prix. Il n'a jamais remporté l'enchère. Hier soir, il est tombé par hasard sur un faux de Sperati. Une occasion unique. Sperati, le plus célèbre et le plus talentueux des faussaires de timbres. La valeur de ses faux dépasse celle des originaux. Les enchères clôturent ce matin. Philippe n'a pas lésiné. Dans treize minutes exactement. Il a hâte de savoir s'il a gagné. Il s'imagine déjà arriver au club le petit carré dentelé à la main, les autres en seraient tout ébaubis.

Si Philippe s'est lancé dans le tri de timbres, c'était pour oublier le départ de Marilyne. Une femme étonnante, excentrique, à la limite de l'hystérie, tout son contraire. Complètement libre, elle portait des robes à pois criardes et changeait de couleur de cheveux cinq fois par an, ne s'arrêtant pas aux traditionnels brun, blond et roux. Lorsqu'il l'avait rencontrée, elle avait les cheveux verts. Il avait cru que c'était une perruque. Elle débordait, de joie, de pleurs, de cris. Elle hurlait pour un oui, pour un non ; il avait eu peur la première fois qu'ils avaient fait l'amour. Très vite, elle s'était installée chez lui, sans véritablement lui demander la permission. Elle avait débarqué avec tout un tas de sacs, des ustensiles de cuisine, des cannes à pêche, une cage à lapin et son occupant, un certain Gudule-fourrure-grise-oreilles-roses. Cinq ans auparavant, Philippe avait failli adopter un chat, mais il s'était ravisé face à tant de responsabilités. Alors, le lapin de Marilyne... il n'avait pas vu cela d'un très bon œil. De plus, pendant qu'il travaillait, Marilyne laissait la petite bête gambader en liberté et cette dernière attaquait tous les fils électriques de la maison, en particulier ceux de la machine à laver, dont elle avait aussi ravagé la tuyauterie. Philippe n'était pas homme à se fâcher. En revanche, il savait bouder, ce qu'il avait fait pendant une semaine pour marquer son mécontentement et son désarroi. Marilyne avait ignoré son silence et Gudule continué à semer des petites crottes dans l'appartement jusqu'au départ sans appel de sa maîtresse. Les premières heures, Philippe s'était senti anéanti. Marilyne avait laissé une lettre totalement incompréhensible sur la table de la salle à manger, lui expliquant qu'elle partait aider les gens au Bangladesh, qu'il était inutile d'essayer de la joindre. Philippe avait décroché son téléphone. Le combiné lui était resté dans les mains. Incapable de se souvenir de son numéro. Il avait pris cela pour un signe et n'avait pas insisté. Aujourd'hui, il pense encore à elle, calmement. Il se dit qu'il est bien tranquille sans cette folle dingo. Un jour, on lui a proposé de faire l'acquisition d'une très belle série de timbres représentant des tableaux d'Albrecht Dürer. Il a refusé, à cause du célèbre *Lièvre*. Philippe Drouin ne veut pas de lapin dans sa collection. Un Sperati, un Sperati ! Un coup d'œil à sa montre, Philippe exulte. Dans huit minutes, il saura.

Calée dans son fauteuil, Nini marmonne et observe les allées et venues du directeur. Elle le trouve gros et ridicule. Elle compte les cigarettes qu'il lui reste. Camille l'a plantée, elle l'a laissée à son malheur de vieille folle solitaire. Lasse et abandonnée. Folle et consciente de sa propre déchéance. Sa fille, Camille et ses amis se leurrent. Des mensonges, des mensonges rassurants, des mensonges pour masquer leur abandon. Nini déteste les Bégonias et les vieux qui l'entourent. Leur laideur, leur inutilité la renvoient à sa propre image de femme seule et piégée. Nini est irrécupérable. Même Camille, même sa petite Camille ne peut plus la supporter. Et pourtant elles s'aiment. Nini le sait, elle l'a vue grandir, elle la connaît. Cette peste égoïste qui préfère les livres à la réalité. Camille a promis d'écrire pour elle. L'année prochaine. Après. Nini a hâte. Si Camille écrit sa vie, c'est sûr, elle viendra tous les jours pour lui poser des questions. Nini ne fera pas la folle, elle racontera tout dans le bon ordre et le monde entier saura combien sa vie a été formidable. Un beau livre. Camille ne dira pas de mal d'elle. Ce sera une preuve d'amour. Nini se mouche et elle voudrait pleurer. Le directeur l'ignore. Il a l'air préoccupé. Nini lui lance un regard de flamme.

« Ne faites donc pas cette tête, madame Lieber, elle est gentille votre filleule d'être venue vous voir. »

Nini n'aime pas le directeur. Tout le monde a beau le trouver gentil lui aussi, elle se flatte d'être encore un excellent juge de la nature humaine, et il y a quelque chose chez cet homme qui ne lui revient pas.

« Vous savez ce que j'ai trouvé sur Internet hier soir ? »

Nini ne répond pas. Elle est brasier. D'une main tremblante, elle remet son paquet de cigarettes dans la pochette attachée autour de son cou.

« Un faux de Sperati ! Sur un site de vente aux enchères, et je vais bientôt savoir si mon offre a été acceptée. »

Quand Nini est arrivée aux Bégonias, Philippe Drouin a tout de suite remarqué sur ses étagères le *Yvert & Tellier* coincé entre deux albums de photos. Le directeur fait partie de ces gens que le silence embarrasse. Mme Lieber n'étant loquace que de manière imprévisible et désordonnée, il a pris pour habitude de lui parler philatélie dès qu'il la croise. Un peu comme ces amis d'amis qui nous sont totalement indifférents et avec qui on partage toujours la même blague. Une complicité de façade qui rassure et n'a aucun sens.

À bien l'observer, Mme Lieber se dit qu'elle n'a jamais vu le directeur aussi rouge. Aujourd'hui, les timbres comme le reste, plus rien ne l'intéresse. Et pourtant, elle revoit ces après-midi interminables au marché aux timbres et les heures passées à classer, ranger, trier ces morceaux de papier rectangulaires, une pince à la main. Les fragiles petits pétales dentelés. Nini n'a pas touché un timbre depuis une éternité, elle ne le pourrait pas, la maladie de Parkinson fait trop trembler ses mains.

Et Philippe Drouin n'en a cure. Un Sperati, tout de même.

« Sans parler d'argent, je peux vous dire que j'ai fait une bonne affaire. Enfin, si ça passe, bien sûr.

– Je vous le souhaite.

– Hein ? Plus que trois minutes, croisez les doigts pour moi. »

D'un geste vif, il referme le classeur blanc et se dirige à nouveau vers son bureau. L'auxiliaire de vie déboule toute catastrophée et l'arrête d'un geste de la main. « On a un problème, monsieur le directeur. »

Allons bon, ce matin il est dit qu'il n'aura pas une minute à lui.

« Qu'est-ce qu'il y a, Josy ?

– Faut venir avec moi à la chapelle. C'est madame Paradis. »

Il est l'heure. Il sautille, une vraie gazelle.

« J'arrive, j'arrive, je dois juste vérifier quelque chose sur mon ordinateur et je suis à vous. »

Josy se tourne vers Nini et pousse un long soupir de contrariété.

« Toujours fourrée près du distributeur, ma Nini ?

– Je m'emmerde. »

Josy fronce le bout de son nez : « Ah ! Seigneur Jésus, pas les gros mots. »

Les yeux de Nini pétillent comme ceux d'un enfant s'apprêtant à vider une salière sur une limace :

« Je m'emmmmMMERDOUILLETTE.

– Je préfère ça. »

Le directeur sort de son bureau. Il affiche un bon sourire joufflu. Il s'approche de Mme Lieber qui n'attend plus rien de la vie et lui susurre : « C'est gagné ! »

# CHAPITRE 12
## *Salle à manger, 1*
## *11 h 45*

« Elle a des fourmis de partout, faut faire kèk chose.

– Comment ça, des fourmis ? »

Josy a coincé le directeur contre le mur orangé de la salle à manger, c'est la même peinture qui a servi pour le salon de coiffure, diluée avec du blanc, juste à la lisière de celle, jaune paille, de la salle d'activités. Le nez à quelques centimètres de l'opulente poitrine, le directeur est hypnotisé. Josy en profite pour faire de grands gestes dramatiques, cette fois-ci, on l'entendra.

« Bah oui, monsieur le directeur ! Avec le frigo qu'est en panne on l'a mise comme ça à l'air libre dans la chapelle, alors vous savez bien qu'y a des fourmis, c'est pas nouveau ça, je l'avais déjà dit le mois passé. Y a pas moyen de se faire entendre dans cette maison. Bah ça, j'aurais bien voulu qu'on appelle le défourmisseur, parce que les produits j'ai tout essayé, y a rien à faire de rien. Sales bestioles, je peux vous dire qu'y en a des millions, c'est tout infesté dans la bouche et les oreilles de partout. C'est horrible ! Quand j'ai vu ça, j'ai cru que j'allais tomber raide au tapis et rendre le sel de mon baptême, alors pour la famille...

– Taisez-vous, Josy ! »

Philippe Drouin profite de la surprise créée par son ton autoritaire pour échapper au colosse. Il s'enfuit pour aller constater lui-même l'ampleur des dégâts. Son sourire l'a quitté. Quelle imbécile cette femme de ménage, avec les résidents qui commencent à s'installer pour le déjeuner, elle n'a qu'à le hurler tant qu'elle y est !

Marthe Buissonette est à sa place habituelle. Elle a observé les gesticulations de Josy et les joues empourprées du directeur. Rien ne lui échappe. Elle se tourne vers Mme Alma : « Vous avez entendu ? Nous n'avons plus de Frigidaire. » Elle appelle : « Monsieur le directeur ? monsieur Drouin ! » Il est déjà parti. Mme Alma est assise en face de Mme Buissonette, son regard erre sur la nappe en plastique délavée. Elle semble observer distraitement un centre de table composé de roses en plastique bleues, rouges et jaunes piquées dans de la mousse. En réalité, ses yeux malades sont juste capables de faire danser des taches de couleur et ça la rend extrêmement triste.

Dans un quart d'heure, le déjeuner sera servi. Déjà, les petits chaussons valsent et se traînent. Derrière Marthe Buissonette, assise à la table des résidents du deuxième étage, une vieille dame murmure en continu : « Oh la la, oh la la... » Elle a contracté la polio quand elle était jeune et en a gardé une jambe plus courte que l'autre. Des chaussures monstrueuses permettent à ses pieds de toucher le sol et de faire glisser son fauteuil. « Oh la la », elle paraît surprise par sa propre souffrance. Sa voisine ramasse des miettes de pain avec son index droit et les fait glisser sur la table pour former des lignes parallèles. Au menu, céleri rémoulade, palette de porc sauce diable avec sa purée et tarte à la rhubarbe. « Oh la la, oh la la. »

Mme Buissonette tente à nouveau de capter l'attention de son amie. Elle enchaîne : « Ah, ils vont m'entendre, c'est pas parce qu'on est vieilles qu'ils peuvent nous donner des yaourts qui ont tourné ! Surtout moi, avec mes problèmes de digestion... » Louise relève la tête :

« Vous ne le mangez jamais votre dessert.

– Et si, justement aujourd'hui, j'avais envie d'une petite douceur. »

Mme Barbier, assise à la gauche de Marthe Buissonette, saute sur l'occasion pour participer à la conversation : « Vous êtes constipée ma'ame Buissonette ? Il vous donne quoi à vous, le médecin ? Parce que moi... »

Marthe Buissonette adore qu'on s'intéresse à ses problèmes de santé, mais elle fait mine de s'insurger :

« Madame Barbier ! Nous sommes à table !

– Désolée, moi ce que je dis c'est comment que vous savez si les yaourts ont tourné ? Ils ont dit qu'on aurait de la tarte à la rhubarbe.

– Vous n'avez rien compris, madame Barbier. Le directeur vient d'annoncer qu'on ne peut plus rien nous servir de frais, parce que tout le système de refroidissement est tombé en panne.

– Désolée. Moi ce que je dis c'est que je préfère la tarte. »

Marthe soupire. Cette femme a le don de l'énerver. C'est comme cette Nini qui veut toujours changer de place. La voilà qui vient justement, le capitaine Dreyfus pousse son fauteuil énergiquement. Cet homme-là a bien tort de rentrer dans son jeu. Couverte par les « Oh la la, oh la la » incessants de sa voisine de derrière, Marthe se penche vers ses deux acolytes et chuchote :

« J'espère que cette fois-ci, madame Lieber ne va pas faire de scandale. Vous vous souvenez la dernière fois ? Il a fallu que Josy intervienne, elle était allée s'attabler avec ceux du premier étage. C'est vraiment pour faire son intéressante.

– Oh oui, avec elle c'est pas du coton, et le capitaine qui fait ses quatre volontés en plus. »

Le seul terrain d'entente de Jocelyne et de Marthe, c'est une ligue tacite contre Nini. À croire que cette dernière le fait exprès. Il faut la voir crier après tout le monde et toujours redemander du vin. Il faut la voir refuser de manger puis décider qu'elle a faim quand on lui retire son assiette. Elle se lève à tout moment. En vérité, les frasques de Nini ravissent Mme Barbier car, alors, Mme Buissonette cesse de lui faire des commentaires désobligeants sur la manière dont elle tient ses couverts ou sur le fait qu'elle parle la bouche pleine. Une petite trêve en somme, une distraction.

Thérèse Leduc vient d'arriver dans la salle à manger. C'est la plus petite et la plus discrète de tous. Elle se tient droite dans son éternelle robe grise. Ses cheveux blancs noués en chignon sur le bas de sa nuque, elle opine de la tête et elle sourit. « Bonjour mesdames. » Elle a parlé si doucement que personne ne l'a entendue. Elle ne s'attend pas à ce qu'on lui réponde. Elle a l'habitude. Mme Buissonette l'a surnommée Thérèse-la-Niaise, Mme Barbier la trouve louche, Mme Alma ne la voit pas, Mme Lieber ne lui a jamais adressé la parole. Thérèse est arrivée aux Bégonias il y a deux ans de cela. Depuis, elle a participé à toutes les animations, à toutes les activités manuelles, elle s'est inscrite aux promenades de printemps, à la cueillette des champignons, à la sortie au théâtre des Variétés en matinée pour voir *Boeing Boeing* et à la visite organisée du château de Versailles. Elle n'a pas réussi à se faire d'amis. Thérèse est une vraie timide. De grandes choses l'attendent, mais elle ne le sait pas encore. Des effluves de cerfeuil et d'estragon s'échappent de la cuisine.

Thérèse porte un parfum à l'essence de muguet. C'est sa seule coquetterie.

Philippe Drouin traverse la salle à manger. Il marche vite, il ne veut pas que cela se remarque. Dressée sur la pointe des fesses, Marthe le guette.

« Monsieur le directeur ?

– Oui, madame Buissonette.

– C'est vrai que le Frigidaire est en panne ?

– Oh la la, oh la la, oh la la, oh la la. »

Le directeur tripote les boutons de son gilet, il bredouille : « Je... oui... ne vous inquiétez pas... nous maîtrisons la situation. »

Jocelyne Barbier veut participer à la conversation, elle lance une œillade de défi à son ennemie : « Vous voulez nous empoisonner avec des yaourts avariés, monsieur le directeur ? En plus, cette pauvre ma'ame Buissonette qui est constipée des problèmes de sa digestion. »

Le directeur perd les pédales : « Je vous demande pardon ? »

Mme Buissonette reprend la parole avant que Mme Barbier ne décrive tout à fait l'état de ses intestins : « Tatata, là n'est pas la question, tout ce qu'on mange ici est surgelé ! Non, avec tout le respect qu'on vous doit, c'est très grave. »

Alors il comprend. Ses joues reprennent leur rose initial et, goguenard, il donne une grande tape dans le dos de Mme Barbier : « Ah ! mais est-ce que je ne m'occupe pas de vous comme si vous étiez mes propres enfants ? C'était une petite panne de cinq minutes. Tout est réparé maintenant. Et puis, c'est dimanche, il n'y a pas de yaourt, il y a de la tarte à la rhubarbe ! Je vous souhaite à toutes et à tous un très bon appétit. » Une légère pirouette et le voilà reparti.

Jocelyne savoure son triomphe. « Je vous l'avais bien dit qu'on aurait de la tarte, ma'ame Buissonette ! »

Tout au fond de la pièce, se dresse une horloge de pur style Louis-Philippe en merisier de France massif avec une tête à portillon latéral et des verres biseautés. Son balancier est doré et, sur son cadran de faïence, trois fleurs des champs furent peintes à la main par un artiste passionné. Il est midi, les hostilités peuvent reprendre leur cours dans la salle à manger ; et avec la régularité de la petite aiguille, une vieille dame scande « Oh la la, oh la la ».

# Chapitre 13
## *Salle d'activités, 5*
## *12 h 00*

Il l'a échappé belle. Heureusement que ses « enfants » sont à moitié sourds. Philippe Drouin revient du débarras où sont entreposés les produits ménagers. Il traverse la salle d'activités. Un bon coup de Baygon et la famille de Mme Paradis n'y verra que du feu. Il ouvre la porte de la chapelle et s'y engouffre lestement.

M. Lebœuf et son fils se dirigent vers la salle à manger. Pascal Lebœuf tient son père par le bras. Robert marche bien pour ses quatre-vingt-trois ans. Léger comme une plume, il se balance plus qu'il n'avance. Il a mis son costume du dimanche. Un complet bleu marine et une chemise jaune paille, un peu délavée. Une cravate moutarde est nouée autour de son petit cou. Rasé de frais, il sent bon la crème Nivea. La raie sur le côté, les cheveux plaqués au Pento, il est propre comme un sou neuf.

« Je t'ai dit, papa ? Ça y est, j'ai pris mes billets pour les vacances, tu sais, le stage de yoga.

– Ah ! C'est bien ça. Tu pars quand ?

– Le 13 avril, pour une semaine. Je ne pouvais pas avant, Emeric a posé deux semaines à Noël et Mme Lalande a pris les vacances de février. Mais je suis content. J'ai bien fait, il ne restait presque plus de places.

– Et c'est où déjà, fiston ?

– Aux îles Canaries. J'espère qu'il va faire beau. J'ai échangé quelques mails avec le professeur...

– Des quoi ?

– Des courriers envoyés depuis un ordinateur. Elle m'a l'air tout à fait sympathique.

– Une professeur... Ça va guincher ! C'est bien mon grand, je suis content pour toi. Le yoga, je ne connais pas, mais je suis sûr que ça va te faire du bien. Dis donc, tu ne trouves pas qu'il y a une drôle d'odeur ?

– J'ai le nez bouché.

– Tu as encore attrapé une rhinopharyngite ? »

Robert regarde son fils avec tendresse. Leur complicité est interrompue par le claquement d'une porte. Le directeur sort de la chapelle.

« Ah ! Tiens, vous étiez là... » Philippe Drouin a l'air décontenancé, il se reprend.

« Comment ça va, monsieur Lebœuf ? Vous vous êtes mis sur votre trente et un, à ce que je vois.

- On fait aller... on fait aller, monsieur le directeur. »

Robert a la voix chantante. Lorsqu'il était enfant, il faisait partie des Petits Chanteurs à la Croix de Bois. Jeune homme, il sifflait comme un pinson pour qu'une fille le remarque dans la rue. Aujourd'hui, il porte un Sonotone, mais son amour de la musique ne l'a pas quitté. Une mémoire extraordinaire, il sait par cœur tout le répertoire de Maurice Chevalier et de Ray Ventura.

« C'est vrai ça, papa, tu t'es fait beau. »

Pascal Lebœuf est tout le contraire de Robert. Grand et fort. C'est une masse tranquille emmitouflée dans un blouson beige. Il voue une admiration sans bornes à son père. Sa brindille de père qui se serre contre lui et plisse ses yeux bleus rieurs.

« Ah ! Qu'est-ce que tu crois ? Il n'y a pas d'âge pour être élégant.

– Vous restez déjeuner avec votre papa, Pascal ?

– Non merci, monsieur Drouin, je dois y aller. Je l'accompagne à sa place et ensuite je file.

– Il s'occupe bien de vous votre garçon, monsieur Lebœuf, vous avez de la chance.

– Oui, j'ai de la chance, j'ai de la chance. Je voudrais bien qu'il me fasse des petits-enfants mais, comme on dit, on ne peut pas tout avoir. »

Le directeur cache mal son impatience. Il a eu son lot d'émotions. Il voudrait que ces deux-là disparaissent pour pouvoir se débarrasser de l'énorme aérosol dissimulé derrière son dos. Les Bégonias n'ont qu'une seule chambre froide – chambre étant un bien grand mot. Il s'agit plutôt d'un cercueil frigorifique encastré dans le mur du fond de la chapelle. Les deux petites fenêtres de cette pièce sombre donnent sur le patio. Six larges bancs en bois et quelques chaises sont alignés de part et d'autre d'une allée centrale. Une grande croix de bois toute simple, accrochée au mur du fond, achève de donner une impression d'ordre et de recueillement à la pièce. Après avoir lavé et arrangé le cadavre, le personnel est supposé l'y installer jusqu'à la venue de la famille. Ensuite, le croque-mort vient le chercher. Toute l'opération se fait le plus discrètement possible, car un décès est toujours un traumatisme pour les autres pensionnaires. Or, comme ce matin le thermostat était cassé, Josy avait laissé Mme Paradis sur son brancard à roulettes et fermé la chapelle. Les fourmis s'étaient immédiatement emparées du macchabée et ruisselaient en minces torrents de points noirs sur son visage. Après avoir constaté les dégâts avec Josy l'horrifiée, Philippe Drouin s'est décidé. On n'est jamais si bien servi que par soi-même. Il a foncé au débarras pour s'emparer d'une bouteille de Baygon vert 100 cl, spécial insectes rampants, « cafards, fourmis, blattes, araignées » et a retraversé la salle à manger au pas de course. C'est alors que Mme Buissonette l'a alpagué. Il a maudit Josy intérieurement. Heureusement, la vieille commère n'avait pas saisi le sens de leurs paroles. Il a fallu agir vite. Et dire qu'il n'a même pas eu le temps de renvoyer la confirmation pour son Sperati. C'est la première fois qu'il remporte une vente aux enchères et il a hâte de retourner dans son bureau pour s'assurer que l'envoi se fera sans encombre. La nièce de Mme Paradis a dit qu'ils viendraient à l'heure du déjeuner. Les fourmis, elles, continuaient leur trajectoire, toutes à la file indienne, elles rentraient dans le nez de la morte et couraient le long de ses yeux comme du Rimmel dégoulinant. Tant d'activité sur une femme inanimée donnait une impression saisissante. Philippe est un homme efficace, un homme sans états d'âme. Il s'est résolu à mettre un grand coup de bombe sur la tête de la Paradis, et à garder la famille le plus longtemps possible dans son bureau en attendant que l'odeur se dissipe. Il aurait peut-être dû en parler au président de son club de philatélie, mais il était trop content de leur faire la surprise dimanche prochain. En espérant que le timbre arrivera dans la semaine, bien sûr. Pschitt... Pschitt, les fourmis affolées se sont éparpillées. Pschitt... un effet de vernis sur les joues pâles. Pschitt... encore un coup dans les cheveux et sur la chemise de nuit de coton blanc. Certaines bestioles, tuées sur le coup, sont restées collées aux paupières. Les mains pataudes du directeur ont tenté d'épousseter le visage de la vieille femme, mais les fourmis étaient écrasées par tant de vigueur. Pschitt... Pschiiiitt... Philippe s'est énervé, l'odeur était insupportable. Après s'être débarrassé des dernières petites boules noires coincées dans les rides et aux commissures des lèvres, il a refermé soigneusement les portes de la chapelle infestée derrière lui.

« Allez mes enfants, c'est l'heure du déjeuner. Je vous quitte, j'ai un rendez-vous.

– Bonne journée, monsieur le directeur.

– Bonne journée, Pascal, à mardi. »

Mardi... D'ici là, tout sera peut-être différent. Un frisson d'impatience fait battre le cœur de M. Lebœuf.

« Tu trembles, papa ?

– Non non, fiston. »

# CHAPITRE 14
## *À l'accueil, 4*
## *12 h 15*

L'annonce de la mort de sa grand-tante a un peu chamboulé la journée de Martine. Elle a dû déplacer son rendez-vous chez le coiffeur et appeler son mari. Ce soir, ils sont invités chez les Audiberti et elle n'a rien à se mettre. Elle a pensé à son éternel tailleur kaki, celui avec le revers en satin, mais elle se demande si elle n'était pas justement habillée comme cela à la fête du comité d'entreprise de Michel, le mois dernier. Elle ne voudrait surtout pas que Marina Audiberti pense qu'elle n'a qu'une seule tenue, Michel étant le patron de Benoît Audiberti, elle doit être à la hauteur. Peut-être sa robe en crêpe noir ? Avec la peau de ses bras qui tombe, ça n'est plus possible. Ou alors avec un gilet noir ? Ça risque de faire un peu enterrement. Quand le directeur des Bégonias l'a appelée ce matin, elle a pensé annuler leur dîner et puis elle s'est dit que ça leur ferait un sujet de conversation. Ginette Paradis était la sœur de la grand-mère de Martine. N'ayant pas eu d'enfant, elle avait reporté son affection sur ses neveux. Tous, y compris le père de Martine, sont décédés. Leurs enfants se sont plus ou moins occupés de la vieille survivante. Au départ, ils ont organisé un système de tours de garde, une semaine chacun. Ils sont sept, ça leur faisait à chacun une visite tous les deux mois, ce qui est raisonnable pour une parente éloignée. Pourtant, entre celui qui habite Toulouse, celle dont le tour tombe en période de vacances scolaires, et l'autre qui n'a jamais passé son permis de conduire, il y avait toujours un problème. Ils se téléphonaient, parlaient d'un « empêchement », et comme la centenaire n'en finissait pas de mourir, leurs bonnes résolutions ont peu à peu fait place aux excuses les plus laconiques. Tout de même, le directeur aurait pu les avertir que c'était la fin, ils seraient venus lui dire au revoir. Aujourd'hui, c'était le tour de Jean-Luc, le frère de Martine. Il l'a appelée la veille pour lui dire qu'une gastro le clouait au lit. Elle l'a beaucoup plaint, ayant elle-même eu un gros rhume la semaine précédente. Elle finirait bien par trouver quelque chose dans le fond de ses placards. Et pourquoi pas son chemisier blanc rayé avec le joli ras du cou que Michel lui a offert pour son anniversaire ? Elle a prévenu les cousins. Tous, à part le Toulousain, ont pu se libérer. Même Jean-Luc sur qui l'Imodium a eu un effet miraculeux. Laurent passera chercher Françoise, Sylvie viendra avec son âne de mari et Marco a prévenu qu'il sera en retard, il les rejoindra directement au restaurant. Martine a réservé dans une crêperie, mais elle prendra une salade niçoise avec des anchois. Elle adore tout ce qui est très salé. Les repas chez les Audiberti sont extrêmement copieux. D'ailleurs, sa robe noire la boudine trop. Elle mettra son pantalon en Stretch, pour être à l'aise. Ses chaussons chinois rouges et son sac assorti, ce sera parfait.

Une jeune fille insignifiante avec un anneau dans le nez lui a dit de s'asseoir et d'attendre. Martine trouve le directeur absolument charmant. Elle a voulu arriver la première pour qu'ils aient le temps de discuter. Elle n'aime pas parler d'argent mais, cette fois-ci, c'est important. Du coin de l'œil, elle observe une jeune femme prendre mille précautions pour ouvrir la porte vitrée à une très vieille dame. Sa grand-mère probablement. Engoncée dans un manteau en peau de chameau, elle chancelle à chaque pas.

« Antoine n'est pas venu ?

– Non mémé, on va déjeuner toutes les deux en amoureuses. Tu es contente ?

– Il est malade ?

– Non, il a beaucoup de travail, tu sais. Allez, fais attention. J'ai garé la voiture juste en face, tu veux me tenir le bras ? »

Elle a réussi à passer la première porte. Les Bégonias, comme beaucoup de maisons de retraite, ont un sas de sécurité avec deux digicodes, certains pensionnaires étant de nature fugueuse. La jeune femme a empoigné le bras de sa mémé et l'entraîne vers le parking. Avant que la porte se referme, on entend la vieille dame qui glapit : « Pas si vite, je vais me casser la margoulette ! »

# Chapitre 15
## *Salle à manger, 2*
## *12 h 30*

« Tiens ! La petite-fille de madame Amette est venue la chercher pour déjeuner.

– Moi, mon Seb m'a promis qu'il viendrait cet après-midi. »

Mme Buissonette lance un regard vicieux à Jocelyne Barbier.

« Ça fait longtemps qu'il n'est pas venu vous voir, votre fils.

– Oh ! Pas tant que ça. Et puis c'est pas facile pour lui ! Il faut bien qu'il défende son travail.

– Quand on veut, on peut. »

Le sang de Mme Barbier se glace. Si elle était sûre de réussir son coup, elle enfoncerait sa fourchette en inox dans la gorge de la Buissonette. Elle mord son dentier et se tait.

La grosse Josy retire les assiettes de céleri rémoulade. Ses hanches se balancent avec la grâce d'un hippopotame. Elle évite de justesse un déambulateur oublié. Elle a retrouvé son calme et sa nonchalance des îles. M. Drouin lui a fait signe de loin : tout est arrangé pour Mme Paradis.

« Pouvez-vous me passer le pain, madame Leduc, s'il vous plaît ? »

Robert Lebœuf a la voix chevrotante d'un jeune amoureux. Mme Barbier lui tend la corbeille : « Oh, ce pain-là qu'est-ce qu'il est dur ! Ils croient peut-être qu'on a des dents de poneys ! » Thérèse n'a même pas levé les yeux. Robert soupire et prend un quignon. « Merci, merci, madame Barbier. »

Thérèse semble soudain comprendre que la question lui était adressée. Elle regarde Robert et lui sourit comme pour s'excuser d'avoir toujours un train de retard. Le cœur de M. Lebœuf rougit. « Vous ne trouvez pas que c'est un peu cérémonieux, depuis le temps que nous nous connaissons, de s'appeler par nos noms de famille ? » Il n'a pas voulu parler trop fort, de peur que les autres l'entendent mais, avec son Sonotone, il a du mal à percevoir le volume de sa propre voix. Les minces sourcils de Thérèse se dressent en accents circonflexes. « Je peux vous appeler Thérèse ? » Elle sourit encore. Elle n'est pas bien sûre d'avoir compris la question. Les yeux bleus de Robert brillent. Cet homme-là serait-il malicieux ? Les palettes de porc se sont figées dans une sauce brune. La purée est pâle.

« Thérèse ? Pouvez-vous me passer le sel, s'il vous plaît ? »

Cette fois-ci, Mme Leduc s'empare de la salière avant que Mme Barbier n'ait le temps de réagir.

« C'est mauvais pour vos artères, monsieur Lebœuf, on vous l'a bien répété.

– Je sais bien, je sais bien, madame Buissonette, mais avouez qu'elle n'est pas assez relevée cette sauce diable. Vous savez cuisiner, Thérèse ? »

Un morceau de céleri coincé entre les dents, Jocelyne Barbier aimerait que l'on s'intéresse à elle.

« Vous savez pas la dernière ? À l'atelier cuisine, on n'a plus droit aux œufs. Ils nous donnent des œufs en poudre à la place. On me fera pas avaler que ç'a le même goût ! »

Marthe Buissonette ne supporte pas que Mme Barbier prenne la parole. Elle se lance alors dans une grande explication : elle est déjà allée se plaindre au directeur, ce dernier lui a rétorqué que c'étaient les nouvelles directives, « question de sécurité alimentaire » soi-disant. C'est pour cela qu'elle a décidé de boycotter les fameux ateliers cuisine du mercredi. Cela ne sert à rien de vous faire croire que c'est « comme à la maison » s'ils vous font faire un gâteau en mélangeant des tubes. Puis elle se tourne vers le capitaine Dreyfus :

« Vous êtes bien silencieux, mon capitaine.

– Treize, quatorze, quinze... La tambouille elle est pas bonne ici. Moi, ce que je préfère, ce sont les poissons plats.

– Les soles, vous voulez dire ? »

Dreyfus attaque la vingtaine dans un murmure. Le front plissé de dégoût, il mange consciencieusement.

« Avant, j'étais la reine des omelettes, lance Louise Alma.

– Vous utilisiez de l'huile ou du beurre ?

– Du beurre.

– Il faut utiliser du Planta Fin, c'est meilleur pour la santé.

– Beurk. »

La Baronne, contre toute attente, a donné son avis. Mme Barbier, qui n'est pas avare de compliments, lui dit qu'elle est toute belle et bien mise en plissée. Mme Buissonette croit bon d'ajouter qu'avec ses chemises à fleurs, Elton est tout de même un drôle de coiffeur. La conversation enchaîne sur les papillotes.

« J'adore les femmes qui cuisinent. » Robert a touché la main de Thérèse dans un souffle.

« Oh ! Je n'ai jamais été très douée, vous savez, monsieur Lebœuf. » Elle a retiré sa main.

« Sauf pour le gâteau de semoule. Je tenais la recette de ma mère et rien que d'y penser, je peux encore sentir le parfum du caramel dans la maison. »

Elle a parlé plus fort qu'à son habitude. Robert est sur la lune. C'est le moment que choisit Nini pour crier que le caramel ça colle aux dents et qu'elle ne mange pas de porc. Alors, elle appelle Josy : « Josy ! Va me chercher un coca light ! »

Marthe Buissonette saute sur l'occasion.

« Vous ne pouvez pas vous tenir tranquille, madame Lieber ? Vous nous cassez les oreilles.

– Je ne t'ai pas parlé, vieille guenon. Josy ! Josy ! »

Marthe s'exclame comme dans un mauvais vaudeville : « Elle est vraiment insupportable et croyez-moi, ça ne va pas se passer comme ça ! »

Nini est lancée, elle vocifère des insultes : « Vous êtes une mauvaise ! » Mme Barbier ne peut s'empêcher d'acquiescer dans un murmure : « Mauvaise comme les herbes. »

Heureusement, l'attention de Marthe Buissonette est tout à Mme Lieber. « Je ne vous permets pas ! »

Nini, elle, a relevé le commentaire de Mme Barbier. « Du pissenlit, c'est ça. Dans mon jardin quand j'étais petite, en Afrique, ça poussait partout. Et les bonnes sœurs, ce qu'elles pouvaient être méchantes. Même si j'avais toutes les réponses, elles ne voulaient jamais m'interroger. Comme vous, tiens, sale égoïste. Il n'y a que vos petites affaires qui vous intéressent, mais on s'en contrefout de votre vie ! »

La Baronne se raidit, les cheveux à cran et la mine déconfite. Mme Barbier ponctue le tout de Oh ! et de Ah ! catastrophés, pourtant, elle est ravie que son ennemie se fasse traiter de tous les noms. Derrière elles, la vieille dame du second étage reprend ses « Oh la la » de plus belle.

« C'était bien la messe ce matin. Le prêtre a fait une homélie sur les pommes et la vieillesse, c'était très imagé. » Mme Alma s'est adressée à Mme Barbier, histoire de changer de conversation. Ce genre de scène l'indispose.

« Ah bon ? Moi j'avais pas compris ça, je croyais qu'il parlait de se faire refaire, tout ça, à cause des pommes ridées, parce que l'Église est contre la chirurgie esthétique.

– Oui, bien sûr, il faut vivre avec son temps.

– Oh la la, oh la la, oh la la. »

Madame Barbier interpelle la Baronne : « Moi j'aurais bien voulu qu'on me fasse les seins, dans le temps. Toute ma vie, j'ai dû me trimballer avec de ces pastèques, c'était pas drôle je peux vous dire ! Les vôtres y sont drôlement bien, c'est des comme vous que j'aurais aimé. »

Marthe Buissonette est scandalisée. Geneviève Destroismaisons bave sur son foulard de soie. Nini tremble de toutes ses bagues et cherche dans sa pochette nerveusement. Fumer, c'est tout ce qu'il lui reste à faire. « Oh la la, oh la la, oh la la, oh la la. » Robert a plongé ses yeux dans ceux de Thérèse. Et, subrepticement, le capitaine Dreyfus profite de l'animation générale pour remplir ses poches de pain.

# CHAPITRE 16
## *Chapelle, 1*
## *12 h 45*

« Comment ça, plus rien ?

– Plus rien, je te dis, rien. »

Entourée de ses petits-neveux, la vieille aïeule repose. Ginette Paradis est restée vingt-trois ans aux Bégonias. Après la mort de son mari, retraité de l'Administration, Ginette continua de toucher une pension de 2 100 francs. Elle avait alors quatre-vingt-trois ans et était propriétaire d'un pavillon dans la banlieue ouest de Paris. Elle décida d'entrer aux Bégonias peu après et mit sa maison en viager. Une visite chez le médecin, une autre chez le notaire permirent de fixer le bouquet à 400 000 francs et la rente mensuelle à 2 000 francs. La maison étant estimée à 625 000 francs, les actuaires avaient donc calculé un point mort pour Ginette à quatre-vingt-quinze ans. Les acheteurs étaient persuadés de faire une bonne affaire, c'était sans compter sur la santé tenace de Mme Paradis. Les 400 000 francs du bouquet avaient été placés en Sicav dites « de père de famille » à un taux annuel fixe de 4 %.

« Comment ça, plus rien ? C'est pas possible. »

Aujourd'hui, le tarif d'hébergement des Bégonias est de 59 euros/jour auxquels s'ajoute le tarif dépendance GIR 1 qui est de 14,69 euros/jour. Soit 73,69 euros/jour donc 26 896,85 euros/an (176 431,77 francs). Le degré GIR de dépendance est déterminé à l'entrée du résident par le médecin coordonnateur. Il y a vingt-trois ans, le coût total de l'hébergement aux Bégonias était de 44 392 francs/an (3 699 francs/mois). Les prix de la résidence en maison de retraite ont augmenté en moyenne de 6 % par an ; mis en relation avec la retraite de Mme Paradis qui, elle, suivait une inflation annuelle de 4 %, on peut dresser le bilan suivant : sa retraite et sa rente mensuelle viagère suffirent à payer les mensualités de sa maison de retraite pendant les trois premières années, puis Mme Paradis a dû grignoter son capital de 400 000 francs.

« Comment ça, plus rien ?

– Arrête de répéter ça comme un abruti. Et puis parle plus bas, on est dans une église !

– On n'est pas dans une église, on est dans la chapelle d'une maison de retraite. Comment ça, plus rien ? »

La somme placée vingt-trois ans plus tôt, si elle était restée intouchée, aurait aujourd'hui atteint le montant de 1 025 322 francs (156 309,33 euros) avec les intérêts composés. C'est dire l'étonnement des petits-neveux de la vieille dame à l'annonce que vient de leur faire Martine.

Ils sont tous réunis autour du corps blanc sur son lit à roulettes. Jean-Luc parle fort et fait de grands gestes avec les bras. Martine tente de calmer son frère. « Enfin, il reste exactement 7 169 euros. Ça nous apprendra, il ne faut pas vendre la peau de l'ours avant de l'avoir tué. »

Comme à son habitude, Sylvie, la sœur de Martine et de Jean-Luc, reste muette. Elle étudie la botanique et ne s'intéresse qu'aux cactus d'appartement. Son mari tente une question : « Ça fait combien en francs ? » Tous les autres se retournent vers la pièce rapportée. Martine hausse les sourcils, quel benêt ce Paul.

« Des cacahouètes si tu divises ça par sept.

– Ou par dix. »

Marguerite est la femme de Laurent, le cousin de Martine. Elle est professeur de piano et elle adore l'argent. Jean-Luc s'insurge :

« Pourquoi par dix ?

– Il y a dix arrière-petits-neveux.

– C'est sûr, toi, tu en as trois. Sympa ton système pour ceux qui sont célibataires et sans enfant.

– Je crois qu'avec ce que tu gagnes, tu n'es vraiment pas à plaindre.

– Ça n'a rien à voir.

– Vous allez vous taire, oui ! »

Martine soupire. Elle aussi est extrêmement déçue. Pas une bague, pas un petit diamant, pas une ménagère. Monsieur Drouin a été formel. La vieille avait tout liquidé avant de venir s'installer aux Bégonias, qui ne s'appelaient d'ailleurs pas les Bégonias à l'époque de l'entrée de madame Paradis. Le directeur a cru bon de le préciser, comme pour se dégager des sommes qui avaient été encaissées sous un autre nom.

Jean-Luc fulmine. L'Imodium a parfois des effets pervers.

« Mais enfin, un million, ça ne peut pas se dépenser uniquement en loyer !

– Un million ?

– Si tu comptes qu'elle avait 400 000 francs de côté, placés à 4 %, ça fait du quatre fois quatre, seize, fois un peu plus de vingt ans, on arrive à 350 000 francs juste en intérêts, même si elle a un peu tapé dedans, il doit bien nous rester quelque chose. T'es sûre qu'elle a pas fait des dons aux infirmières ou des trucs comme ça ? À la dame qui leur fait la lecture par exemple. Tu sais la petite là, avec son air sournois, qui aime soi-disant passer des heures à tenir la main des mamies en fauteuil roulant. Ça existe ça, les vieux qui n'ont plus personne, c'est connu. Ils se font arnaquer facile et par ici la monnaie !

– C'est horrible de penser ça, Jean-Luc !

– J'adore ! Ça donne des leçons de morale et ça n'a même pas son permis de conduire. »

Charlotte se mord les lèvres pour ne pas pleurer. Des taches rouges apparaissent sur son cou et ses joues. Sylvie est prise d'un haut-le-cœur.

« Ça sent mauvais, ici. C'est une infection. »

Tous acquiescent. L'air est irrespirable.

« Tu crois que c'est elle qui sent comme ça ?

– Tu veux dire, l'odeur de la mort ?

– Non, je crois plutôt que c'est le produit qu'ils mettent pour les conserver. Tu vois pas ? Elle luit. »

Quand elle était jeune, les joues de Ginette Paradis étaient un velours de pêche rose et blanc. Le Baygon en a fait de la toile cirée. Si Ginette avait su que sa mort causerait autant de déceptions, elle les aurait prévenus. Toute maigre dans sa chemise de coton blanc, la centenaire n'a pourtant jamais rien exigé de ses petits-neveux.

« Elle était gentille, quand même.

– On ne la connaissait pas.

– Bon alors, qu'est-ce qu'on fait maintenant ?

– J'ai faim.

– J'ai réservé dans une crêperie.

– J'ai envie de pâtisseries moi, ces temps-ci.

– Quoi, t'es encore enceinte ?

– Alors on y va ?

– On y va. Il va falloir qu'on parle des frais d'enterrement.

– Des frais de quoi ? Oh putain !

– Tais-toi, on est dans une église. »

Tous sortent de la chapelle infestée, laissant leur aïeule aux fourmis, et à sa triste mort de femme sans diamant et sans petites cuillères en argent.

Actualisation des comptes de Mme Paradis

| Année | Loyer annuel Maison de retraite | Rente annuelle viager | Rente annuelle retraite | Revenu net | Encours Sicav | Encours Sicav si intouchée |
|---|---|---|---|---|---|---|
| 23 | 44 392 | 24 000 | 25 200 | 4 808 | 404 808 | 400 000 |
| 22 | 47 137 | 24 000 | 25 200 | 2 063 | 406 872 | 400 000 |
| 21 | 50 051 | 24 000 | 25 200 | – 851 | 406 021 | 400 000 |
| 20 | 53 146 | 24 000 | 25 200 | – 3 946 | 402 074 | 400 000 |
| 19 | 56 433 | 24 000 | 25 200 | – 7 233 | 394 842 | 400 000 |
| 18 | 59 922 | 24 000 | 25 200 | – 10 722 | 384 119 | 400 000 |
| 17 | 63 628 | 24 000 | 25 200 | – 14 428 | 369 692 | 400 000 |
| 16 | 67 562 | 24 000 | 25 200 | – 18 362 | 351 329 | 400 000 |
| 15 | 71 740 | 24 000 | 25 200 | – 22 540 | 328 789 | 400 000 |
| 14 | 76 176 | 24 000 | 25 200 | – 26 976 | 301 813 | 400 000 |
| 13 | 80 887 | 24 000 | 25 200 | – 31 687 | 270 126 | 400 000 |
| 12 | 85 888 | 24 000 | 25 200 | – 36 688 | 233 438 | 400 000 |
| 11 | 91 199 | 24 000 | 25 200 | – 41 999 | 191 439 | 400 000 |
| 10 | 96 839 | 24 000 | 25 200 | – 47 639 | 143 800 | 400 000 |
| 9 | 102 827 | 24 000 | 25 200 | – 53 627 | 90 173 | 400 000 |
| 8 | 109 186 | 24 000 | 25 200 | – 59 986 | 30 187 | 400 000 |

| Année | Loyer annuel Maison de retraite | Rente annuelle viager | Rente annuelle retraite | Revenu net | Encours Sicav | Encours Sicav si intouchée |
|---|---|---|---|---|---|---|
| 7 | 115 937 | 24 000 | 25 200 | – 66 737 | – 36 550 | 400 000 |
| 6 | 123 106 | 24 000 | 25 200 | – 73 906 | – 110 457 | 400 000 |
| 5 | 130 719 | 24 000 | 25 200 | – 81 519 | – 191 975 | 400 000 |
| 4 | 138 802 | 24 000 | 25 200 | – 89 602 | – 281 577 | 400 000 |
| 3 | 147 385 | 24 000 | 25 200 | – 98 185 | – 379 763 | 400 000 |
| 2 | 156 499 | 24 000 | 25 200 | – 107 299 | – 487 061 | 400 000 |
| 1 | 166 176 | 24 000 | 25 200 | – 116 976 | – 604 038 | 400 000 |
| - | 176 452 | 24 000 | 25 200 | – 127 252 | – 731 290 | 400 000 |

# Deuxième partie

*Les gens tiennent à la vie plus qu'à n'importe quoi,*
*c'est même marrant quand on pense*
*à toutes les belles choses qu'il y a dans le monde.*

Romain Gary, *La Vie devant soi*

## CHAPITRE 17
*Patio, 2*
*13 h 00*

« Larguer les amarres ! »

Le capitaine Dreyfus exulte parmi les petites fleurs. Il sait bien qu'il ne devrait pas se faire remarquer. Pas aujourd'hui. Il a énormément de mal à maîtriser son émotion. La grande évasion est prévue pour ce soir. Ce soir, c'est décidé, il embarquera sur un bateau et il naviguera jusqu'au bout du monde. Tout est arrangé.

« Qui vient là ? Quatre, cinq, six, sept, madame Lieber en canoë ? Elle a un bon coup de patte de cygne. »

Nini sourit en faisant tourner tant bien que mal les roues de son fauteuil. C'est l'heure de la promenade digestive, comme l'appelle M. Drouin. Après le déjeuner, les résidents sont acheminés vers le patio, histoire de respirer du bon air pur en bordure de la voie ferrée. Nini veut fumer une cigarette. Elle en propose une au capitaine. Il reste cloué à son buisson.

« Non, non merci. J'ai perdu ma longue-vue, douze, treize, quatorze.

– C'est pas dans les lauriers-roses que vous les retrouverez, vos binocles ! Moi, j'ai perdu une bague. Elle appartenait à ma mère. Elle la tenait de sa grand-mère arrière. Ils me l'ont volée lorsque je suis arrivée ici.

– Ah ! bien. Oui, non merci. Je préfère rester là. Et puis les dépôts d'alluvions sont nuisibles à la navigation.

– Je vous demande pardon ?

– Je dis ça pour les cigarettes.

– Faut suivre avec vous, mon colonel. »

Un à un, les pensionnaires sortent du bâtiment et trottinent en direction des tables et des bancs. C'est une valse de cannes et de déambulateurs qui vient rompre l'harmonie de la pelouse. Le cœur du capitaine Dreyfus bat plus fort dans sa poitrine. Ils vont tout faire capoter. Discrètement, il tente de remettre de l'ordre dans les branchages qui dissimulent le trou du grillage.

« Faut écoper ! Faut écoper !

– Oh, la ferme, commandant ! On vous a pas sonné. »

La toux s'empare de Nini qui a allumé sa cigarette à l'envers. Dreyfus s'élance vers Mme Buissonette : « Ne restez pas là, madame, retournez à votre cabine. Quatorze, dix-huit, trente-neuf, quarante. »

Marthe rit. Elle aime bien le capitaine. Elle lui tapote l'épaule. « Mais enfin, ne vous énervez pas comme ça, mon chat. » Nini jette sa cigarette. Elle manque de peu la robe de Mme Buissonette. Marthe lui lance un regard de mépris et tourne les talons. Déjà, le capitaine a empoigné le fauteuil de Nini et la roule le plus loin possible de son point d'abordage. Ils croisent M. Drouin venu faire ses amabilités. « Mille sabords, le barragiste ! » Une fois encore, le fauteuil change de direction. Nini adore lorsque le capitaine la trimballe comme cela. Ça lui rappelle les manèges de son enfance. Elle voudrait crier « Plus vite ! Plus vite ! » mais elle sait que le directeur voit d'un mauvais œil tout ce qui approche de l'exaltation. Le capitaine est son partenaire de folie. Les résidents amorphes assistent au tangage zigzaguesque des deux compères dans l'incompréhension la plus totale.

« Au moins on rigole avec vous, mon capitaine !

– Attention, on va bientôt accoster ! »

Dans un hoquet de joie, le fauteuil bascule une dernière fois et manque de renverser la petite Mme Méloche en pleine pause respiratoire. « À bâbord, moussaillon ! » Philippe Drouin arrête leur course folle. Le capitaine le regarde, interdit. Un tas de pensées pratiques tempêtent sous son crâne. Les branches, a-t-il bien remis les branches ? Est-ce qu'il a oublié quelque chose ? Et si l'on découvrait le pain ? Et les biscuits ? Il aurait dû tout garder sur lui. Non, personne ne regarde dans la direction de sa cachette. Il a réussi à faire diversion. En revanche, il a attiré l'attention du directeur, ce qui n'est pas malin. « Vous êtes bien agité aujourd'hui, monsieur Picard. » Le capitaine Dreyfus rougit. Il baisse la tête et reprend ses suites de chiffres dans un murmure. Nini se renfrogne. Pour une fois qu'on s'amusait un peu.

# Chapitre 18
## *Chambre de la Baronne, 2*
## *13 h 15*

« Ma douce, c'est moi. Je suis revenu. »

Alphonse Destroismaisons ne peut pas se passer de sa femme. Allongée sur son lit, Geneviève fixe l'armoire en sapin qui renferme ses habits. Elle est hagarde.

« Tu as bien déjeuné ? C'était bon ? »

Sous le haut lit de la malade, Alphonse repère un mocassin abandonné et un bas de Nylon roulé en boule. L'amoureux se raccroche aux objets. Une chaussure de sa femme lui rappelle combien ses pieds sont jolis. Pour un peu, il serrerait le soulier contre son cœur. Geneviève, elle, ne sait plus à quoi sert une brosse à dents. La mémoire seule rend les choses utiles. Elle tourne lentement la tête en direction d'Alphonse et semble ne pas le reconnaître. Les yeux bleus tant aimés le traversent comme s'il était une poupée de calque.

« Christiane m'a dit que tu n'avais presque pas touché ton assiette. Il faut manger, ma chérie. »

Sa bouche articule un oui inaudible. Il n'est pas rare qu'Alphonse Destroismaisons fasse déjeuner sa femme dans sa chambre. Elle prend un temps infini à terminer son assiette, et il n'aime pas voir le personnel la brusquer. Sa Geneviève a toujours eu un appétit d'oiseau. C'est le rituel du « Encore une bouchée, ma douce », « Je n'aime pas ça », « Il faut que tu prennes des forces », « Beurk ».

Pour l'encourager, il mange devant elle, et il lui arrive de finir son repas sans s'en rendre compte. Un jour, elle lui avait demandé de l'emmener à La Tour d'Argent. Il était resté bête, la cuillère à la main. Il les avait revus, elle dans une longue robe noire et lui tremblant dans son costume, le soir où il l'avait demandée en mariage. Ils avaient commandé un canard au sang, et elle avait dit oui.

« Oh, mon amour, tu te souviens ? Tu te rappelles de La Tour d'Argent ? C'est là que j'ai demandé ta main.

– Oui. »

Les larmes lui étaient montées aux yeux, elle l'aimait donc, elle n'avait pas tout oublié, pas encore. « Je vais t'y emmener, je te promets, je vais réserver dès que je serai rentré à la maison, tu te feras belle comme tu sais si bien faire et nous commanderons un canard au sang. Ce sera délicieux, ce sera comme avant. » Les yeux éteints, Geneviève n'avait pas répondu. Mais Alphonse avait longtemps savouré sa joie.

Aujourd'hui, il n'a pas eu la force. Sa femme a mangé du céleri rémoulade avec tous les autres et lui s'est fait une omelette devant le journal du dimanche.

« Je me suis mis à cuisiner, tu sais. Comme tu es partie de la maison, il fallait bien. L'autre jour je me suis même fait une canne aux raisins... je veux dire, une caille. »

Elle fronce les sourcils et sa bouche prend une moue dubitative charmante. Alphonse connaît chacune des expressions de sa femme. La maladie n'a pas encore eu raison de ces habitudes de séductrice. Il sent son cœur fondre.

« Ça t'épate, hein ? Je veux dire que tu n'aurais jamais cru ça de ton petit mari. J'aime bien, ça me détend. Je t'avouerai que je mange aussi beaucoup de surgelés. Enfin, toi qui disais que je n'étais même pas capable de me faire cuire un œuf.

– Tu n'es même pas capable de te faire cuire un œuf.

– Ah ! Tu vois ! Eh bien tu serais étonnée. Je me fais des petites salades, des desserts même. Ça ne vaudra jamais ton gâteau au chocolat. J'en salivais au volant quand je rentrais du bureau. Tu te souviens ? Nous étions si heureux. Tu m'as rendu très heureux.

– Mon mari ?

– Oui, ton mari. Oui, ma chérie.

– Où est mon mari ? »

Alphonse soupire et s'assied au bord du lit. Il lui prend doucement la main.

« Pour la trente-six millième fois, c'est moi ton mari. Geneviève, s'il te plaît, souviens-toi au moins de ça.

– Mon mari va venir ? »

La main de sa femme se serre. Il sent un frisson lui parcourir la colonne vertébrale. Les yeux bleus s'agitent soudain et virent au gris. Une peur tragique lui noue la gorge. Il voudrait ne pas voir, ne pas entendre ce qui va suivre, car il sent la crise proche.

« Je suis là. Je suis là. Je t'aime, c'est moi ton mari. Je t'aime. Je viens te voir tous les jours. Tous les jours. Je suis là avec toi et je m'occupe de toi parce que je suis ton mari. Ton mari. Et tu es malade. Tu perds la mémoire. Je sais bien que tu perds la mémoire, mais moi je suis ton mari et je t'aime et je suis là.

– Mon mari ?

– Arrête Geneviève, s'il te plaît, ma douce. S'il te plaît.

– Mon mari va venir ? Il ne faut pas...

– Si, il faut. Il faut qu'un mari s'occupe de sa femme et je suis là, moi.

– Il ne faut pas qu'il nous...

– Tais-toi ! Tais-toi. Si, il faut. Je suis là. »

Il ne veut pas entendre. Pas cette fois. Il ne veut pas la voir s'effrayer à l'approche du mari cocu. Il ne le supportera pas. Elle se dresse de toute son hystérique maigreur. Ils ont partagé les joies et les peines, ils ont eu des projets, ils sont partis en voyage, ils ont eu des enfants, et elle n'a gardé que

# Chapitre 19

*Salle d'activités, 6*

*13 h 30*

Avec son blouson orange, un jean trop court qui laisse voir de grosses chaussettes de laine et ses chaussures de sport flambant neuves, Sébastien Barbier est à mi-chemin entre un champion d'haltérophilie et un écolier le jour de la rentrée des classes. Trapu, la démarche dodelinante d'un homme qui vous déménage un piano en moins de deux, il traverse la salle d'activités et, soudain, son visage s'éclaire. Sa mère ne l'a pas vu. Assise sur un canapé vert tilleul, elle regarde la télévision. Une publicité vente les mérites d'un liquide vaisselle destiné aux hommes de la nouvelle génération. Le beau brun choisi pour les représenter a l'air ravi de laver une pile de douze assiettes et sourit d'aise à la simple vue d'une tache de graisse. Trop absorbée pour sentir les pas de son fils qui s'approchent dans son dos, Jocelyne pousse un cri cette peur. Il la déteste. Soudain elle se jette sur lui et l'embrasse avec passion. Alphonse sent son cœur défaillir. Elle vibre comme la corde d'un violon, une note suraiguë. « Va-t'en, mon mari va... »

Ce baiser n'était pas pour lui. Geneviève termine sa phrase dans un cri de douleur. Alphonse l'a giflée. Elle porte la main à sa joue. « Pourquoi avez-vous fait ça ? »

Les sanglots se glissent lentement dans sa gorge et l'empêchent de parler. Il détourne le regard. « Parce que je suis ton mari. Parce que... »

Il voudrait tellement qu'elle l'aime et qu'elle le prenne dans ses bras.

« Vous m'avez fait mal.

– Pardon. Pardonne-moi, ma douce, ma belle, ma chérie, pardonne-moi. »

Elle est étrangement calme. Il ne retient plus ses larmes. Il lui embrasse les mains. Elle se laisse faire, impassible. Ses yeux bleus sont retournés leur vide initial. Il l'a perdue.

lorsqu'il pose les mains sur ses yeux. Elle bondit et, dans sa brusquerie, fait tomber ses lunettes.

« Mon poussin ! Mon Seb ! »

Elle le serre dans ses bras.

« Moune, lâche-moi, tu m'étouffes !

– Ah, le chenapan qui fait des peurs à sa vieille mère ! »

Elle le tient fermement contre sa grosse poitrine fleurie. Puis, elle s'écarte et exécute une révérence avec la grâce d'un manchot.

« T'as vu ? J'ai mis ma nouvelle robe. Celle qu'on a commandée aux Trois Suisses.

– Pour sûr, elle est belle...

– Hein ? Elle peut. »

Jocelyne irradie. Son Seb qui est venu ! Elle veut que tout le monde le voie. Elle le tire vers le patio et ses bancs de spectateurs amorphes. Elle espère que la Buissonette y sera encore. Elle va lui faire une vraie démonstration d'amour filial.

« Tourne-toi un peu pour voir comme tu es beau. Bon, ça va. Tu vas venir avec moi. Je vais te présenter mes copines. Tu vas être gentil, hein ? Et bien poli comme il faut. J'ai ma réputation aux Bégonias.

– Oui Moune. Tu veux pas qu'on se pose un peu ici avant ? Tu regardais la télé ?

– C'était en t'attendant. Je veux profiter de toi. La télé, je l'ai toute la semaine. Tu peux rester combien de temps ? »

Il jette un coup d'œil à sa montre pour se donner un air plus convaincant.

« Bah, pas longtemps. J'ai Pascaline et les petites qui m'attendent à la maison.

– Elles ont pas voulu venir ?

– C'est pas ça, tu sais bien qu'elle est fatiguée et puis, avec les gosses, c'est pas facile.

– Ça va, ça va. Du moment que t'es là, je m'en fiche. Ça me fait tellement plaisir de te voir. Tu me manques, tu sais. Je pense tout le temps à toi.

– Moi aussi Moune, moi aussi.

– Et comment ça va au bistrot ?

– Bien. Pascaline travaille beaucoup, tu sais.

– Elle l'a voulu. Moi, je pouvais tenir la caisse jusqu'à ma mort, si on m'avait laissée...

– Recommence pas.

– Non, non t'as raison. Allez, viens ! »

# CHAPITRE 20

*Patio, 3*

*13 h 45*

C'est en mère-triomphe que Jocelyne Barbier rejoint le patio. Derrière elle, Sébastien hoche la tête et enfonce ses pouces dans les poches de son jean. Une affection profonde le lie à sa « Moune ». Avec elle, il a toujours l'impression d'avoir douze ans. Pourtant, ces derniers temps, elle a montré des signes de faiblesse qui ne lui ressemblent guère. Elle lui a avoué faire des cauchemars, en vieille femme apeurée. Sébastien ne peut se résoudre à pareille idée. Sa mère, sa grosse mère avec ses seins lourds et son ventre immense, bien calée sur ses deux jambes, est un roc, une tenace que la vie n'a pas épargnée et qui a appris à encaisser les coups. Jamais il ne la verra comme une de ces fragiles, comme une Pascaline. La femme de Sébastien a du caractère, elle a l'agressivité des petites menues aux seins durs. Tout le contraire de sa mère. C'est peut-être cela qui lui a plu. Sébastien ne comprend rien aux nuits d'angoisses de Moune. Il sait qu'elle a peur, mais il ignore de quoi. Elle n'a jamais voulu lui expliquer. Une fois, elle a fondu en larmes. « Protège mes petites-filles, méfie-toi des amis. » Puis, elle lui a dit que tous les hommes étaient des salauds, qu'ils ne pensaient qu'à « se dégorger le poireau ». L'expression l'avait amusé. Les Barbier n'étaient pas connus pour leur finesse. Les clients du troquet familial ne faisaient pas dans la dentelle. Sébastien se rappelle les rires gras du père derrière son comptoir lorsqu'un ivrogne lui racontait une blague salace. Il se souvient de l'odeur de café crème, de friture mélangée au tabac froid qui imprégnait ses vêtements jusque sur les bancs de l'école. « Tu es un bon garçon », lui disait sa mère alors qu'il lavait les carreaux ou qu'il balayait les derniers mégots à la fermeture au lieu d'apprendre sa poésie pour le lendemain. Un cancre, mais un brave gars, le cœur sur la main. Toujours le sourire.

Sébastien n'avait pas été attristé par la mort de son père. Il avait pensé « bon débarras pour Moune ». Le vieux avait la main leste. Sébastien l'avait expérimenté plus d'une fois. Il ne s'en était jamais plaint. Un soir plus arrosé que la moyenne, il avait voulu s'interposer entre sa mère et son père, Moune l'en avait empêché. « T'occupe pas de ça, c'est des problèmes de grandes personnes. » Elle le protégeait du monde des adultes. Elle l'a appelé « le gamin » jusqu'à ses vingt ans, au moins. Et paradoxalement, elle lui faisait une confiance aveugle. Il se souvient des œillades de fierté que lui lançait sa mère depuis sa petite enclave de vente de cigarettes et de billets de loterie. Il avait pris la place de son père, derrière le bar, sans se poser de questions. Il connaissait les ficelles du métier et, pour ce qu'il faisait à l'école, il était tout aussi bien là. La mère et le fils s'aimaient tendrement, en toute simplicité. Il a eu de la peine lorsqu'elle est partie. Mais Pascaline et elle passaient leur temps à se crêper le chignon. Et Sébastien Barbier n'aime pas les conflits. Toujours le sourire, mais les histoires de bonnes femmes ça lui prend la tête.

Mme Alma est assise sur le banc à côté d'une dame du deuxième étage si voûtée qu'elle ressemble à une tortue. La tête enfoncée dans les épaules, Henriette Drolet ne peut plus regarder personne dans les yeux sans faire d'horribles contorsions du menton. Louise distingue la silhouette de Mme Barbier toute guillerette...

« Oh ! Je me trompe ou c'est votre fils que je vois là, derrière vous, Mme Barbier ?

– Oui, il est venu voir sa vieille mère. Pour une surprise, hein ? Si je m'attendais ! »

Mme Buissonette, qui n'est jamais bien loin de Mme Alma, accélère le pas et se rapproche du groupe. Elle toise le fils et le juge commun, petit.

« Comment cela, madame Barbier ? Vous nous avez dit au déjeuner qu'il viendrait aujourd'hui. »

Jocelyne ravale sa salive. La Buissonette est une vieille jalouse. Ça n'est pas ses enfants qui l'aiment comme ça, pour sûr, elle a été une mauvaise mère. Cinq progénitures pour une visite par mois, à peine, ça veut bien dire ce que ça veut dire. Femme de pasteur... pourtant c'est des gens qui s'occupent bien de leurs gosses normalement. Mais la méchanceté ça vous refroidit tout. Un jour, Mme Barbier a voulu être gentille et lui a demandé si elle ne se sentait pas trop seule. La Buissonette l'a envoyée valser en lui expliquant qu'elle n'avait pas mis des enfants au monde pour qu'ils restent accrochés à ses jupes toute sa vie. Mme Barbier a pensé à sa propre mère et s'est dit qu'il y a des gens sur terre qui ne sont pas faits pour l'amour maternel. Ça lui a donné la chair de canard.

« Oui, mais vous savez ma'ame Buissonette, les enfants c'est toujours très occupé, alors quand ils viennent ça fait plaisir. »

Elle regrette sa réponse, elle aurait dû la moucher cette vieille mule, son Seb l'aurait défendue.

« Vous avez vu mon fils, ma'ame Alma ? Vous avez vu comme il est un bel homme ?

– Oh, mon petit, moi vous savez, je suis presque aveugle.

– Seb, raconte une blague à ces dames, allez, s'il te plaît, fais pas ta chochotte, raconte. Vous allez voir comme il raconte bien. »

Nini est restée avec le capitaine Dreyfus à discuter maritime à l'autre bout du patio. Elle voit qu'un petit attroupement s'est formé autour d'une grosse femme dans une robe à fleurs atroce. Nini ne connaît pas le nom des résidents qui ne l'intéressent pas. Nini est une grande associable et elle ne parle qu'à ceux qui s'adressent à elle directement. Du haut de sa folie, elle les méprise tous ouvertement. Elle ne peut se résoudre à devenir amie avec des vieilles édentées. Mme Alma, par exemple, s'attire toutes les sympathies, elle a quatre-vingt-douze ans. C'est vingt-deux de plus que Nini. Et c'est beaucoup trop, car Mme Alma et toutes les autres attendent sagement que la mort vienne les cueillir dans leur lit, alors que Nini a toujours envie. D'ordinaire, elle préfère fumer seule dans son coin, pourtant elle ne résiste pas à la curiosité de savoir ce qui se trame. Elle se tourne vers le capitaine :

« Vous voulez pas qu'on aille par là-bas ?

– Voir les gens dater ?

– Oui, c'est ça, faut mouiller l'ancre.

– Il faut d'abord vérifier les arrivotes et les dérivotes.

– Vous faites chier, mon général, on y va ou pas ? »

Ne voulant pas à nouveau attirer l'attention sur lui, Dreyfus les amène jusqu'au bouleau où Mme Barbier se gargarise et interroge pour la troisième fois son fils qui regarde sa montre pour se donner une contenance. Il sait d'expérience qu'une blague trop longtemps attendue perd de sa force. Le plus souvent, c'est la surprise qui déclenche le rire.

« Ben alors, t'as pas une blague pour nous faire rigoler un coup ?

– Si, bien sûr... Ah tenez... qu'est-ce qui est le plus dur à mixer dans un légume ? »

Les petites vieilles se tiennent immobiles. Henriette Drolet a tout à fait rentré sa tête dans son dos carapacé. M. Drouin les a rejoints et a déjà préparé son rire de elle-est-bien-bonne-celle-là. Le capitaine Dreyfus couvre un buisson d'un regard amoureux.

« C'est le fauteuil roulant ! »

Aucun des spectateurs ne rit, sauf Sébastien, pour donner le départ. Un éclat de « Ha ! », retombé immédiatement sur le silence des pelouses. Tous contemplent béatement leurs chaussons. Mme Barbier est déçue, elle se dit que Seb aurait pu en choisir une autre. Elle regarde Mme Buissonette du coin de l'œil, la méchante a les lèvres pincées. M. Drouin tripote nerveusement les boutons de son gilet. Et soudain, on entend un râle, il part du fin fond d'une poitrine tabagique. Tous, silencieux, se tournent vers Nini, elle tousse, elle s'étouffe de rire. Un peu comme une otarie quand elle attend qu'on lui envoie un ballon, ça fait « Hon ! Hon ! Hon », ou comme un bébé devant qui on agite un hochet et qui hurle de joie. Comme les tintements suraigus des grelots, c'est violent et ça affole les moineaux. Nini pleure, elle ne peut plus s'arrêter. Alors, entre deux sanglots euphoriques, elle gémit : « Ce qu'on s'amuse aujourd'hui ! »

# CHAPITRE 21
## *Chambre de la Baronne, 3*
## *14 h 00*

Il l'a giflée et ça n'était pas la première fois. Alphonse le vieil amoureux qui pleure et qui demande pardon. Alphonse bat sa femme. Il lui pince le bras, il lui broie les poignets, il la frappe au visage, dans le ventre, pour la faire taire. Pour qu'elle se souvienne qu'il l'aime. Pour lui faire comprendre, en dernier recours. Pour que ses crises et ses angoisses cessent. Il ne sait pas comment ils en sont arrivés là. Il se souvient de ses premières absences. Un jour, il l'a retrouvée devant la grille de leur maison. Elle lui a demandé où elle habitait. Ça n'a duré que quelques secondes. Il a cru qu'elle le mettait en boîte. Et puis elle a eu des trous de mémoire. Elle oubliait où elle avait garé sa voiture, d'aller à des rendez-vous, elle égarait son sac, son porte-monnaie, ses clefs. Elle riait en plissant les yeux : « Je perds la tête ces temps-ci, mon pauvre Alphonse. » Une fois, elle n'a pas éteint les brûleurs de la gazinière et il s'est fâché. « Fais attention, ma douce, c'est dangereux. » Alphonse, si calme, si posé. Ce n'étaient que de petits oublis, Alphonse travaillait beaucoup, il n'était pas là dans la journée pour la voir errer et se perdre entre le salon et la salle de bains. Elle n'avait pas soixante ans, rattacher ces symptômes à une telle maladie lui semblait impossible. Et puis, un soir, il l'a vue se servir d'un livre de cuisine. Un cadeau de la tante Alice pour leur mariage. Geneviève était une cuisinière extraordinaire, elle n'avait pas sa pareille pour la blanquette de veau et, surtout, elle n'avait jamais eu besoin de recette, elle faisait tout à l'instinct. C'était un gros volume intitulé *La Cuisine du bonheur* relié en vichy jaune avec un brin de muguet brodé sur la couverture. Resté sur une étagère, le livre avait pris la poussière au lieu de se faire asperger de graisse et de finir maculé de sucre et de farine. Aujourd'hui, c'est Alphonse qui s'en sert. Les recettes sont un peu vieillottes. Qui voudrait encore préparer une bréjaude ? De ce jour, il a commencé à se méfier. Certains objets disparaissaient. Il a trouvé par hasard le fer à repasser dans le congélateur, la laisse du chien dans son tiroir à chaussettes et sa montre dans le sucrier. Alors il l'a emmenée consulter un médecin.

Il se revoit sur la chaise au design futuriste, lorsque le docteur a prononcé le mot fatal. Alzheimer. Et lui qui pensait qu'une prescription de gélules de phosphore ferait l'affaire. La trace de ses mains moites sur le cuir. Le médecin a été très doux et très catégorique. Ils sont allés chercher Geneviève ensemble. Assise dans la salle d'attente, elle lisait négligemment un magazine féminin, jambes croisées dans une jupe noire fendue. Le cœur d'Alphonse a bondi dans sa poitrine. Un moment, il l'avait crue malade, mais à la voir si belle dans ce cabinet lambrissé, il a eu l'impression d'avoir fait un mauvais rêve. Les déclarations du médecin n'étaient qu'un songe dont il s'éveillait à peine. Ils allaient tous les trois retourner s'asseoir sur les fauteuils carrés et le docteur annoncerait que Geneviève était la plus belle femme qu'il ait jamais vue, il lui ferait un petit sourire en coin, peut-être même se retrouveraient-ils plus tard, loin du mari aux mains moites, et il écrirait sur l'ordonnance : « Manger beaucoup de poisson, se reposer et faire des mots croisés. »

Alphonse n'avait pas rêvé. Geneviève a montré un désespoir sans surprise ; elle savait depuis longtemps. Alphonse a compris que c'était elle qui lui avait caché ses inquiétudes et non l'inverse comme il s'était plu à l'imaginer. Geneviève et ses mensonges, ses dissimulations. Toute sa vie, elle l'avait leurré. Lui avait voulu la protéger ; une fois de plus, il avait été berné. Ils sont rentrés main dans la main. De retour chez eux, elle a beaucoup pleuré et il l'a prise dans ses bras. Il lui a dit de ne pas s'inquiéter, elle était encore très jeune, la médecine faisait des progrès, il perdrait la tête un jour lui aussi, et ils finiraient béats dans un asile sans avoir à se soucier de quoi que ce soit. Il lui a dit « bienheureux les simples d'esprit » en lui caressant doucement les cheveux. Elle l'a rejeté en criant : « Tais-toi, tu ne sais pas de quoi tu parles, je préfère cent fois mourir. Mourir ! Tu entends ? » Alphonse connaissait sa femme, il savait qu'elle s'accrocherait. Il savait qu'elle était trop lâche pour se suicider et que quand la vie ne tient plus qu'à un fil, c'est fou le prix du fil. Et puis, à bien y repenser, ça n'était pas pour lui déplaire. Qu'enfin elle dépende de lui. Qu'enfin, il soit son maître. Il ne s'est pas avoué cela. Pas tout de suite du moins, mais il adorait l'idée de la protéger d'elle-même, de penser pour elle, de devoir s'occuper des plus petites choses de sa vie. La fois où elle s'est habillée comme en plein hiver un 15 août, il a été heureux de la déshabiller et de choisir ses vêtements. Et puis la situation a dégénéré. Vite, beaucoup trop vite. Elle avait des crises de paranoïa, des insomnies qui la faisait errer des heures entières dans la maison. Il avait peur de la laisser seule. Jusqu'au jour où elle ne l'a pas reconnu. « Qui êtes-vous ? Où est mon mari ? » Une fois encore, son cœur aveugle a brouillé la réalité et il a interprété cela comme une déclaration d'amour. Sa femme perdue appelait à l'aide, et c'était son mari qu'elle réclamait. C'était lui, son sauveur, le seul homme qu'elle voulait. Puis sont venues les crises de violence. Elle avait peur de lui, elle se débattait. En voulant l'immobiliser, il lui a tordu le poignet. Alphonse a fait mal à sa Geneviève. Il a pleuré toute la nuit. Le lendemain, elle l'a pris pour son amant et le monde d'Alphonse s'est écroulé. Il a fait semblant de ne pas entendre, mais les angoisses de sa femme étaient tenaces et il fallait croire qu'elle avait eu peur toute sa vie de se faire pincer par le cocu. La simple anecdote tragique s'est transformée en obsession. Elle ne mentionnait plus le nom d'Alphonse que pour parler de ses infidélités. Il ne l'a pas supporté. La première gifle.

La première gifle pour la faire taire dans son délire est arrivée très tôt. Les cinq doigts marqués sur la joue de la plus belle femme du monde. Est-ce qu'il l'a battue juste pour ne pas l'entendre ? Ou était-ce pour lui faire payer le prix de l'humiliation de sa vie ? Il l'aimait. Il l'aimait à la folie. Depuis toujours. Elle n'avait pas le droit de lui faire cela, elle n'avait pas le droit de réduire à néant la seule chose qui comptât pour lui. Il n'était pas un bouffon. Elle le méritait. Et il pleurait. Il implorait son pardon. Mais déjà, elle ne l'entendait plus. Elle était partie. C'était si facile de la violenter, elle oubliait tout dans la seconde. Alphonse s'est fait peur. Il a demandé une place aux Bégonias. « Pardonne-moi, ma chérie, ma douce et belle. Pardonne-moi, je t'aime. » Pour leur bien à eux deux. Pour ne pas la tuer.

# CHAPITRE 22
## *Couloir, 2*
## *14 h 15*

Les longs pans de son imperméable flottent sur son passage. De dos, on croirait un poète romantique. Les cheveux argentés, mi-longs, sont rejetés en arrière pour cacher un début de calvitie. Jean-Pierre Picard se donne un genre négligé très étudié. Il aime porter des écharpes en laine démesurées, des gilets éculés aux manches, et arpenter les librairies du boulevard Saint-Germain. Il ne quittera jamais sa femme, mais il ne veut pas perdre sa maîtresse. Il se dirige vers l'infirmerie. Il a un début d'érection. Ça n'est pourtant pas le moment. L'heure est aux réconciliations sincères. Il sait que s'il se débrouille bien, il aura tout juste droit à un baiser. Il faudra très certainement pleurer. Christiane fait partie des femmes que les larmes d'un homme émeuvent. Il s'imagine déboutonnant doucement la blouse blanche, prendre à pleines mains les seins qui jaillissent et la plaquer contre un mur. Non, ça n'est vraiment pas le moment. Il chasse tant bien que mal les visions de cuisses et de bouche entrouvertes, il faut qu'il pleure et cela ne sera pas facile. Elle avait vraiment pris la mouche au téléphone. Il ne lui a pas dit qu'il viendrait, pour la surprendre. Il a pensé acheter un bouquet de fleurs sur le chemin. Trop voyant. Depuis la fois où le directeur les a coincés, il se fait le plus discret possible. Il a dit à sa femme qu'il allait voir son père. D'habitude, ils passent le dimanche en famille, mais l'excuse du fils modèle est inattaquable.

Il est professeur de lettres et elle, de latin grec. Tous les matins, ils quittent le domicile conjugal leur cartable à la main. Ils se sont rencontrés sous les pavés volants du mois de mai 1968. Deux idéalistes qui plaçaient Pline le Jeune et Jean-Jacques Rousseau au-dessus de tout. Leur vie sexuelle n'a jamais été transcendante. Il l'a toujours trompée. Avec ses étudiantes, avec des filles qu'il croisait entre deux cours magistraux, à des projections d'Ingmar Bergman et de Fritz Lang dans les cinémas miteux du Quartier latin. Jean-Pierre est un piètre amant, mais aucune femme ne le lui a dit. C'est très certainement pour cela que son épouse s'est vite désintéressée de la brindille. Lui, au contraire, se prend pour Giacomo Girolamo. Si une seule de ses maîtresses, ou Christiane, lui avouait que pas une fois il ne l'a fait jouir, il tomberait des nues. Christiane. Ce qu'il aime chez cette infirmière c'est justement qu'elle ne soit pas une intellectuelle. Avec elle, le plus élémentaire des discours amoureux suffit, pas besoin de citer Kierkegaard pour qu'elle écarte les jambes. Et puis, l'occasion était trop belle. Faire l'amour tapis entre les murs de cette maison de retraite aseptisée, avec tout le piment lié à l'interdit de la chose, le fait fantasmer au plus haut point.

Elle est là, elle s'avance, perdue dans ses pensées. Soudain leurs yeux se rencontrent, elle n'arrive pas à cacher la surprise et l'émotion qui l'envahissent. On lit dans cette fille comme dans un livre ouvert. Elle tente un regard sévère.

« Qu'est-ce que tu fais là ?

– Ma puce, il faut que je te parle. »

Il la prend par les épaules, elle se dégage avec brusquerie.

« On n'a plus rien à se dire.

– Cinq minutes, je t'en prie. »

Déjà, il sent sa résistance fléchir. Trop facile. Il plante ses yeux dans les siens. Elle n'a même pas remarqué qu'il lui avait pris les mains.

« Cinq minutes et je t'explique tout. Cinq minutes et tu me pardonneras. Christiane, je t'aime.

– Va te faire foutre ! »

Elle est étonnée par le son de sa voix, implorante alors qu'elle se voudrait de glace. Trop facile. Soudain, la silhouette chancelante du capitaine Dreyfus se profile à l'autre bout du couloir. Il tangue vers le couple à l'arrêt. « Jean-Pierre ? »

Le fils se retourne. Il ne manquait plus que ce vieux fou.

« Mon capitaine ?

– Ah ! Je suis bien content de vous voir, moussaillon. J'ai perdu ma longue-vue et Mme Lieber a dessalé.

– Ah, très bien, retournez à la capitainerie, je viendrai vous voir dans un moment.

– Par saint Nicolas, vous entendez ce que je vous dis ?

– Oui, mon capitaine.

– Alors avec moi sur le pont, et que ça saute ! »

Jean-Pierre Picard n'a plus d'érection. Doucement, il s'approche de l'oreille de Christiane et murmure : « Je te retrouve dans la chapelle. » Puis il soupire et se laisse emporter par son père vers le patio. Les longs pans de son imperméable reprennent leur flottement. Arrivé au bout du couloir, il lance un regard plein de promesses à Christiane qui, les bras croisés, tente de faire mauvaise figure. Il lit dans les yeux de sa maîtresse le « tout de même, ce qu'il peut être gentil » auquel il s'attendait. Il baisse la tête et ne peut refréner un sourire. Trop facile.

## CHAPITRE 23
*Chapelle, 2*
*14 h 30*

Ne pas céder. Ne pas se faire avoir. C'est fini. Fini les conneries avec les hommes qui ne l'aiment pas, parce qu'il ne l'aime pas. Même s'il est venu. Même si on est dimanche. Pas la peine de se leurrer. Il faut qu'elle soit forte. Des hommes il y en a des pelles, et des gentils qui ne demandent qu'à s'investir, ça existe. Elle ira sur des sites de rencontre, elle a une amie qui lui a dit que c'était très bien, que ça marchait. Qu'il y en avait des sérieux, pas là pour se moquer, besoin d'affection sincère. Elle a toujours refusé jusque-là, mais aujourd'hui elle est prête, et elle va se débarrasser de Jean-Pierre une bonne fois pour toutes. Non, il ne l'a jamais aimée, ou alors juste de manière sensuelle, et elle, elle s'en fout de la sensualité. Ce dont elle a besoin c'est de tendresse et d'attention, de ne plus vivre dans l'angoisse du lit vide. Elle veut des bras pour s'endormir le soir et se réveiller le matin, prendre le petit déjeuner au lit, repasser les chemises de l'homme qu'elle aime, de son homme. Voilà ce qu'elle lui dira. Car elle sait qu'il se battra pour la garder, avec ses belles phrases, il va essayer de l'avoir, de lui faire dire des choses qu'elle ne pense pas, qu'elle ne souhaite pas. « Je veux prendre le petit déjeuner au lit avec l'homme que j'aime et pas qu'un inconnu se barre de mon lit à 1 heure du matin. » Et encore, 1 heure du matin, ça n'est arrivé qu'une fois, il faut plutôt compter sur les 10 heures du soir. Plus de couvre-feu. Même si ça doit être avec un moins beau, un moins intelligent, le prochain sera sincère. Et puis, pour ce que valent leurs discussions, elle n'a rien à perdre. À se demander parfois s'il ne la prend pas pour une imbécile. Parfaitement. Elle le sait extrêmement cultivé. Elle l'a surpris avec son père dans des monologues hautement philosophiques. Avec elle, il ne partage rien. Quand elle lui demande de raconter sa vie, il répond « j'ai envie de toi ». Si elle insiste, il adopte un air contrit et elle lâche l'affaire. Il la voit comme un objet sexuel. Oui il est gentil, oui il lui fait des cadeaux, il la fait rire avec son père le capitaine Haddock. Mais au fond, à part leurs ébats, en équilibre sur un déambulateur ou la lunette des toilettes, entre deux portes closes dans le plus grand silence, qu'y avait-il eu ? Rien, rien, rien. Il ne l'aime pas. Personne ne l'a jamais aimée. À cette pensée son cœur se tord de douleur et elle a envie de pleurer.

Pas de chance, jamais eu de chance, personne, personne, même pas le père de son fils. Tout juste bonne à se faire sauter, et encore, si au moins ils y avaient mis du cœur, mais non, trop bonne, trop conne. Elle a raté sa vie. Et elle pleure.

Ah ! Non ! Elle lève les yeux au ciel et renverse sa tête pour retenir ses larmes. Elle le fait par réflexe, elle ne s'est jamais rendu compte que les larmes coulaient quand même et que regarder en l'air ne retardait que misérablement le processus. Elle se mord les lèvres. Ne pas pleurer. Elle s'en veut d'être aussi fragile. En plus, l'autre va arriver dans la chapelle et il pensera dans son orgueil de mâle que c'est à cause de lui, alors que pas du tout, c'est à cause de tous les lui. De toute cette vie qui n'est qu'un bleu à l'âme, un immense gâchis de manque d'amour. Pourquoi est-ce que les hommes se servent d'elle ? Se sont toujours servis d'elle. Elle entend des pas se rapprocher. Elle sèche ses larmes tant bien que mal et penche la tête en arrière de plus belle. La porte s'ouvre. Elle lui tourne le dos et essaie de se raisonner. Ne chiale pas, pauvre abrutie, tu n'as pas assez souffert comme ça ? Est-ce qu'il pleure lui, quand il s'endort dans les bras de sa femme ? Et ses larmes redoublent. Elle est en miettes. Elle qui s'était juré d'être forte, de tenir, de tout bien tenir et de l'envoyer se faire voir. Les insultes pleuvent dans son crâne, minable, pauvre type, lâche, salaud, va te faire foutre, allez tous vous faire foutre, je ne suis pas à votre disposition, je vaux mieux que trois coups de hanches contre un mur, je veux qu'on m'aime. Alors, ses yeux se transforment tout à fait en fontaine.

« Tu pleures ?

– Non. Laisse-moi.

– Christiane, pupuce, ne pleure pas, je suis là.

– Salaud, salaud, salaud, laisse-moi tranquille. »

Il lui tend un mouchoir lie-de-vin. Elle se mouche bruyamment. Il ne peut réprimer une petite moue de dégoût.

« Dis-moi ce qui ne va pas.

– Rien, rien, laisse-moi.

– C'est à cause de notre dispute ? Je t'aime moi, je ne veux pas qu'on se fâche, c'est pour cela que je suis venu, pour te dire que je ne veux pas te perdre, je ferais n'importe quoi pour toi, tu le sais bien, ne nous disputons plus, si tu as eu des mots durs, je le comprends, je sais bien que ce n'est pas facile pour toi, je te pardonne, je te pardonne, ma chérie, parce que je t'aime et que je ne peux pas vivre sans toi. »

Les sanglots couinent dans la chapelle. Il prend une longue respiration et enchaîne : « Tu vas voir, je vais faire des efforts, je vais changer, je ferai l'impossible pour me libérer et que nous passions plus de temps ensemble. Après notre conversation, je n'étais plus moi-même, je te jure, je ne pouvais même plus réfléchir. Christiane, jamais je n'ai aimé une femme autant que toi, et s'il faut que je l'avoue à Véronique, eh bien je le ferai. »

Elle lève les yeux vers lui, incrédule.

Ne pas laisser le doute s'installer. La submerger par un flot de paroles. Il s'élance, sa voix se fait vibrante : « Oui, je lui dirai que j'en aime une autre, et que j'ai besoin d'être avec elle. Je n'en peux plus de ne pas dormir avec toi, je veux t'apporter le petit déjeuner au lit, je veux que nous passions des week-ends ensemble à nous rouler dans l'herbe, je veux être tout contre ton corps, j'y pense pendant mes cours, parfois, je te jure, je n'arrive même plus à parler à mes élèves tellement la vie me paraît fade en comparaison de notre histoire. Je pense à nous, je cherche des solutions. Je t'aime tellement, ne me quitte pas. Je sais que tu ne veux pas me quitter, je le sens. Entre nous c'est trop fort, c'est trop beau et c'est tellement vrai. Oui, je vais te paraître stupide, mais avec toi je suis moi-même. »

Elle l'a laissé parler. Elle l'a laissé la baratiner une ultime fois parce que ça lui fait du bien de l'entendre dire tous ces mensonges. Ça apaise son pauvre cœur et, bizarrement, ses larmes se sont taries. Salaud. Salaud de menteur. Incroyable ce qu'il n'a pas froid aux yeux.

« Tiens, reprends ton mouchoir.

– Je ne supporte pas de te voir pleurer.

– Ta gueule, c'est pas pour toi que je pleure. Et rassure-toi, même si c'était à cause de toi, c'est la dernière fois, je peux te le jurer. »

Elle est étonnée par le son de sa propre voix. Froide, éteinte.

« Christiane...

– Ta gueule, je t'ai dit. Tu parles français, monsieur le professeur ?

– Je comprends que tu sois dure avec moi, même si ça n'est pas une raison pour être grossière. Oui, je comprends que tu m'en veuilles. Christiane, ne me ferme pas ton cœur, je...

– TA GUEULE ! »

Elle a crié si fort que les murs ont tremblé. Ou alors est-ce quelqu'un qui... ? Les deux amants se tournent vers la porte. Alors, ils voient la figure de Philippe Drouin se glisser dans l'entrebâillement. « Il y a un problème ? »

Dans un silence de mort, l'infirmière se décompose, elle balbutie :

« Non, non, je vous demande pardon, monsieur, je... nous...

– C'est vous qui avez crié ? »

L'œil du directeur est rond et sévère. Il toise Jean-Pierre Picard et pousse un petit grognement de mécontentement. Puis il fait semblant de s'éclaircir la voix et après un temps infini où pèse le poids de leur faute, il annonce avec froideur : « Très bien, madame Talène, vous passerez dans mon bureau lorsque vous aurez terminé. »

# CHAPITRE 24

*Pharmacie*

*14 h 45*

Il y a un digicode. L'accès est réservé au personnel. La pièce est carrée, sans fenêtre. À droite, des étagères métalliques rayent le mur. Neurotin, Seretide, Transipeg, Forlax, Lactulose, Smecta, Dafalgan, Doliprane, Cacit 1000, Aloplastine, Peridys, Pneumorel, Biafine, Flector, Dexeryl, Gaviscon, Cyteal, Lubentyl, Kétoprofène gel 2,5 %, Importal, Movicol, Mag2, Normacol, chlorure de sodium, Loceryl, Kardegic, Atarax, acétylcystéine, Diffu-K, Depakote emplissent des boîtes en Plexiglas, chacune étiquetée au nom du patient. Chaque boîte contient un mois de traitement. Les étagères se ferment à clef avec un système de volet roulant. Tout de suite en entrant, à droite de la porte, une petite table en bois et un tabouret vert. Sur la table, trois corbeilles en plastique. La rose et la grise sont vides, la blanche contient un bracelet argenté avec une breloque en forme de fer à cheval. Un gros feutre noir indélébile. Un planning. Un classeur avec des fiches de traitement ouvert à la page de Mme Lieber.

| TRAITEMENT MENSUEL | | | | | |
|---|---|---|---|---|---|
| SPÉCIALITÉS | M | M | S | N | OBSERVATIONS |
| Deroxat 20 mg | 1 | | 1 | | |
| Mopral 20 mg | 1 | | | | |
| Doliprane 500 mg | 2 | | 2 | | |
| Théralène | | | | | 30 gouttes le soir |
| Forlax | 1 | | 1 | | |
| Lithium LP 400 | 2 | | | | |
| Cacit D 300 | 1 | 1 | 1 | | les 15 premiers jours du mois |
| Modopar LP 125 | 1 | | 1 | | et 1 LP 62,5 le midi |
| | | | | | |
| | | | | | |
| INSULINE O | ANTICOAGULANT O | | | | COLLYRES X AUTRES O |
| Dacryoserum | | | | | lavage des yeux matin et soir au lit |
| Rifamycine | 1 | | 1 | | |
| | | | | | |
| | | | | | |
| | | | | | |
| TRAITEMENT PONCTUEL | | | | | |
| | | | | | |
| | | | | | |
| | | | | | |
| ALLERGIE : | | | | | |

Sur le mur, au-dessus de la table, un dessin naïf encadré représente une route de campagne bordée de bouleaux, une poule et ses petits la traversent à la file indienne. Un Post-it jaune fluo avec une grosse écriture ronde a été collé dans l'angle : « La petite-fille de Mme Amette veut être là au passage du médecin traitant. »

Des ordonnances dans une boîte rectangulaire sans couvercle. Deux paires de ciseaux à bouts ronds pour découper les plaquettes de médicaments, des tubes en plastique transparents. Une bassine en métal avec sept compte-gouttes gradués de 5 à 50. Au mur, une fiche pour les neuroleptiques.

**_Neuroleptiques_**
**_Résidents du rez-de-chaussée :_**

Mme Alma : Rivotril
Mme Barbier : Nozinan
Mme Buissonette : Tercian
Mme Destroismaisons : Rivotril (dans sa chambre)
M. Lebœuf : Haldol faible
Mme Leduc : Haldol faible
Mme Lieber : Théralène
M. Picard : Haldol fort

Au fond à droite, un réfrigérateur pour les collyres, les insulines et les suppositoires. Dans un casier fixé au mur, un classeur avec les cartes Vitale des résidents, classées par ordre alphabétique. Au centre de la pièce, un chariot à roulettes avec une clef, qui renferme les piluliers. Les piluliers des Bégonias sont oblongs, en plastique bleu, avec des séparations grises Matin, Midi, Soir, Nuit. Un autre chariot, plus étroit, pour les pansements. Face à la porte, un coffre-fort pour les toxiques et la morphine. À gauche, une grosse armoire spéciale pour les crèmes, les laxatifs, les antidouleurs, le calcium et les vitamines. Il y a du bleu, du jaune, du vert, du rouge, du blanc. Au-dessus de l'armoire, des brumisateurs Crysalline s'amoncellent entre des cartons de Dripac et un paquet de chaussons stériles.

# CHAPITRE 25
*Salle à manger, 3*
*15 h 00*

Josy passe la serpillière. Nini la trouve massivement belle. Ses hanches se balancent, tantôt à droite du balai, tantôt à gauche du seau d'eau grise. Par-dessus sa robe en Nylon rose, son gigantesque tablier bleu ciel glisse, se plisse et lui donne des airs de statue grecque. De ses voluptueuses épaules, émerge sa petite tête. Josy porte les cheveux courts, quelques centimètres à peine. Elle a noué sur son crâne un fichu multicolore en guise de turban. Nini fait grincer les roues de son fauteuil.

« Josy, va me chercher un coca light !

– Tu vois bien que je passe la serpillière, ma doudou. Faut attendre. Sois raisonnable. »

Josy aime son travail. Elle sait s'y prendre avec les personnes âgées. Avant, elle s'occupait d'enfants handicapés. Elle est la seule qui sache apaiser

Nini. Avec elle, Mme Lieber n'est presque plus folle. Josy a quitté la Guadeloupe pour sa fille. Le BTS choisi par la petite n'existait pas sur l'île ensoleillée.

« Josy, tu veux bien discuter avec moi ?

– Ça, oui.

– Ça va mieux avec ta fille ? »

Josy raconte sa vie à qui veut l'entendre. C'est décousu et ça chante.

« Ma fille. Elle m'a pris avec des maux de tête, tu sais. Je lui ai dit, j'ai pas de sous. Mais les enfants, on les aime. Je fais le papa et la maman, moi.

– Moi aussi j'ai fait le papa et la maman. Mon mari est mort d'une crise cardiaque.

– Oui, c'est ça même.

– Ma fille préférait son père parce que j'étais maniaco-dépressive. Une PMD ! Une PMD ! C'était vache pour elle. Heureusement que j'ai eu la Légion d'honneur.

– Oui, c'est ça même. »

Josy est la seule que les balivernes de Nini ne dérangent pas. Sous les cris de cette femme angoissée, elle voit la créature du bon Dieu. Elle lui sourit. Pour la première fois de la journée, Mme Lieber ne se sent pas trahie.

« Et ça marche ses études ?

– Bah, heureusement qu'elle a fait le bac professionnel qui te ramène dans tous les orients. Après les petits concours qu'elle les a échoués, je t'ai dit ça déjà ? Bon, maintenant elle a trouvé un travail dans une école. Du moment que tu aimes kèk chose, tu te mets à fond.

– Raconte-moi quand tu étais petite.

– Je t'ai dit ça déjà, Nini. Tu es comme les enfants, tu veux toujours les mêmes histoires.

– Oui, raconte encore. Parle-moi de tes sœurs.

– Elle est venue ta filleule aujourd'hui ?

– Oui, mais elle ne m'aime plus. Je ne veux pas en parler. Raconte tes sœurs.

– Je suis l'aînée de douze filles et deux garçons. J'ai pas pu arriver à faire infirmière parce que je devais aider mon père. Il voulait pas que ma mère travaille. Elle a eu seize enfants, il en reste quatorze des vivants. Elle n'a même pas été à l'hôpital. Au fond de toi, quand tu aimes kèk chose, tu le fais. Mes sœurs s'appellent Georges, Gérard, Daniel, Albert... Que des noms de garçons, parce que mon père voulait des fils. Moi c'était José, mais je préfère Josy.

– Moi c'est Camille qui m'a baptisée Nini. Elle était tout bébé. Ça m'est resté. Après mes amis et même mes collègues du tribunal m'appelaient Nini.

– Ah, madame le juge, j'avais oublié. »

Nini adorait son métier. Ses yeux se voilent. Elle revoit les longs couloirs du Palais de justice. Les avocats avec leurs robes noires et leurs piles de dossiers sous les bras.

« Nous, dans la famille, on n'a pas fait d'études. Mes sœurs sont toutes aides-maternelles, aides-soignantes, elles aident. Ça ressemble à la génération. Même mon fils. Lui, il est gendarme. Pour aider aussi. Au départ, il a pris son examen carrosserie. Il m'a dit : “Maman, faut avoir plusieurs métiers dans la vie. Regarde, toi tu t'occupes des personnes âgées, des enfants handicapés, tu aimes faire le ménage, le repassage, servir à des réceptions.” C'est comme ça, un amour que je veux donner sur la terre pour aider les autres. »

Elle plonge ses mains dans l'eau savonneuse et en ressort la serpillière gorgée de bulles grises.

« Raconte encore.

– Seigneur Jésus, j'ai pas le temps là, Nini, faut que je termine. »

La serpillière valse et le corps immense ondule parmi les chaises et les tables. Christiane entre dans la salle à manger. Elle a les yeux rouges.

« Madame Lieber, il ne faut pas rester là. Vous gênez Josy dans son travail.

– Non, non, t'inquiète pas, la belle Christiane, c'est pas du dérangement. Nini et moi on fait de la discussion. »

Un coup d'œil au teint brouillé de l'infirmière.

« Ça va pas, ma doudou ? Vini là.

– C'est rien, Josy. Il y a des jours avec et des jours sans. J'ai du travail à l'infirmerie. »

Sans s'en rendre compte, Christiane s'est fait happer par le grand tablier bleu. La tête dans les seins de cette mère d'amour, elle a l'impression que le monde pourrait s'écrouler. Elle pense à Jean-Pierre, au directeur, et leurs pâles reflets s'évanouissent dans un puissant parfum de vanille.

« Qui est-ce qui t'a ciré les pieds ? Tu vas être forte. C'est pas ici un endroit pour pleurer. Il y a trop de malheur dans le monde. Tu vas aller te refaire un visage et après tu viendras me voir, je vais te tirer les cartes. Tu vas voir que tout l'avenir il est en bonheur. »

Dans un effort surhumain, Christiane arrive à s'extraire de la poitrine vanillée. Elle croise le regard envieux de Nini derrière ses lunettes teintées. Voilà ce qu'il faudrait à tous ces vieux, des câlins de Josy remboursés par la Sécurité sociale. Ça permettrait de diviser la consommation d'antidépresseurs par deux.

« Merci. Tu es gentille. On se parle plus tard. »

La blouse blanche est partie. Josy hoche la tête et reprend son balai.

« Josy, va me chercher du rosé !

– Nini, est-ce que tu vas finir de t'énerver à toujours vouloir kèk chose comme ça ?

– Je m'ennuie.

– Dis pas ça, ma doudou, c'est bien les Bégonias. Et moi, je m'occupe pas bien de toi ?

– Si. »

Nini pense à toutes les fois dans sa vie où elle n'avait pas le temps. Piles de dossiers interminables qui l'amenaient au milieu de la nuit. Embouteillages des quais de Seine dans le petit matin gris, le Palais de justice surgissant du tunnel avec ses tours pointues.

« Si. Tu es gentille. Si. Si, mais c'est long, je veux un coca light !

– Calme-toi. Laisse-moi finir le ménage et après on ira au distributeur. »

Bruit des klaxons les jours de pluie. Ne pas arriver en retard. Nini aimait être pressée. Pour le coca, elle fait juste semblant.

# CHAPITRE 26

*Bureau du directeur*

*15 h 15*

Elle reste dans l'embrasure de la porte. Calé derrière son bureau tel un roi qui va rendre la justice, il lui fait signe de s'asseoir. Il s'imagine dans un habit de velours bleu et or, à la Louis XIV, en bas de soie et perruque. Magnanime. Il aime la consonance de cet adjectif. Il se dit que cela ferait une belle épitaphe, « Philippe le magnanime ». Elle s'avance, tremblante. À peine a-t-elle posé ses fesses qu'il lui demande de se relever.

« Fermez la porte, s'il vous plaît. »

Elle s'exécute avec empressement et manque de renverser le ficus posé à l'angle de la commode. Il la regarde et la trouve charmante dans son trouble. Une biche apeurée.

« Voulez-vous un verre d'eau ? »

Elle aurait plutôt besoin d'un cognac.

« Non, je vous remercie.

– Très bien. Avant que nous ne commencions, avez-vous une explication qui pourrait m'éclairer sur votre comportement de tout à l'heure ?

– Oui, bien sûr.

– Je vous écoute.

– Eh bien, comme vous le savez… comme vous l'avez su… je… nous… Jean-Pierre Picard et moi-même avons une liaison. Lorsque vous nous avez… enfin la première fois… et que j'étais si embarrassée, je m'étais dit que ça ne pouvait plus continuer et j'ai voulu le quitter. »

Elle l'observe à la dérobée. D'un geste mécanique, il fait tourner son index sur le cerclage métallique d'une loupe. Elle se demande ce que le directeur a besoin d'observer d'aussi près.

« … Et je voulais vous remercier de n'avoir rien dit, parce que c'était déjà tellement difficile et je ne voulais plus jamais que ça arrive, et même je pensais que vous alliez me convoquer dans votre bureau comme vous faites aujourd'hui… Même si j'espère de tout cœur que vous n'allez pas me renvoyer parce que alors je…

– Venons-en au fait. Si je n'ai rien dit la dernière fois, c'est parce que mon "interruption" valait tous les avertissements du monde. Du moins le pensais-je.

– Bien sûr, monsieur le directeur. Je… aujourd'hui, je l'ai quitté, je vous jure que c'est vrai ! Ce matin, au téléphone, c'est pour ça que vous m'avez vue pleurer dans le couloir. Je vous promets que ça ne se reproduira plus.

– Je l'espère bien. Avez-vous une idée de l'image que vous donnez des Bégonias ? Un dimanche qui plus est, le jour où il y a le plus de visites.

– Oui, bien sûr, je vous demande pardon.

– Si vous avez rompu ce matin, puis-je vous demander ce qu'il faisait ici il n'y a pas un quart d'heure ?

– Il voulait me reprendre... qu'on se réconcilie, alors je me suis énervée et je lui ai crié dessus. Si vous saviez à quel point je m'en veux. Pas de l'avoir quitté, non, je suis bien contente. Mais je suis tellement impulsive, quand il m'a sorti tous ces beaux discours, ça m'a mise hors de moi et j'ai hurlé. Je sais que je n'aurais pas dû, même si je pensais que dans la chapelle... enfin qu'on serait tranquilles... Je vous demande pardon.

– C'est tout ?

– Je suis sincèrement désolée. Je vous promets que ça ne se...

– Oui, ça ne se reproduira plus. J'ai compris. Et ce matin, vous pensez qu'entre trois coups de fil et quatre crises de larmes vous avez été efficace ? Que vous avez fait votre travail correctement ? »

Elle blêmit. Sa lèvre supérieure est saisie d'un tremblement. Surtout ne pas pleurer. À ce moment, Philippe Drouin se dit qu'elle est vraiment jolie. Un homme bien bête, ce Jean-Pierre Picard, de laisser filer une perle pareille.

« Comprenez-moi bien, ma petite Christiane. Vous êtes une bonne infirmière, je serais triste de devoir me passer de vos services, mais ce genre de comportement est inadmissible.

– Bien sûr.

– C'est la dernière fois que j'accepte une incartade de la sorte.

– Merci, monsieur le directeur.

– Ne me remerciez pas. Je pardonne, je n'oublie pas. »

Alors, elle fond en larmes.

# Chapitre 27
## *Chambre de Thérèse, 1*
## *15 h 30*

Thérèse Leduc n'est pas allée se promener avec les autres dans le patio. Au lieu de cela, elle est retournée dans sa chambre. Elle est assise sur le bord de son lit. Elle repasse d'un geste mécanique les plis de sa robe grise. La fine dentelle de son jupon de Nylon rose pâle dépasse. Ses mains caressent le dessus-de-lit en point de crochet qui est presque aussi vieux qu'elle. Elle jette un coup d'œil au combiné du téléphone pour voir s'il est bien raccroché. Au cas où. Au fond de son cœur, elle sait que personne ne pensera à lui souhaiter sa fête. Sainte Thérèse de l'Enfant-Jésus. Pas sainte Thérèse d'Avila, une folle de la flagellation et du port de la sandalette en bois même en plein hiver, qui s'est fait découper en douze à sa mort. Ce qui explique que l'on trouve son pied droit et une partie de sa mandibule supérieure à Rome, sa main gauche à Lisbonne, son œil gauche et sa main droite à Ronda, son bras gauche et son cœur dans les reliquaires du musée de l'église de l'Annonciation d'Alba de Tormes. Non, pas sainte Thérèse d'Avila que l'on fête le 15 octobre, mais sainte Thérèse de l'Enfant-Jésus et de la Sainte Face, plus connue sous le nom de sainte Thérèse de Lisieux. Celle qui a parlé de la « petite voie » faite d'humilité et d'absolue confiance dans la miséricorde. « Je suis avec mes imperfections, mais je veux chercher le moyen d'aller au ciel par une petite voie bien droite, bien basse, une petite voie toute nouvelle. » Cette voie-là, Thérèse ne l'a pas encore trouvée. Elle se dit qu'elle est trop vieille maintenant, elle se dit qu'elle aimerait entendre la sonnerie du téléphone. Elle regarde la montre-réveil posée sur sa table de nuit. Les squelettiques aiguilles continuent de scander le temps dans un silence absolu. Thérèse voudrait entendre que l'on pense à elle, encore un peu. Une ancienne voisine, par exemple. Ou la fille de son amie la mercière qui lui avait fait la surprise d'une visite lorsqu'elle était arrivée aux Bégonias.

Thérèse n'a pas eu d'enfants. Elle avait une petite sœur, mais son mari lui avait interdit de la voir. Comme cette dernière est décédée avant le mari de Thérèse, elle n'a jamais pu se raccrocher au peu de famille qui lui restait. Les enfants de sa sœur habitent le nord de la France. Ce sont eux qui hériteront, mais Thérèse ne veut pas les embêter sous prétexte qu'après la mort d'une vieille tante inconnue, ils récupéreront trois pendules et un livret de Caisse d'épargne. Thérèse et sa sœur se sont mariées le même jour, avec deux cousins éloignés. La cadette était jolie et courait le guilledou. Avec ses yeux de gazelle et ses reins cambrés, elle défrayait au village et effrayait sa famille. Une réputation d'aguicheuse était vite faite dans les années quarante, tout comme celle d'une catherinette. Les parents de Thérèse désespérant de marier leur aînée ont sauté sur l'occasion en apprenant que leur futur gendre avait un cousin vieux garçon. Les deux incasables se sont rencontrés la veille de leurs noces. Le vieux garçon en question, Émile de son prénom, n'était pas aussi laid qu'on aurait pu s'y attendre. Il dépassait Thérèse de deux têtes et il était jardinier. Thérèse lui a trouvé de l'allure et elle aimait les fleurs en pot. Elle a pensé alors que cela suffirait. Une femme frêle, douce et très timide. Des lèvres minces, de petits yeux bruns et des sourcils à peine plus épais qu'un brin d'herbe. Elle a toujours porté les cheveux longs, Émile ne lui a pas permis de les couper, même quand la mode du court faisait fureur. Elle obéissait à son mari. Pour lui, elle a renoncé à conduire une auto alors qu'elle faisait partie des rares jeunes femmes de sa génération à avoir le permis. Le jardinier se rendait tous les jours à son travail à vélo et Thérèse allait faire ses courses à pied. Elle discutait avec l'épicière, réputée pour ses conserves et sa marmelade d'oranges amères faite maison, et avec son amie la boulangère, une grosse dame très gentille qui s'était fracturé le bassin en tombant au bas des escaliers qui menaient au four à pain et qui tenait la caisse en fauteuil roulant. Émile ne voulait pas que sa femme travaille. Non pas qu'ils fussent riches, juste par principe. Thérèse aurait bien aimé « avoir une occupation ». Elle faisait des petits travaux de couture, de temps en temps, pour rendre service. Elle ne s'est jamais fait payer, Émile n'aurait pas apprécié. Thérèse ne se plaignait pas. Elle avait un bon mari. Leur vie était réglée, paisible. Manquaient les enfants.

Thérèse est allée en pèlerinage à Lisieux, à Lourdes et à Chartres. Elle a fait brûler des cierges dans toutes les cathédrales de France en espérant que Dieu se pencherait sur son ventre et y ferait germer un petit être. Thérèse a beaucoup espéré puis, insensiblement, elle est passée de la religion à l'astrologie et aux sciences occultes, cherchant dans les étoiles ce que le ciel s'obstinait à lui refuser. En vain. Jusqu'au jour où elle a consulté un gynécologue. Elle avait soixante ans. Ménopausée depuis belle lurette, elle avait des saignements et son généraliste lui avait donné le nom d'un confrère spécialiste. Elle revoit la table avec les étriers et sa gêne lorsqu'il l'a auscultée. Un homme très correct. Thérèse n'a pas compris lorsqu'il lui a annoncé qu'elle était encore vierge. Trente-cinq ans de mariage avec un éjaculateur précoce. Et elle qui avait cru pendant toutes ces années que c'était de sa faute s'ils n'avaient pas pu avoir d'enfants. En ce temps-là, on n'expliquait rien aux jeunes femmes, on espérait juste qu'elles ne tomberaient pas sur des nigauds. Le gynécologue lui a fait un dessin. Elle a demandé si elle pouvait le garder. Pour le montrer à Émile. Elle est repartie avec la petite feuille pliée en quatre dans son sac à main. Le soir, elle a déposé sur la table du dîner la preuve du malheur de sa vie. Émile a nié. Les médecins étaient tous des incapables. Et ils n'en ont plus jamais reparlé.

# CHAPITRE 28
## *Salle à manger, 4*
## *15 h 45*

La serpillière glisse une dernière fois sur le seuil de la porte de la salle à manger. Son travail est fini. Josy plonge les mains dans l'eau sale et essore la vieille pelure de tissu imbibée de produits chimiques. Elle emporte le seau vers la cuisine. Nini a peur d'être oubliée.

« Je veux retourner dans ma chambre.

– Trois minutes, je vais te rouler. »

La blouse bleue a disparu et l'on entend un bruit d'eau déversée, puis les spocs... spocs... de la semelle en caoutchouc des chaussons qui ventousent le carrelage. La porte d'un placard s'ouvre et se referme dans un claquement sonore.

« Comment es-tu arrivée aux Bégonias ? »

Josy se tient sur le seuil, un paquet de petits-beurre à la main et du biscuit plein la bouche. Elle sourit et déglutit en même temps, ses joues se gonflent comme celles d'un poisson-chat.

« Avant, j'étais dans une autre maison tout pareil. Il y a eu une histoire. Une dame, je te dis pas son nom. Elle avait peur des infirmières, ou des aides-soignantes, je sais pas. Elle a mis le meuble derrière la porte pour se protéger, tu vois. Dans la nuit, quand elle s'est levée du lit, elle a oublié pour le meuble, alors elle est rentrée dedans. Moi je suis arrivée avec tout le tintamarre et j'ai vu qu'elle vidait le sang. J'ai dit "tu bouges pas" et j'ai tout lavé dans la nuit. Mais les autres aides-soignantes, au lieu qu'elles faisaient comme moi dans la douceur, elles la bousculaient comme un vieux cheval plus bon à rien. Tu veux un gâteau ?

– Non, je les aime pas ceux-là. »

Josy enfonce sa main potelée dans le carton gaufré. Elle en ressort un petit-beurre avec un air de joie. Nini la regarde croquer chaque coin consciencieusement puis enfourner le tout dans sa petite bouche rose.

« Alors je suis partie. Je n'ai pas le cœur pour ça, moi je donne l'amour au corps humain. Je sais que je vais pleurer si j'y retourne là-bas, parce que des patients je les ai laissés et ça me fait de la peine. Monsieur Drouin, il dit toujours "Josy, vous dormez pas assez". Mais je suis très croyante. À minuit, j'ai Radio Notre-Dame qui donne le chapelet. Tous les jours de minuit à minuit trente. Après il y a le pape, alors je me couche à 1 heure du matin. À quoi ça sert de dormir, si tu peux réfléchir avant ? J'ai le sommeil très léger. Veilleuse de nuit c'était mon premier métier, c'est une technique qui est déjà rodée. T'es sûre que tu veux pas un gâteau ? C'est le dernier, après faudra pas me demander. »

Les miettes dorées tombent et s'accrochent sur la blouse bleue. Josy réajuste la broche de son turban.

« Ici il y a Isabelle la nuit. Tu la connais ?

– Oui. Elle est gentille.

– Non, elle ne vient pas quand on l'appelle.

– Bah, c'est sûr, si tu sonnes toutes les deux minutes.

– La nuit j'ai soif !

– Oui, tu as soif, les cocacolas, tu as faim, pipi, il te faut toujours kèk chose. Je te connais, tu exagères, Nini. Tu es le poème de l'exagération. »

Dans les reflets du lino mouillé, les deux femmes se sourient.

# Chapitre 29
## *Couloir, 3*
## *16 h 00*

« Tu pars déjà ?

– Ben... c'est dimanche, Moune. Faut que je profite de mes gosses. En plus y a de la route pour venir te voir. »

Jocelyne Barbier tente un sourire, son dentier chancelle.

« Tu me raccompagnes à la porte ?

– Oui, oui.

– Tu marches bien, dis-moi. Ça va mieux que dimanche dernier.

– Tu trouves ?

– T'as même plus besoin de ta canne.

– C'est parce qu'ils nous font faire les exercices. Le kiné, il est rudement bel homme.

– T'as une touche ?

– Oh non, rigole pas. Toujours à blaguer ce gamin. »

Elle lui pince la joue. Il sourit. Le pas de sa mère se fait plus lourd, comme si elle voulait ralentir les secondes qui les mènent à la séparation tant redoutée.

« Tu viendras dimanche prochain ?

– Je sais pas. J'ai beaucoup de boulot. Je vais essayer.

– Tu pourrais prendre les petites, qu'elles voient leur mamie. On pourrait leur faire un petit cadeau. Tu l'achètes et je te rembourse. Tu me l'amènes ici, en cachette, et je leur donne. Hein ? C'est-y pas une bonne idée ?

– Garde ton argent, Moune.

– L'oseille c'est fait pour être dépensé.

– T'es gentille, les gamines elles sont pourries gâtées.

– Oh ! Y a bien un petit quelque chose qui leur ferait plaisir, des jolis pyjamas, ou des chaussons pour l'hiver qui arrive. Les pieds des enfants ça grandit tout le temps.

– Je vais voir. »

La dernière fois que Jocelyne a offert un cadeau à ses petites-filles, c'étaient des robes de popeline qu'elle avait commandées aux Trois Suisses. Pascaline les avait échangées parce qu'elle les trouvait « vraiment hideuses et cucul la praline par-dessus le marché ». Sébastien n'a pas eu le courage de dire la vérité à sa mère. Aussi, Jocelyne a-t-elle attendu en vain une photographie des petites arborant les frous-frous mauves.

Ils croisent Josy et Nini. C'est à peine si les deux résidentes échangent un regard. Mme Barbier sert le bras de son fils et se tait jusqu'à ce que le fauteuil roulant ait disparu.

« C'est madame Lieber. Je l'aime pas.

– Pourquoi tu dis ça, Moune, faut te faire des copines. Pas étonnant que tu attendes mes visites si tu t'entends avec personne. Faut sortir de ta coquille et puis pas rester dans ta chambre allongée sur ton lit avec les yeux au plafond. Hein ?

– J'ai pas dit ça.

– Je te connais. Et madame Buissonette ? Ben, je peux te dire que je l'ai observée dans le jardin, c'est une femme très bien. Je sais pas pourquoi tu dis qu'elle te déteste. Et l'autre, là, celle qu'est très vieille...

– Ma'ame Alma ?

– Oui, madame Alma, elle t'aime beaucoup.

– Ma'ame Alma, je dis pas, mais la Buissonette c'est une teigne. Crois-en ma bonne expérience. Et puis, t'es pas là pour voir. Je me plains pas. C'est pas mon genre, mais elle est méchante avec moi. Elle me fait me sentir comme un vermisseau.

– Allez, allez pas de bêtises. Pour la prochaine fois où je viens te voir, je veux que tu te réconcilies.

– Hein ? Avec la Buissonette ? Non, mon Seb. Tu peux pas comprendre, tu es trop gentil toi, tu es comme le petit âne gris de l'histoire que je te racontais quand tu étais gamin, tu vois pas le mal. Les gens sont durs, faut se méfier de tout le monde. Oui, je te dis, souris pas comme si que j'étais une imbécile. Je sais de quoi je parle !

– Gueule pas, Moune.

– Je gueule pas, je t'explique. Les mauvais et les jaloux ils sont partout. Ils ont des idées que tu pourrais pas imaginer, mais c'est la vérité. Méfie-toi des hommes, surtout, et protège tes petites. Crois-en ma bonne expérience. Et pas avoir honte. Et croire ce que disent les enfants. Tu promets ? Promets à ta vieille mère que la vérité sort de la bouche des enfants. »

La voix brisée, Jocelyne essuie ses yeux derrière ses lunettes.

« Pleure pas, Moune. Faut pas te mettre dans des états pareils.

– Je pleure pas, mais des fois tu comprends pas tout.

– Qu'est-ce qu'il y a à comprendre ?

– Rien. Allez, va-t'en. Ta femme t'attend.

– Je reviendrai dimanche prochain, avec les filles.

– Oui, ça me fera plaisir. Embrasse-moi. »

La grande robe muguet du mois de mai s'ébranle et Jocelyne serre son fils à l'étouffer. Puis elle le regarde s'éloigner. Les pouces enfoncés dans les poches de son jean trop court, il a repris la démarche d'un homme à qui il ne peut rien arriver. En passant le sas des Bégonias, Sébastien Barbier hoche la tête et se dit que sa pauvre Moune ne s'arrange pas.

## CHAPITRE 30
## *Chambre de Mme Buissonette, 1*
## *16 h 15*

La voix chevrotante s'élance :

« "Le porte-parole de la chanteuse a annoncé que la prison lui fera le plus grand bien."

– Première nouvelle ! coupe Mme Alma.

– Oh ! on en entend des vertes et des pas mûres. »

La lecture hebdomadaire de la presse à scandale ne vaudrait rien si chaque phrase n'était commentée et critiquée par les deux amies. Louise Alma a toujours été fascinée par les vedettes, et particulièrement les chanteurs. De Lucienne Boyer, à Dalida en passant par Joséphine Baker et Arletty. Elle revoit sa mère chantonner « Parlez-moi d'amour » dans leur cuisine de Londres. Elle-même a sifflé les refrains de Tino Rossi, Charles Trenet, Édith Piaf, Elvis Presley et Sinatra. Elle a suivi les premiers pas de Jacques Brel, vu son fils préférer danser sur les rythmes des Beach Boys que le charleston. Médusée face aux hystéries collectives des fans des Beatles et des Rolling Stones, elle a traversé toutes les révolutions musicales, mine de rien, en écoutant distraitement la radio. Le rock'n'roll, les yé-yé à Saint-Tropez, les hippies de Woodstock, le punk, le disco, le reggae, la pop, la techno, le hip-hop. Jimi Hendrix, Mireille Mathieu, Claude François, Janis Joplin, les Pink Floyd, Bob Marley, Michael Jackson, Madonna et Elton John.

« Pauvre petite, elle qui a toujours vécu dans des draps de soie, ça va lui faire du changement.

– Elle n'a que ce qu'elle mérite. Ce n'est pas parce qu'on est riche et célèbre qu'on a le droit de tirer à la carabine sur son fiancé.

– C'était au pistolet.

– Imaginez un peu si le pauvre garçon avait passé toute sa vie en fauteuil roulant comme madame Giron du deuxième.

– On a tiré sur madame Giron ?

– Non, elle s'est cassé le col du fémur, au château de Versailles. Un accident est si vite arrivé. Elle était trop vieille pour s'en remettre.

– Qu'est-ce qu'elle faisait là-bas ?

– Elle voulait voir la galerie des Glaces, comme tout le monde. »

Mme Buissonette reste un instant pensive.

« Versailles, c'est dans le 92 ?

– Non, mon petit, c'est dans le 78. Vous ne connaissez plus vos départements ?

– Je vous taquine, madame l'hypermnésique.

– Vous êtes gentille, mais nous nous égarons, revenons à nos moutons.

– Alors, je continue. "En prison, elle deviendra plus mince et sans son maquillage et tous ses produits, sa peau pourra enfin respirer librement."

– Non mais qu'est-ce qu'il ne faut pas entendre ! Comme si elle n'était pas déjà assez maigre comme ça.

– Oh ! si elle ne mange pas en prison, elle va perdre un os. Et puis, la nourriture dans les prisons de là-bas n'est peut-être pas si mauvaise que ça.

– C'est exagéré. Elle n'a qu'à moins se maquiller.

– Moi, ce que je comprends, c'est que les paparazzi l'empêchent de respirer et que par une sorte de paradoxe, si vous voyez ce que je veux dire, en prison elle sera plus libre de ses mouvements.

– Ces gens-là mènent une vie terrible. Vous vous souvenez de Brigitte Bardot qui pleurait parce qu'elle ne pouvait plus vivre qu'avec les rideaux tirés ?

– Oh oui ! C'est avec elle que tout a commencé.

– Poursuivez, mon petit.

– "Elle sera superbe en sortant. Sans parler de tout ce qu'elle va gagner en considération."

– Madame Buissonette, nous vivons une époque étrange. Comme s'il fallait aller en prison pour être respectée !

– Je suis bien d'accord avec vous. »

Marthe se penche et montre la photo qui illustre l'article à Louise Alma. Le nez collé au papier glacé, la vieille dame pousse un soupir de cécité.

« C'est une rivière de diamants qu'elle porte là ?

– Oui, je crois.

– Vous pensez que ce sont des vrais ?

– Oh ! non. Dans ce monde-là, tout est faux.

– Elle ferait bien d'arrêter de se teindre les cheveux en prison. On dirait qu'elle a une botte de foin sur la tête. »

Louise Alma a une pensée émue pour le chignon de Bardot, les diamants de Marilyn, le premier Festival de Cannes, Belmondo à bout de souffle, Gérard Philipe en chemise bouffante, les grandes chaussures cabossées de Charlot, Gabin et Morgan sur un quai de brumes. Sa mémoire ricoche à rebours. *Gala* a remplacé *Jours de France*. Elle se revoit feuilletant les amours de Montand et Signoret, Romy et Delon, Deneuve et Marcello, elle se souvient des maris d'Elizabeth Taylor, des secrets d'Isabelle Adjani et des enfants de Gérard Depardieu.

Mme Buissonette rit. Ces après-midi-là sont sa joie. Seule avec son amie, elle ne voit plus le temps passer. Elle trouve que Louise ne fait pas ses quatre-vingt-douze ans. Parfois, elle se prend à rêver qu'elles habitent toutes les deux une petite maison en bord de mer. Elle s'imagine allant à vélo au village voisin pour y acheter *Gala*, *Voici* et *Paris Match*. Louise l'attend dans un transat sous le porche en bois... non, ce serait une véranda. Elles cultiveraient un potager avec des arbres fruitiers, et une serre avec des plantes exotiques, des piments, des orchidées. Elles seraient plus jeunes, la quarantaine. Elles auraient tout le temps de vieillir. Sans mari, sans enfants, tranquilles.

Soudain, on frappe à la porte de la chambre. Marthe s'immobilise. Elle sait que c'est Barbier-sans-dentier. Qui d'autre ? Son fils est sûrement reparti et elle vient les enquiquiner. Un coup d'œil à Mme Alma. Très concentrée sur la photo d'un couple illégitime enlacé, cette dernière n'a rien entendu. Marthe tend l'oreille. Les pas de Mme Barbier tournicotent devant la porte dans un frottement infini, puis s'éloignent peu à peu. Elle ne peut réprimer un soupir de soulagement et chuchote :

« Voulez-vous que je vous lise cet article-ci ?

– Oui, vous serez bien gentille. J'ai l'impression que le prince a encore fait des siennes.

– Ah, ça ! on dirait qu'il fait exprès de se faire pincer.

– C'est sa femme qui doit être malheureuse.

– Comment ? Vous ne vous souvenez pas ? On l'a surprise la semaine dernière avec son chauffeur dans une situation tout à fait inconvenante.

– Ah, très bien ! Lisez, lisez, madame Buissonette. »

# CHAPITRE 31
## *Chambre de Mme Alma, 1*
## *16 h 30*

« Y a quelqu'un ? »

La chambre de Mme Alma jouxte celle de Mme Buissonette. Jocelyne Barbier sait bien que tous les dimanches après-midi, les deux amies s'isolent, le plus souvent dans la chambre de son ennemie, pour y lire les journaux. Parfois, Mme Alma invite Jocelyne à les rejoindre, parfois Mme Barbier s'installe sans demander la permission.

« Y a quelqu'un ? »

Après son échec chez Mme Buissonette, elle frappe à la porte voisine qui, déjà entrouverte, cède sous l'énergie du coup. La pièce est déserte. Jocelyne se dit qu'elle n'a pas le droit d'entrer, mais la curiosité la prend doucement par la main. Toutes les chambres des Bégonias sont identiques, au départ. Avec leur lino bleu à mouchetis gris et leur papier peint vert d'eau à minuscules motifs géométriques d'un vert plus soutenu qui donne une impression tachetée, la lumière qui s'en dégage est sombre et ouatée. Un lit de malade, haut, est muni d'une double barre de métal pour empêcher le patient de tomber ou simplement de se lever seul pendant la nuit. Chaque chambre est constituée d'un rectangle de 16 $m^2$ avec une fenêtre et une porte donnant sur une salle d'eau privée de 8 $m^2$. Les résidents sont incités à apporter leur décoration personnelle de manière à reconstituer un univers qui leur soit familier. Comme tous les autres, Mme Barbier est arrivée avec une armoire, une table de nuit dont personne ne voulait et une grosse télévision. Quelques cadres photos, une pendule et une plante grasse ont servi de touche finale à cette femme que les objets n'ont jamais émue au-delà du raisonnable. Une fois seulement, elle avait fait une folie. Le coup de foudre pour une poupée de porcelaine, une de celles qui sont debout, maintenues par un socle sous leurs immenses jupes de satin et dentelles. Elle l'avait posée sur l'étagère du bas du buffet, dans leur salon. La fragile figurine n'avait pas résisté au délire violent d'un mari ivrogne. Elle avait valdingué à la première occasion. Pour sûr que ma'ame Alma devait avoir un époux bien calme, vu tous les beaux objets qui décorent sa chambre. Jocelyne s'y sent comme une enfant qui découvre la caverne aux mille merveilles.

Sur une table en laque noire, un grand vase en cristal trône entre deux potiches de porcelaine bleue. Un vase si lourd qu'il faudrait la force de son Seb pour le soulever. Des fleurs artificielles – Mme Barbier jurerait que ce sont des vraies – dressent leurs longues tiges pour former un bouquet impérial. Au sol, une immense cage à oiseau en fer forgé attire son attention. On dirait plutôt un palais russe, si les murs n'étaient formés de ces innombrables fils noirs. De la dentelle verticale et parallèle. Jocelyne se représente Mme Alma avec un perroquet multicolore perché sur son épaule. L'animal parle cinq langues pour le moins et répond au nom de Mon Colonel Moutarde. Elle se dit que les Bégonias ont dû refuser l'animal et compatit à la peine de son amie. Louise Alma parle peu de sa vie d'avant. Il n'en faut pas plus pour enflammer l'imagination de Mme Barbier. Les trois masques africains accrochés au-dessus du lit deviennent des totems magiques, cadeaux d'un sorcier pour empêcher les cauchemars. Le couvre-lit aux motifs indiens a été offert par un sultan enturbanné et couvert de centaines de pierres précieuses. Les rideaux bleu nuit en soie sauvage avec leurs pompons arrivent directement du château de Versailles et la table basse en marqueterie est la copie conforme de celle de la reine d'Angleterre.

Dans un cadre ovale argenté, elle remarque une photographie sépia. C'est un vieillard très élégant en chaise roulante avec une paire de moustaches phénoménales et un monocle. Une couverture écossaise recouvre ses genoux. Derrière lui, se tiennent deux jeunes femmes blondes. L'une d'elles est extrêmement belle. Sur les autres photographies, Mme Barbier reconnaît Louise Alma. En robe de tennis, une raquette à la main, en robe de soirée avec un collier de diamants et assise à la gauche d'un homme au volant d'une magnifique automobile. Elle en déduit qu'il s'agit de son mari. Cela achève de convaincre Jocelyne que son amie est de la haute.

Son amie. S'il n'y avait pas la Buissonette qui les empêche toujours de parler. Sûr qu'elles sont toutes les deux en ce moment à se moquer de la bureautière. C'est si facile d'influencer une vieille dame qui n'y voit goutte. Dans le couloir, elle a entendu rire et elle est sûre que le bruit venait de la chambre de la parpaillote ; elle ne rigolait quand même pas toute seule la mauvaise. Jocelyne a frappé, et personne n'a répondu. Maintenant, son fils reparti, il n'y a plus de dimanche. Bientôt l'heure du goûter. Jocelyne voudrait croire que les deux complices l'attendent dans la salle à manger pour déguster un gâteau bicolore. Mais elle sait que non. Personne. Madame Alma la tolère simplement. Il faudra attendre dimanche prochain pour un câlin et un peu de tendresse. Jocelyne n'a pas d'amie, juste des cauchemars. Elle regarde les masques africains une dernière fois, celui du centre a des cheveux en fil jaune et sa bouche est tordue par un rictus atroce. La panique la prend à la gorge. À reculons, elle s'apprête à sortir lorsque soudain, de l'autre côté du mur, elle entend le rire joyeux de celle qui lui a fermé sa porte.

# Chapitre 32
## *Infirmerie, 1*
## *16 h 45*

Si Philippe Drouin devait être comparé à un animal, ce serait à une grosse crevette rose. Le dos un peu voûté, le crâne chauve et luisant avec de petits yeux noirs perçants, il part au combat. Il va tenter le tout pour le tout. Il n'a rien à perdre. Et puis l'occasion est trop belle. Elle lui mangera dans la main. Attention, il n'a pas dit qu'il irait jusqu'à la forcer. Le harcèlement sexuel au travail, très peu pour lui. Mais bon. C'est l'heure du goûter, Josy est débordée, personne ne viendra les déranger.

« Ah ! Christiane, justement, je vous cherchais.

– Monsieur Drouin ? »

Depuis qu'elle a quitté son bureau, elle a foncé à l'infirmerie et s'est mise à remplir les dossiers Cotorep avec une rigueur peu habituelle. Décidée à se faire pardonner, et surtout à prouver qu'elle est une professionnelle consciencieuse. Son teint défait tranche avec le sérieux de son regard. Philippe Drouin a un mouvement de recul. Il n'aurait pas dû laisser un temps si long s'écouler. La fragilité qui lui plaisait tant a fait place à la rectitude.

« Oui, c'est à propos de madame Paradis. Je voulais savoir si vous aviez la fiche de ses dernières prescriptions ?

– Je vais la chercher. Voulez-vous que je vous l'apporte dans votre bureau ?

– Non, je peux attendre ici. Si vous n'y voyez pas d'inconvénient. »

D'un revers de main, il pousse une boîte d'Aspégic 100, s'assied sur le rebord de la table comme un adolescent rebelle et fait sauter le dernier bouton de son gilet. À sa gauche, les griffes recourbées d'un portemanteau supportent un vieux sac en cuir cannelle, un foulard de soie et une robe beige sans forme. L'infirmerie sert de vestiaire au personnel. Cela laisse le directeur rêveur. Christiane, elle, a déjà la tête plongée dans le placard. La scène de séduction fatale qu'il s'est imaginée est bien loin. La seule approche que Philippe connaisse avec les femmes, c'est de les inviter à dîner au Pied de Cochon.

« À quelle heure finissez-vous votre service ?

– À 20 heures. Mais je peux rester plus tard...

– Non, non. »

Elle lui tend une pochette cartonnée jaune. Il hésite. Frôler son bras furtivement ? Elle croirait à une maladresse. Lui poser la main sur l'épaule ? Revenir sur la scène de tout à l'heure ?

« Vous travaillez demain ?

– Non, le lundi normalement, c'est mon jour de congé. Vous voulez que...

– Non. Vous avez besoin de repos, comme tout le monde. Et d'amour aussi. »

C'est sorti tout seul. Il aurait mieux fait de l'inviter à dîner. Ses oreilles virent à l'écarlate tandis que les feuilles du dossier Paradis s'écrasent sur le sol. Christiane s'élance pour les ramasser. Philippe fait de même et leurs fronts se cognent avec violence. À genoux, face à face, il voit trente-six chandelles et elle se dit qu'il ne manquait plus que ça.

« Oh ! Pardon. Ça va ? Je ne vous ai pas fait mal, monsieur le directeur ?

– Non, ça clignote un peu mais... Eh bien ! Vous avez la tête dure, vous. »

Les femmes n'ont jamais apprécié son sens de l'humour.

« Christiane, j'étais venu pour vous inviter à dîner. »

Elle se tait, elle se concentre sur le rassemblement des petites feuilles blanches.

« Nous pourrions apprendre à mieux nous connaître. Tout à l'heure, dans mon bureau, je vous ai trouvée tellement fragile. Je voudrais être votre ami. »

Mauvais. Il est mauvais. Il ne sait pas s'y prendre. Ne jamais proposer à une femme ce genre de chose. Il se voit déjà l'écouter pendant deux heures la bouche ouverte, tout ça pour une poignée de main franche et sincère. Il faut qu'il se rattrape.

« C'est très gentil, je... Vous ne me devez rien. Vous avez déjà fait beaucoup.

– Allez, un déjeuner. Demain, tu m'as dit que c'était ton jour de congé. »

Bien vu le tutoiement. Elle balbutie : « Demain ? »

Il l'aide à se relever. L'air complètement perdu, elle lui donne la pochette jaune.

« Les feuilles sont dans le désordre.

– C'est pas grave. J'étais venu pour toi. »

Et alors que le sang afflue à ses tempes, il s'enfuit avant de s'être totalement transformé en homard.

# Troisième partie

*Et les Assis, genoux aux dents, verts pianistes,*
*Les dix doigts sous leur siège aux rumeurs de tambour,*
*S'écoutent clapoter des barcarolles tristes,*
*Et leurs caboches vont dans des roulis d'amour.*

Arthur Rimbaud, *Les Assis*

# CHAPITRE 33
## *Chambre de Mme Buissonette, 2*
## *17 h 00*

« “Le prince a reconnu son fils illégitime.”

– Pas possible !

– C’est ce qui est écrit.

– Montrez-moi la photo, mon petit. »

Mme Buissonette se penche et tend le journal à Mme Alma. Louise colle son visage contre la double page. Une très belle femme aux longs cheveux, habillée simplement d’un jean et d’un manteau de coton blanc agite les breloques de son bracelet devant un bébé hilare.

« Mais, il est noir !

– Oui.

– Le prince a eu un enfant avec une femme noire ?

– Apparemment. Moi qui croyais qu’il était homosexuel.

– Vous, mon petit, vous voyez des homosexuels partout.

– Moi ? Pas du tout.

– Elles ont du tempérament les Africaines. Il faut se méfier de ces drôles d'oiseaux-là.

– Je pensais que le prince était homosexuel parce que la petite-fille de Mme Ducharme me l'a dit.

– C'est le roi qui va être content.

– Parfaitement, elle le tenait de son cousin qui avait un ami qui l'avait croisé en vacances.

– Alors ça va être lui l'héritier ?

– Je ne sais pas. Ce que je sais, c'est qu'il n'est pas homosexuel s'il peut avoir des enfants.

– L'un n'empêche pas l'autre, Mme Buissonette.

– Oh, mais bien sûr que si ! Tatata, c'est connu.

– Et que fait-elle, cette femme ?

– C'est une roturière. Elle n'a plus qu'à l'épouser maintenant. Elle aura fait un beau coup. Elle l'aura bien maraboutė.

– Qu'est-ce que ça changera ?

– Enfin, madame Alma, vous qui êtes croyante... ces gens-là vivent dans le péché.

– Pour ça... »

Louise Alma croit en Dieu. Comme la plupart des femmes de sa génération, elle est catholique et pratiquante. Et pourtant, elle a une idée bien à elle du péché. Quand elle était jeune, elle a souvent préféré prendre le petit déjeuner au lit avec René plutôt que d'assister à la messe dominicale. Sa foi est solide, elle n'a jamais douté. Comment une religion qui parle d'amour pourrait-elle lui reprocher son attitude ? Et pourtant, de nombreux catholiques auraient pu la juger anticléricale. Car Louise a mené tout au long de sa vie des combats peu orthodoxes. Sous ses airs de bourgeoise mondaine au foyer, Louise a été une féministe acharnée. Comment une religion qui parle de respect et de tolérance l'aurait-elle exclue ? Elle a distribué des tracts pour la réforme de l'article 213 du code civil de 1804 qui stipulait que les femmes devaient obéissance à leur époux ou encore pour inscrire « à travail égal, salaire égal » dans la législation française. Le vote des femmes, la loi Neuwirth et la loi Veil ont été ses grandes batailles. Aujourd'hui, elle se garde bien de dire qu'elle a déposé une gerbe au pied de l'Arc de triomphe pour la femme du soldat inconnu avec ses amies du MLF ou encore qu'elle a signé le manifeste des 343 salopes. À l'aube du XXI^e^ siècle, elle regarde en arrière et se dit qu'avec René, qui l'a toujours soutenue, elle a contribué à rendre le monde un peu plus beau et un peu plus juste.

Mme Buissonette referme le journal. Elle veut changer de sujet de conversation. Elle déteste être en désaccord avec Mme Alma, cela contredit ses rêves de complicité parfaite. De plus, elle a remarqué que Louise Alma a des idées bien arrêtées. Non pas qu'elle soit butée, mais on ne la fait pas changer d'avis facilement. Pendant la guerre, un Allemand lui a mis un couteau sous la gorge et elle a refusé de cracher le morceau, c'est dire si elle est forte tête.

« Je suis sûre que vous meniez votre mari à la baguette. »

Louise sourit. Ses minces lèvres se scindent et elle ferme les yeux.

« C'est vous qui me dites cela, mon petit ? L'hôpital se moque de la charité !

– Oh, vous avez tort, mon mari était un homme très autoritaire. Il décidait de tout.

– Je ne vous crois pas.

– Il était dur. Je crois qu'il ne m'a jamais aimée. Enfin, à sa manière peut-être, pas comme j'aurais voulu. La seule qui m'obéissait au doigt et à l'œil, c'était ma chienne Josette.

– Votre épagneule ?

– Oui. Un bon chien... mais mon mari... »

Mme Buissonette regrette d'en avoir trop dit. Ces choses-là ne s'étalent pas en public.

« C'est parce que vous êtes une passionnée.

– Vous trouvez ?

– Je suis la seule à le savoir, mais oui. »

Le cœur de Marthe se pince. La commère, la méchante qui martyrise Mme Barbier et qui complote contre Nini n'a jamais aimé personne, pas même son mari ou ses enfants, les petits glaçons sortis de son ventre. Ça n'est pas faute d'avoir essayé. Cette femme frustrée a couru les ventes de charité toute sa vie dans l'espoir de faire le bien et n'y a rencontré que froideur et hypocrisie. La raideur des bancs du temple a gâché sa vie.

Agacée, énervée, outrée, Marthe le fiel passe pour une aigrie, et Mme Alma la voit en passionnée. Louise Alma a senti que cette énergie destructrice était simplement le fruit d'un amour qui n'avait pu être donné, d'un amour resté en surplus. Et les dernières douceurs du cœur de Marthe vont à cette vieille dame de quatre-vingt-douze ans qui a tout compris.

« C'est parce que vous êtes ma seule amie.

– Nous nous rendons compte de bien des choses en vieillissant. Vous êtes jeune encore. Je ne vous l'ai jamais dit, mais je vous suis infiniment reconnaissante pour votre gentillesse. Depuis toutes ces années, vous vous occupez de moi comme une fille modèle, ou une petite sœur. Sans vous, je ne sais pas ce que je serais devenue. Une muette, comme madame Paradis. »

Le cœur de Marthe fond. Elle voudrait lui dire pour la maison en bord de mer, pour tout le temps perdu où elle était si seule. Elle voudrait lui dire que les Bégonias sont la meilleure chose qui lui soit arrivée. Marthe a si peur que Mme Alma meure avant elle. La vie n'aurait plus de sens. Elle voudrait lui dire qu'elle l'aime ; elle est si émue qu'elle arrive à peine à murmurer : « Merci. »

## CHAPITRE 34
*Couloir, 4*
*17 h 15*

Dans le couloir, Thérèse Leduc et Robert Lebœuf avancent lentement. Ils ont la démarche flottante et balancée de deux cosmonautes. Elle se serre doucement contre le complet bleu marine. Lui ne se sent plus de joie. Le discret parfum de muguet fait palpiter ses narines. Ils rentrent du goûter.

Le dimanche, c'est chapeaux en carton, serpentins, mousseux dans des gobelets en plastique et animation musicale. Une jeune femme dévouée et dynamique leur fait réviser leurs classiques. « La caissière du grand café », « À la claire fontaine », « Le temps des cerises », « Étoile des neiges ». Ils ont chanté les refrains, et rien que cela, ce fut difficile. Elle portait un chemisier en Nylon bariolé dans les mauves. Elle s'agitait et levait les bras :

« Tous en chœur, avec moi ! » On pouvait voir deux auréoles de transpiration sous ses aisselles. Calés sur leurs chaises, la bouche encore pleine d'un gâteau de type quatre-quarts industriel, la plupart des résidents se contentaient de hocher la tête. Certaines, plus guillerettes, tapaient des mains et faisaient tinter leurs bracelets. Les hommes n'ont chanté que les chansons à boire, « Ah ! le petit vin blanc » ou légèrement graveleuses, « Nini peau d'chien » et « La Madelon ». Les hommes, excepté Robert Lebœuf, qui attend les dimanches après-midi comme les enfants espèrent la nuit de Noël. L'animatrice a enchaîné avec « Trois jeunes tambours ». « Eh, dites donc là, vous dormez ! » Elle avait du courage. Sa voix couvrait avec peine un brouhaha indescriptible. Entre ceux qui chantaient faux, ceux qui ne se souvenaient plus des paroles et gazouillaient ce qui leur passait par la tête, il fallait s'accrocher. Il y avait aussi ceux qui poursuivaient leur conversation sans se douter que les Sonotone ont des effets pervers. Aussi, on a pu entendre Mme Ducharme, une résidente du premier étage, chuchoter à tue-tête : « Elle se croit au music-hall la petite madame Amette ! »

La jeune femme a soupiré. Un coup d'œil à sa liste. « Riquita », « Ils ont des chapeaux ronds », « J'ai deux amours ». Décontenancée par leur silence, elle a murmuré : « Les deux amours, ils sont en panne. » Puis elle s'est ravisée et a tenté de reprendre avec « La mère Michel ». Alors, Léon

Soliani s'est levé. La main droite sur le cœur, la gauche agrippée à son déambulateur, il a entonné « L'Ajaccienne ». « Réveille-toi ville sacrée/Entends l'orgueil et ton amour/La Sainte Famille est rentrée/Les exilés sont de retour ». Chaque dimanche, c'était le même cirque. Robert a observé Thérèse en se demandant si elle trouvait Léon Soliani meilleur chanteur que lui. Lorsque son ennemi est arrivé à « Napoléon, Napoléon ! » tout le monde a applaudi. Mme Leduc aussi. Elle était bon public et Robert, au désespoir. Les deux hommes sont rivaux sur bon nombre de terrains. En particulier pour savoir qui accrochera les plaques des activités sur le panneau de l'accueil chaque lundi. M. Soliani appelle Robert Lebœuf « la tanche » et Robert est déjà allé jusqu'à traiter son ennemi de « tête de veau » en son for intérieur.

Il avait décidé de chanter « Valentine ». « Un jour qu'il avait plu, tous deux on s'était plu, et puis on se plut de plus en plus. » L'émotion colorait ses joues. « Elle avait de tous petits petons... Valenti-ne. » Robert a planté ses yeux dans ceux de Thérèse. « Elle avait un tout petit menton... Valenti-ne. » Elle a soutenu son regard et il est parti dans des trilles. « Ton-ton-ton-tai-ne. » Même les plus amorphes étaient médusés par cet exercice de virtuose. Sa chanson terminée, tous l'ont applaudi. Peut-être encore plus fort que Léon Soliani. Robert n'aurait su s'en rendre compte. Il s'est approché de Thérèse et lui a proposé son bras.

« Vous permettez que je vous raccompagne à votre chambre ?

– Vous avez très bien chanté, monsieur Lebœuf.

– Appelez-moi Robert, s'il vous plaît. »

Paulette Ducharme les a regardés partir, bras dessus, bras dessous. Alors qu'ils disparaissaient dans le couloir, elle s'est tournée vers sa voisine qui n'en pouvait plus de baver son gâteau et lui a susurré : « C'est l'école de la sénilité ici ! »

Accrochée à la barre de maintien, Mme Alma fait quelques pas avant de retourner dans sa chambre. Elle marche avec toutes les précautions d'une femme qui a peur de tomber à chaque pas. Dans le couloir, elle croise Robert et Thérèse. Elle leur sourit avec un petit signe de tête. Louise n'a pas besoin de ses yeux pour sentir que la vieillesse de M. Lebœuf et de Mme Leduc est pleine de promesses.

# CHAPITRE 35
## *Chambre de Mme Alma, 2*
## *17 h 30*

Louise Alma est seule devant sa glace. Elle pose ses mains sur le robinet d'eau froide. À tâtons, ses doigts noués heurtent la douceur du métal. Très bientôt, elle sera aveugle. Dans le miroir, elle se voit en contours, une petite masse floue et pâle. Elle passe sa langue sur ses lèvres desséchées. Sur la frêle étagère, à droite de l'armoire à pharmacie, elle distingue mal les tubes de crème Nivea. Elle confond souvent la lotion pour le visage et le baume pour les mains. Louise n'était pas de ces femmes peinturlurées. À peine un peu de rose aux joues et un rouge à lèvres framboise pour les grandes occasions. Elle cherche le bâton de Labello pour apaiser les craquelures qui lui tiraillent la bouche. Appuyée au lavabo, elle tend le bras vers l'objet minuscule, s'en empare et badigeonne du mieux qu'elle peut.

Elle souhaite mourir avant d'être entièrement plongée dans le noir. Elle se surprend à prier Dieu, l'implorant de ne pas lui laisser la vie si elle a perdu la vue. Le contact du baume sur ses lèvres est visqueux. Elle se dit qu'au moins ce machin-là est transparent. Il faudra qu'elle demande à sa petite Mme Buissonette de vérifier si elle n'a pas une auréole de graisse autour de la bouche. Il n'y a qu'une chère amie pour vous avouer cela. Elle se demande s'il existe des opérations avec des lasers ou des machins comme ça, ils font tellement de choses de nos jours. Louise a connu l'époque bénie du « on n'arrête pas le progrès ». Les découvertes scientifiques ont scandé sa vie, à onze ans l'insuline, à seize la pénicilline, le premier antibiotique, à trente ans la révolution de la psychiatrie, à quarante les neuroleptiques, à cinquante le premier antidépresseur, à soixante une opération à cœur ouvert réussie. Plus rien ne l'étonne, le stimulateur et la valve cardiaques, la première transplantation du cœur. Louise croit en la médecine, mais elle a aussi vu les hommes s'enivrer du produit de leur science : la bombe A, la bombe H, les armes chimiques et la menace nucléaire. L'invention de l'ordinateur, de la télévision couleur, le boom des machines à laver et des réfrigérateurs, le premier homme sur la Lune, l'imprimante laser, les radios libres, les vidéoclips, les CD, Internet, Apple Macintosh, Microsoft Windows, le GPS, le World Wide Web, la confirmation de l'existence de planètes hors du système solaire. Louise est très vieille maintenant. À l'heure du clonage, des organismes génétiquement modifiés, du sida et de la vache folle, elle se demande si ces magiciens pourraient lui rendre la vue. Mais elle est sage, elle sait que, pour elle, il est trop tard. Elle ne se souvient plus de la dernière fois où elle s'est promenée sans lunettes. Elle se souvient des rues bordées de platanes, elle entend le crissement du gravillon sous ses pas quand elle traversait Londres avec frénésie, cheveux au vent. Elle se dit qu'elle irait les yeux fermés au 61 Burlington Avenue. C'était gentil. Il y avait un jardin devant, avec un sapin qui cognait ses branches à la fenêtre du salon les jours de tempête et un jardin derrière, avec des framboisiers. Elle aimait l'Angleterre, les œufs au bacon au petit déjeuner. Et le thé. Quand elle était jeune, elle ne buvait que du thé. Jeune et fraîche comme une rose, disait son papa.

Blop... Blop... Blop... Le robinet de la salle de bains fuit. Le bruit répétitif des gouttes lui rappelle celui, très lointain, des balles de tennis qui venaient cogner contre sa raquette lors des échanges avec son père. Si la mémoire de Louise ricoche, elle la ramène toujours à son père ou à René, tous deux excellents tennismen. La tête de René, la première fois qu'ils avaient disputé un match. Elle portait une petite robe blanche. S'il voyait aujourd'hui son pauvre amour toute fripée. Louise n'était pas de ces femmes tentées par les tiraillements des aiguilles d'un chirurgien esthétique. Elle ne craint pas la vieillesse. Seule la solitude l'accable. René lui manque, son père est loin. Tous deux sont partis avant elle. Ils ont bien fait. Il n'y a plus rien de bon ici. Elle préférerait ne pas être là. Bien sûr, il y a Mme Buissonette. Et pourtant, elle a hâte de retrouver ses hommes au ciel. Elle ne le dira pas à son amie, cela lui causerait trop de peine.

Elle se lave les mains. Elle aime la sensation de l'eau chaude qui glisse le long de ses phalanges. La chaleur apaise ses articulations douloureuses. Elle prolonge le plaisir jusqu'à l'engourdissement. Elle se souvient du jour où son père les avait emmenées sa sœur et elle sur les plages de Cornouaille. Un vent humide soufflait sur la mer verte. Les deux jeunes filles avaient pris leur maillot de bain, mais le père avait peur qu'elles attrapent la mort si elles se baignaient. Elles avaient retiré leurs sandales. « Juste pour tremper nos pieds, papa, s'il te plaît. » L'eau glacée léchait déjà leurs chevilles. Tel un serpent qui ondule, la mer se nouait et se dénouait, et le sable glissait sous la plante de leurs pieds. Elles avaient remonté leurs jupes à la première vague en criant de froid. L'écume recouvrait leurs genoux d'une mousse jaune. Alors, Louise avait plongé, tout habillée. Mille épines brûlantes avaient transpercé son corps de jeune fille. Le souffle coupé, elle avait cru mourir un instant, puis la flamme froide s'était transformée en caresse. Les rires de sa sœur l'avaient tirée de son extase. « Louison est folle ! Louison pense qu'elle est une sirène ! » Elle avait grelotté durant tout le trajet de retour, mais elle n'était pas tombée malade. Son père ne l'aurait pas permis.

Louise referme le robinet. Elle cherche une serviette-éponge pour se sécher les mains. Elle tend le bras, tâtonne, ne trouve pas. Elle maudit les infirmières qui entassent ses affaires indifféremment dans un placard en désordre. Louise ne retrouve plus rien. Elle est dépendante et ne peut s'y résoudre. Avec d'infinies précautions, Louise regagne son lit. Elle fait glisser ses mains sur le plaid en velours à motifs indiens acheté dans une petite boutique de Brick Lane, avec René, lorsqu'ils étaient partis en pèlerinage pour revoir la maison de Burlington Avenue. Ils adoraient voyager. Prendre le bateau, surtout. Les amants emmenaient rarement leur fils avec eux. Louise Alma a sans doute été une mauvaise mère. C'est le seul point noir qui trouble ses vieux jours, le seul remords de sa vie.

# Chapitre 36
## *Couloir, 5*
## *17 h 45*

Nini traverse le couloir sans âmes. Sa chambre lui fait horreur. Elle s'ennuie ferme. Elle veut fumer une cigarette. Cela fait à peine un an qu'elle est arrivée aux Bégonias et son état s'est considérablement dégradé. Elle aura soixante-dix ans en janvier prochain. On lui en donnerait quatre-vingt-cinq. Et pourtant, Nini est toujours une enfant. Sa mère, froide femme gantée de velours, tirée à quatre épingles, a voulu qu'elle ait une éducation stricte. Ce fut un échec total. Son père, un homme élégant et décharné, sous la coupe de son épouse, a fui l'Europe et la guerre qui voulait exterminer son peuple. Brillant ingénieur, il est parti construire des ponts et des routes dans la savane africaine. C'est là que Nini est née. Enfant unique vouée à une enfance solitaire. Les colons ne se liaient pas d'amitié avec les villageois.

Maison de brique contre maison de terre. Nini a toujours aimé le soleil, le ciel gris, presque blanc de l'Afrique.

Coincée dans son fauteuil roulant dans le couloir de cette maison de retraite aseptisée, saturée d'odeurs de maladie et des produits toxiques destinés à les camoufler, Nini revoit la végétation luxuriante et desséchée de son enfance. Les baobabs, les palétuviers, les bougainvilliers et le soleil de feu qui brûlait cette terre centrale. La torpeur née du mélange improbable de tons de rouges et d'ocres, de violence et de mollesse. Sa mère n'en pouvait plus de dissimuler ses bras blancs sous son ombrelle, ses chapeaux à voilette et ses moustiquaires. Pour cette femme française, extrêmement élégante, qui aimait les petits chiens d'appartements et la fine porcelaine, la limonade n'était jamais assez fraîche. Elle la renvoyait aux domestiques d'un air dégoûté. Sa fille ne lui ressemblait pas. L'enfant jouait dans le jardin, embrochait des mille-pattes, grimpait aux arbres et parlait aux chats errants. Nini, qui a tant besoin d'affection, a grandi sans un baiser, sans une caresse. Son père était gentil, mais toujours absent. Homme de terrain, trop content de passer de la théorie à la pratique dans des costumes de lin. La petite allait à l'école des sœurs. Les missionnaires aigries voulaient sauver les âmes des petits enfants noirs. Mais elles n'aimaient pas les Juifs. De méchantes vaches dévorées par les moustiques sous leurs longues jupes noires. Nini était une enfant joyeuse et libre. Les domestiques de la maison la laissaient faire à peu près tout ce qu'elle voulait. Sa mère restait cloîtrée à l'intérieur, à l'ombre, volets clos, sous le bruit mécanique et lancinant du ventilateur en bois laqué. Nini passait son temps seule dans le jardin. Elle n'avait pas le droit de dîner à la table des parents. Et quand le père partait en mission, la mère et la fille continuaient de dîner séparément. Des mois de silence à parler aux oiseaux, aux gros insectes et à creuser des cachettes dans les troncs d'arbres. Nini avec sa robe sale et tachée de terre rouge, Nini genoux égratignés, cheveux défaits, faisait horreur à sa mère blanche parmi les Blanches, quasi anémique. À l'école, personne ne voulait jouer avec elle. Faute de mieux, elle apprivoisait les manguiers. Elle faisait l'école buissonnière, vivait dangereusement. Des bêtes énormes rôdaient dans ce pays de sauvages. La mère battait sa fille si elle apprenait ces escapades. L'éducation d'un revers de la main. Nini était une rebelle, déjà. Et en même temps, elle avait tout ce qu'elle voulait. Parce qu'elle était dotée d'un pouvoir magique. Elle comprenait les gens. Elle saisissait immédiatement leurs failles, elle les avait à l'affect, à l'usure, au culot. Elle était une séductrice-née. Personne ne pouvait expliquer cela. Qui lui avait montré ?

Aujourd'hui encore, quand Nini veut quelque chose, elle l'obtient, c'est obligé. Elle est une force vive. Sauf lorsqu'elle est triste. Triste à n'avoir plus goût à rien. Petite, elle observait les limaces se vautrer dans la poussière des routes, silencieuse et lointaine. Elle se sentait seule et perdue. Nini était déjà malade. De grands accès euphoriques alternaient avec des crises d'abattement, sans raison. Le monde qui dansait de joie s'arrêtait soudain de tourner. Plus rien n'avait d'importance. « Enfant lunatique. » C'est tout ce que l'on trouvait à dire. Heureuse, elle fatiguait tout le monde ; triste, elle faisait peur aux gens. « Capricieuse. » « Petite folle. » Sa vie allait être un enfer. On ne saurait pas la soigner. On comprendrait son mal trop tard. Libellule qui va se griller les ailes.

La guerre finie, la mère fit leurs malles, ses lèvres fines plissées de joie pour la première fois depuis de longues années. En route pour Paris et la tour Eiffel. Ils s'installèrent dans un bel appartement du seizième arrondissement avec des moulures au plafond. Le parquet du long couloir qui menait à la cuisine craquait, crissait, criquait. Comme les roues du fauteuil de Nini qui se dirige vers sa chambre des Bégonias pour la huitième fois de la journée. Elle n'a plus envie d'une cigarette. Le cinq pièces de la villa Mozart... Elle y courait à perdre haleine. Elle faisait glisser ses petits doigts potelés le long des murs blancs. Sa mère le lui interdisait. Le salon était immense. Sur la cheminée en marbre, on avait installé les défenses de l'éléphant que papa avait tué au cours d'une partie de chasse mémorable. L'Afrique lui manquait, pas à sa femme. Celle-ci avait fait l'acquisition d'un caniche nain abricot. Nini fut envoyée à l'école publique. Plus de bonnes sœurs. Les effronteries de cette brillante élève étaient pardonnées par sa soif d'apprendre. Elle a grandi, ses cheveux auburn glissaient en cascade dans son dos. C'était une jolie jeune fille avec une taille de guêpe. Tous les garçons de l'avenue Mozart lui couraient après. Elle avait des sautes d'humeur, de plus en plus violentes. Elle inquiétait ses parents. Ils la qualifiaient d'« instable », à défaut d'autre chose.

Nini avait gardé la passion des voyages et des contrées exotiques. Elle se lança dans des études de journalisme pour devenir Grand Reporter. Elle fricotait avec les élèves de Sciences-Po. À peine son diplôme en poche, elle se tourna vers le droit, pour être Grand Avocat. Une « Grande Instable ».

## CHAPITRE 37
## *Couloir, 6*
## *18 h 00*

Aujourd'hui, la vie de Nini est réduite à ces allers et retours dans un couloir décoré de reproductions de tableaux impressionnistes. La libellule a eu les ailes arrachées. Trop de médicaments. Trop de passages en cliniques privées du temps où les électrochocs étaient la panacée. Psychose maniaco-dépressive. La maladie qui vous fait passer du rire aux larmes. Ils mirent longtemps à savoir. Lorsqu'elle rencontra son mari, elle avait déjà fait des cures. Un matin de l'année de ses vingt-huit ans, elle n'avait pas voulu se lever. Plus la peine, plus envie. Le cœur lourd, les paupières comme des chapes de plomb. Cesser de voir le monde, s'en extraire. Ses parents avaient fait interner la jeune avocate à l'avenir prometteur. Une semaine d'électrochocs et aucun souvenir. Des étincelles de bziit bziit dans le crâne et la voilà bien mieux. Elle avait du mal à s'endormir, elle commença à prendre des barbituriques. Elle avait des angoisses, on lui prescrivit des anxiolytiques. Des pensées noires ? Le lithium était là. Les anges médecins et les fées infirmières veillaient sur elle. Bziit bziit, on va te faire fumer la cervelle ! Merci, merci. Son mari était tombé sous le charme de cette femme brindille qui savait aussi être ouragan. Ils exerçaient la même profession. L'avenir leur souriait, les gencives saignantes.

Le couloir des Bégonias résonne de solitudes, il garde pour lui les souvenirs douloureux de Nini. Elle voulait un enfant, fruit de leur amour. Ce serait une fille. Une fille unique, pourrie gâtée avec une mère absente. Comme pour Nini. Sauf que ça ne serait pas de sa faute. La pire mère du monde, une PMD. Qui voudrait d'une maman qui a besoin de médicaments pour s'endormir et d'autres pour se réveiller ? Heureusement, elle avait épousé un homme formidable. Il les aimait et les protégeait toutes les deux. Un homme avec de mauvais bilans sanguins. Leur fille avait neuf ans. Ils étaient sortis dîner. Corpulent, il aimait les bonnes choses, il en abusait. Il travaillait beaucoup. Ils rentrèrent fatigués ce soir-là. Nini prit tout de même son cocktail habituel de somnifères. Son mari eut du mal à la sortir de sa léthargie, au milieu la nuit. La lumière était allumée. Aveuglée, elle a vu des formes floues danser devant elle. Une masse sombre s'est écroulée sur le tapis, près du téléphone. Infarctus du myocarde. Veuve. Veuve à quarante ans.

À la porte de sa chambre, les roues du fauteuil se sont arrêtées. Elle est à bout de souffle. Elle a chaud, elle étouffe. Elle tente de retirer son gilet, sa manche se prend dans la pochette qu'elle porte autour du cou. Ses mains tremblent, ses gestes sont saccadés et imprécis. Elle en a marre. Elle doit se tenir à carreau. Ne pas faire de crise. Merde. La colère la gagne. Merde. Merde. Merde et mon cul c'est du poulet. Elle n'aurait jamais dû accepter d'être mise sous tutelle. Elle voudrait rentrer chez elle avec ses chiens et enfumer son appartement sans que personne ne lui donne d'ordre. Elle a toujours abhorré l'autorité. « Il faut aller au patio, Mme Lieber, respirer le bon air pur de la verdure. C'est mauvais pour la santé toutes ces cigarettes. » Elle les hait. Elle est fatiguée. Son corps ne répond plus. Reste ce sentiment de rage. Plus pour longtemps. Elle sent qu'elle lâche prise.

# CHAPITRE 38
## *Chambre de M. Lebœuf, 1*
## *18 h 15*

Robert Lebœuf est de retour dans sa salle de bains. Un coup d'œil au miroir.

*Qu'est-ce qu'on attend pour être heureux ?*

Il chantonne. Il est content pour « Valentine ». Il sourit d'aise. Il revoit cette femme délicieuse dans sa robe de laine grise se lever de sa chaise et lui donner le bras. Le parfum acide et fleuri du muguet, la douceur de son regard. Il aimerait tant la prendre par la taille et la serrer fort contre lui.

Et puis, directement, le coup de la raccompagner à sa chambre comme un gentleman, c'était l'épate. T'as tout fait comme il fallait, mon coco. Zéro fausse note.

*Qu'est-ce qu'on attend pour faire la fête ?*

Thérèse. Thérèse. Ce qu'elle peut être mignonne. Depuis le temps. Enfin, aujourd'hui t'as été courageux, c'est bien.

*La route est prête*
*Le ciel est bleu*
*Y a des chansons dans le piano à queue.*

Un peu de Pento ? Non, après ce sera trop. La cravate ? Impeccable.

*Il y a de l'espoir dans tous les yeux*
*Et des sourires dans chaque jupette.*

Au dîner, pas de blague, hein ? Du charme, de l'élégance. Tu la raccompagnes dans sa chambre, tu proposes de discuter un petit peu, et puis tu te lances.

*La joie nous guette*
*C'est merveilleux*
*Qu'est-ce qu'on attend pour être heureux ?*

Parce que tout à l'heure, devant sa porte, t'avais l'air d'un fier imbécile. C'est normal qu'elle ne t'ait pas proposé d'entrer. Oui, parfaitement normal. C'est une femme timide et réservée. C'est à toi de t'y coller pour les avances. C'est ainsi, mon coco.

*Qu'est-ce qu'on attend pour être heureux ?*
*Qu'est-ce qu'on attend pour faire la fête ?*

Tiens, je me souviens plus des paroles.

Il fredonne. Ça repart.

*Qu'est-ce qu'on attend ?*

Hein ? Qu'est-ce que tu attends ? Tu vas pas tergiverser trente-six mille ans. Cette fois-ci, plus de doute. Elle t'a regardé, mon coco, ça voulait tout dire.

*Qu'est-ce qu'on attend ?*

Bon, un sujet de discussion. L'amour ? Non, trop direct. Son film préféré ? Tiens, ça c'est une bonne idée. Ou alors, je lui demande carrément de venir dans ma chambre pour lui montrer ma collection de photos dédicacées. Et puis surtout, t'oublie pas de lui dire bonne fête. Même mieux, tu commences par ça.

*Qu'est-ce qu'on attend pour être heureux ?*

Elle voudra pas.

*Qu'est-ce qu'on...*

Soudain, il se tait. Sa tête tourne, il s'accroche au lavabo et après un long silence, murmure : « Elle voudra pas. » T'es un vieux fou amoureux. C'est plus de ton âge. Regarde-toi. C'est trop tard. L'amour n'a pas d'âge. Qui dit des conneries pareilles ? Laisse tomber, mon coco. Thérèse elle est trop bien pour toi. Même si tu t'étais promis. Oui, et bien tant pis. T'es pas capable. Moi ? Pas capable. Non ! Si ! Tu vas voir ce que tu vas voir. Il claironne :

*Et la radio chante un p'tit air radieux*
*Les parapluies restent chez eux*
*Les cannes s'en vont au bal musette.*

Si toi tu l'aimes, pourquoi pas elle ? Thérèse c'est la femme de ta vie et tu le sais, alors qu'est-ce que tu nous embêtes ?

*Levez la tête*
*Les amoureux.*

Fonce, mon coco. T'as rien à perdre.

*Qu'est-ce qu'on attend ?*

Tu vas le faire ?

*Qu'est-ce qu'on attend ?*
Oui, je vais le faire.
*Qu'est-ce qu'on attend ?*
*Qu'est-ce qu'on attend ?*
Oui, ce soir. Je vais dire à Thérèse Leduc que je l'aime. Qu'est-ce que j'attends pour être heureux ?

# CHAPITRE 39
*Couloir, 7*
*18 h 30*

L'heure du dîner. Au menu, soupe de poireaux, croque-monsieur, salade verte et clémentines. Il est 18 h 30. On les fait dîner tôt. Le croque-monsieur va être un calvaire pour la plupart de leurs dentiers. Josy fera tourner le mixeur et leur servira une bouillie de pain de mie béchamélisé avec de petites taches roses qui prouveront la présence d'une tranche de jambon. Ils sortent un à un, quelques résidents du premier et du second étage descendent par l'ascenseur. Réglés comme des horloges. Des effluves de poireau leur servent de boussole. La gentille danse des petites mémés qui n'ont plus d'appétit. Certaines ont fait des régimes toute leur vie et se retrouvent sèches et craquelées comme les marrons à la fin de l'automne. Il y a Mme Buissonette qui donne le bras à Mme Alma. Il y a Mme Barbier. Son fils parti, elle a abandonné ses efforts et repris sa canne. Dodelinante, elle projette son gros ventre en avant. Il y a Robert Lebœuf, tapi derrière la porte entrebâillée de sa chambre, le cœur battant, et Thérèse qui a refait son chignon, mine de rien. On entend Josy qui installe les premiers arrivants. « Vous pressez pas, mes doudous. » « Douze-trente-quatre, douze-trente-cinq, douze-trente-six », le capitaine, plus nerveux que jamais, compte ses pas tête baissée. Son corps forme un angle de quarante-cinq degrés avec le sol. Seule sa vitesse de propulsion l'empêche de tomber raide. Une lente bousculade.

« Je veux pas y aller. Tu m'emmerdes. »

C'est la comédie habituelle du soir. Ces derniers temps, Nini reste dans sa chambre jusqu'à ce que Josy vienne la chercher. Se faire désirer. Le seul moteur qui vaille.

« Dis pas les gros mots, ma Nini. Je suis correcte, moi. Alors tu remets ton gilet, tu bouges ton popotin et tu viens à table. Je vais te secouer les puces, moi. »

Josy prend Nini par la main et l'attire dans le couloir. Nini se laisse entraîner, mais continue à vitupérer.

« Non ! J'irai pas. J'ai pas faim. La bouffe est dégueulasse. »

Avec une douceur de merveille, l'auxiliaire de vie la tient par le bras.

« Je veux mon fauteuil, je peux pas marcher !

– Tu arrêtes ton caprice, tu marches très bien pour tes cigarettes. »

Nini se met à trembler si fort que Josy finit par céder.

« Bouge pas, je vais le chercher. »

L'auxiliaire de vie repart vers la chambre de Nini. Cette dernière reste appuyée contre le mur jaune. Pâle et sèche comme les frêles branches d'un arbre mort. Ses joues sont aussi grises que ses cheveux. Josy revient, la soulève d'un bloc et l'assied dans le fauteuil. Après la mort de son mari, Nini a eu une bonne. Une Martiniquaise exquise qui jouait aux cartes avec elle des heures entières et lui faisait de bons petits plats. L'appartement était un bordel sans nom, Nini s'en fichait. C'était seulement lorsque sa mère venait leur rendre visite que la bonne s'activait un peu. Toutes deux craignaient la mère de Nini. Elles avaient tort, la mère avait renoncé depuis fort longtemps à voir sa fille habiter un lieu propre et rangé. Elle avait même pris l'habitude d'annoncer ses visites au moins une semaine à l'avance pour ne pas la surprendre en flagrant délit taudiesque. Elle l'avait exhortée de nombreuses fois à changer de domestique, mais quand Nini aimait quelqu'un, c'était sans concessions. Une partie de dames valait bien tous les maniements d'aspirateur du monde. Josy lui rappelait cette autre femme noire tant aimée.

« C'est pas vrai ! Maintenant je vais fumer en fauteuil. Je ne peux plus marcher. J'ai la maladie de Parkinson.

– C'est ça, et moi je suis Francky Vincent.
– Si tu m'emmerdes, je retourne dans ma chambre et je ne mange pas. »

Josy s'est accroupie près de la vieille impolie. Ses yeux noirs plongent bien au-delà des lunettes de la myope. Elle voudrait agripper son âme et en faire couler tous les malheurs.

« Dis-moi, Nini ?
– Oui.
– Comment elle s'appelle déjà ?
– Qui ça ?
– Ta filleule.
– Camille.
– Elle t'aime ?
– Non, elle ne m'aime plus.
– Elle vient te voir, quand même.
– Mon cul, oui ! C'est pour se donner bonne conscience.
– Peut-être. Et ta fille ?
– Ma fille aussi.
– Alors personne ne t'aime ?
– Non.
– Et moi ?
– Toi, tu iras au ciel avec les anges, même si Dieu n'existe pas.
– Et toi ?
– J'irai droit en enfer.
– Non, toi tu vas droit manger un croque-monsieur. Sinon, tu vas voir comment sainte Josy elle se fâche. »

## Chapitre 40
## *Chambre de Thérèse, 2*
## *18 h 45*

Sur la table de nuit, le magazine *Notre Temps* gît éventré à la rubrique « Horoscope ». À force d'avoir été tournées, les pages sont toutes molles et certaines légèrement bombées à l'encoignure. Dernière lecture d'une femme qui était allée à la bibliothèque municipale tous les mardis de sa vie pour y emprunter de grandes épopées historico-sentimentales. Se rêvant tour à tour comtesse de Charny et Sophie de Champlitte, Thérèse a traversé les siècles, voyagé jusqu'à l'Oural emmitouflée dans un manteau de zibeline, et vécu guerres, incendies, famines. Elle a dansé jusqu'à l'aube dans les bras d'un prince masqué et connu les fièvres de la passion et de la typhoïde. Elle s'est assise sur le banc des accusés, a assisté à des exécutions sanglantes, compris la soif vengeresse des hommes trahis et les alliances dramatiques nées d'intérêts opposés. En un mot, elle a lu, des milliers d'heures, dans son petit fauteuil en osier, et jamais le temps ne lui parut long. Les romans ont illuminé sa vie. Loin d'être une Emma Bovary, elle a toujours fait la distinction entre le monde merveilleux des livres et la réalité de sa cuisine. Elle a savouré ces histoires comme d'autres vont au musée, sans pour autant espérer accrocher une toile de maître dans leur salon. Puis, la vieillesse est venue, avec son cortège de douleurs, de lenteurs et de complications. Maintenant, elle peut à peine rester concentrée le temps d'un paragraphe.

L'attitude de M. Lebœuf à son égard l'a quelque peu tourmentée. Aussi, avant d'aller dîner, elle a lu son horoscope de la semaine, histoire de penser à autre chose, ou justement de ne pas cesser d'y penser.

« Natifs du Sagittaire : Bonne forme physique. Un événement déterminant pourrait bouleverser un emploi du temps déjà chargé, mais vous pourrez respecter tous vos engagements. Votre bonne humeur décuple votre énergie. En amour, suivez votre inspiration. Laissez-la vous guider vers de nouvelles aventures. Vous êtes en forme, allez vite faire ces nouvelles découvertes. Mercure, la planète maîtresse en sextile à votre signe, va fluidifier vos contacts... En revanche, l'évolution d'une situation embrouillée vous empêche de voir la réalité avec précision. Il faut aller au-delà des apparences, c'est-à-dire chercher jusqu'au fond des choses. Vous trouverez le moyen efficace qui vous permettra de dénouer une situation qui n'est pas si dramatique. »

C'était encourageant. Elle s'est demandée quel pouvait bien être cet « événement déterminant ». Thérèse est une femme de principes et elle a pour habitude de respecter ses engagements. Aussi en a-t-elle déduit qu'il n'y avait pas de raison de s'inquiéter. Quant à l'amour, « suivre son inspiration » était un bon conseil. Si seulement elle était inspirée ! « Fluidifier les contacts. » Thérèse était partante. C'est vrai qu'elle était en forme ces jours-ci, et il n'y avait pas de mal à faire de nouvelles connaissances. Après tout, elle s'est installée aux Bégonias pour se sentir moins seule. M. Lebœuf ferait un excellent ami, toujours gai et charmant. C'est la fin du paragraphe qui lui a posé le plus de problèmes. Elle avait une petite idée, mais elle n'a pas osé l'énoncer clairement. Cette « situation embrouillée », avec M. Lebœuf, justement. Fallait-il vraiment aller jusqu'au « fond des choses » ? Heureusement qu'ils concluaient en disant que la situation n'était pas « si dramatique »... Mais tout de même, à ce stade, Thérèse ne savait plus quoi penser. Après une courte pause, elle a donc enchaîné avec l'horoscope de celui qui occupait toutes ses pensées. On avait fêté son anniversaire aux Bégonias le mois précédent. Il devait être Vierge.

« Natifs de la Vierge : Très bonne forme physique. Votre vie amoureuse sera au premier plan cette semaine. Attendez-vous à du remue-ménage et des changements inattendus, loufoques, détonants. L'opposition du soleil à Pluton vous touche de plein fouet et va provoquer des révolutions importantes dans vos relations et votre façon d'être. Votre expression s'adapte en conséquence, même malgré vous. Davantage d'authenticité sera indispensable pour gérer au mieux vos liens dans tous les domaines. Tricher devient tout à fait superflu. Cette semaine, votre idéalisme est récompensé par des échanges qui vous prouveront que d'autres partagent vos souhaits. L'ambiance est festive et plus légère que le mois dernier. Vous aurez moins de pressions sur les épaules sur le plan pratique. »

C'était donc cela. Thérèse en a blêmi. M. Lebœuf était bel et bien « loufoque et détonant », mais malgré lui. Quant à savoir si elle partageait ses souhaits, nous n'en étions pas là. Heureusement, il était en « très bonne forme physique ». Elle a reposé le magazine. Quels souhaits ? L'amour ? Elle a haussé ses minces sourcils en accents circonflexes. Tout cela était ridicule. L'amour était affaire de romans. Plus jeune, Thérèse s'était souvent dit en refermant son livre qu'elle n'en aurait pas voulu. Pourquoi chercher à avoir la mâchoire qui tremble, la tête qui éclate et le cœur qui se tord, alors que l'on peut tranquillement observer son mari remonter l'allée du jardin tous les soirs ? De la fenêtre de sa cuisine, son roman encore posé sur les genoux, elle aimait regarder Émile rentrer chez eux. Tendresse, respect, confiance. Odeur du gâteau de semoule et de la cire des meubles, soupière fumante sur la nappe à carreaux rouges et blancs. Une maison bien tenue. Et maintenant M. Lebœuf qui lui faisait les yeux doux... « Tricher devient tout à fait superflu. »

Dans la chambre de Thérèse Leduc flotte un léger parfum de muguet. Comme une promesse de bonheur, malgré lui, malgré elle.

# CHAPITRE 41
*Couloir, 8*
*19 h 00*

Nini ne tenait pas en place, alors Josy lui a donné l'ordre d'aller se coucher. Seule. Dans le couloir, elle croise ceux qui ont déjà fini de dîner. Elle baisse la tête et fait tourner les roues de son fauteuil. Sa couche la serre. Elle sent l'urine. Elle a hâte qu'on vienne la changer. Elle ne fera pas de scandale. De toutes les choses qui la gênent, c'est bien la moindre. Elle ne sonnera pas comme une dératée, elle attendra dans son lit. Elle ne veut plus voir les gens soupirer, hausser les yeux au ciel, s'énerver quand elle les appelle. Elle donnerait n'importe quoi pour ne pas être à sa place. Et pourtant on l'avait prévenue. Camille lui avait dit de ne pas faire la folle, de ne pas se laisser avoir, qu'elle le regretterait. « N'y va pas, Ninotchka, ces maisons-là, c'est la mort, la solitude, les vieux gâteux et les monstrueuses édentées. Tu ne le supporteras pas. » Après avoir quitté sa maison de Cannes, elle avait fait un premier séjour aux Bégonias. Pour revenir à Paris, pour se rapprocher de sa fille et de ses amies. Elle avait tenu deux semaines. Elle avait pleuré, supplié et on lui avait trouvé un petit appartement dans le nord de la capitale.

Chacun de ses déménagements se soldait par un rétrécissement de son espace habitable. Ses économies faisaient figure de peau de chagrin. Elle vendait tout, son argenterie, ses bagues et ses émeraudes. Elle riait en disant qu'elle finirait sur la paille. Puis les séjours en clinique avaient recommencé. De plus en plus longs, de moins en moins espacés. Les services de géronto-psychiatrie rivalisaient de noms poétiques, le Pavillon des Oiseaux, le Bâtiment Harmonie, les Trois Bouleaux, la Clinique des Roseraies, celle des Jours Heureux. Il lui restait quelques amies fidèles, des amies de trente ans qui se relayaient pour se perdre en banlieue et lui apporter des cartouches de Gauloises sans filtre, et plus tard de Marlboro light, des chocolats, des pâtes de fruits, des tulipes. De vraies amies de tristesse et de souffrance qui soupiraient en disant : « Cette pauvre Nini. »

Elle a tort de penser que personne ne l'aime. Ou alors peut-être que c'est elle qui n'aime plus personne. Du fond de son fauteuil, elle en veut à tout le monde et pourtant, c'est sa faute. « N'y va pas, Ninotchka, vieille mule, tu ne le supporteras pas. » Camille lui avait dit que son appartement et ses chiens, c'était tout ce qui lui restait. Elle lui avait demandé de ne pas abandonner, de ne pas trop picoler, de ne pas claudiquer en chaussons rouges et en robe de chambre dans les rues du quartier. Camille l'avait prévenue, il ne fallait pas promener le caniche noir danseur élastique qui risquait de la faire tomber. Pas appeler les pompiers si elle se cassait la gueule. Couvrir ses bleus et se taire. « Barre-toi, Ninotchka, rentre chez toi. » Ne pas jeter l'argent par les fenêtres ; ne pas ouvrir aux inconnus qui lui vendaient la vraie palette originale modèle unique de Vincent Van Gogh pour la modique somme de cinq mille francs alors que ça valait des millions ; ne pas être trop dupe et naïve, même si c'était ce qu'elle préférait au monde. Parce que l'argent de sa mère n'était pas éternel et que sa fille n'aimait pas la voir dépenser ce qui aurait dû lui revenir un jour. Que, sans argent, elle perdrait sa liberté et alors elle ne ferait plus rire personne. Que tous les pique-assiettes qui gravitaient autour d'elle se lasseraient. Qu'elle finirait toute seule ; pas d'argent, pas d'amis. Même si c'étaient des faux, ça comptait beaucoup pour Nini. « Refuse, Nini ! Refuse d'être mise sous tutelle, s'il te plaît. » Camille avait rencontré l'homme. Un gentil froid et scrupuleux. Il lui avait dit que les comptes en banque étaient vides. Assainir les dépenses. Aller en maison spécialisée. « C'est la mort, vous allez la tuer. » Ils ne l'avaient pas écoutée. L'homme et la fille, les serpents économes. Nini aimait que l'on s'occupe d'elle. Elle était passée des Roseraies aux Bégonias. Un buisson épineux pour une plante en pot. Plus de racines, plus moyen de grimper le long des murs et d'étaler ses pétales au soleil. Un petit pot qui attend d'être arrosé et qui finit à la poubelle un jour ou l'autre, tout desséché.

# CHAPITRE 42

## *Chambre du capitaine Dreyfus, 1*
## *19 h 15*

Un homme gentil. Celui-là ne la ferait pas souffrir comme les autres. Ou alors elle serait la dernière des poires. Quelle journée ! Ne pas se faire d'idées. Il a juste dit qu'il voulait devenir son ami. Depuis le temps qu'ils travaillent ensemble, c'est même plutôt normal. Ça ne veut rien dire. Ils iront à la brasserie du centre-ville et puis c'est tout. Et ça n'est pas bien malin de coucher avec son patron. Parce qu'elle est déjà passée près de se faire renvoyer à cause de l'autre imbécile, mais là, si elle se tape le directeur et que ça tourne mal, non, c'est la porte assurée. « J'étais venu pour toi. » Elle se demande si elle a rêvé. Il a dit qu'il était venu pour elle. Ou alors sa tête a cogné trop fort et il a perdu les pédales. Elle ne va rien faire. Elle restera professionnelle. Et s'il lui redemande, alors elle refusera poliment. Quoique. Elle peut accepter son invitation, ça n'engage à rien. Elle ne voit pas ce qu'il y a de mal à aller dîner avec un collègue. Voilà, ils iront dîner.

Elle prendra un plat léger, un dos de cabillaud aux herbes de Provence, des coquilles Saint-Jacques au safran, quelque chose d'élégant. Elle ne videra pas son sac, ne s'étendra pas trop sur sa vie et tous ses malheurs qui n'intéressent personne, et puis il en connaît bien assez comme ça. Sauf s'ils deviennent vraiment amis, là... ce sera différent. Tout de même, elle n'a pas rêvé. Elle n'est plus une gamine. « J'étais venu pour toi. » Ça ne veut pas seulement dire qu'il veut lui tendre des Kleenex. Ses yeux. Elle a lu dans son regard. Parfois l'amour est là, juste devant nous et on se crève à aller souffrir ailleurs. L'amour, un vrai bon amour avec un homme célibataire qui serait gentil. Ou alors, justement, c'est sa gentillesse qui l'a perdu. Il s'est jugé trop sévère. Il veut se rattraper. Elle doit descendre de son nuage. Elle n'a jamais plu à personne. Un type comme Philippe Drouin est trop bien pour elle. Philippe Drouin ne peut pas l'aimer d'amour.

« Quatre-vingt-dix-huit, quatre-vingt-dix-neuf, cent...

– Eh ! par là, mon capitaine.

– Oui, je cherche un déambulateur, alors je n'ai pas le temps, moussaillon.

– Qu'est-ce que vous racontez ? Vous marchez très bien, trop bien même.

– Et ma longue-vue ?

– Oui, eh bien vous la chercherez demain. C'est l'heure d'aller dormir. »

L'infirmière attrape le vieil homme sautillant par le bras. Elle lui retire sa casquette et le fait s'asseoir sur le lit. « Vous vous déshabillez tout seul, aujourd'hui ? »

Le capitaine réalise soudain qu'il n'a pas prévu ce détail. Tous les soirs, ses vêtements sont rangés et enfermés dans leur placard à double tour. Comment partir pour le bout du monde en slip ? Tremblant, il retire son T-shirt rayé. Puis il a une idée. Il le pose avec précaution sur le rebord de son lit et le plie au carré. Christiane le regarde faire d'un œil absent. Apparemment, ses pensées sont ailleurs. Il fait glisser sa ceinture, l'enroule et la dépose à côté du T-shirt. Puis il retire son pantalon beige et recommence son manège militaire. Le pantalon de toile mis à plat, les chaussettes en Nylon pliées, il se tourne vers l'infirmière avec un air convaincu.

« Eh bien, je ne vous connaissais pas maniaque, mon capitaine.

– Il faut de l'ordre, moussaillon.

– On va mettre tout ça dans votre armoire.

– Non ! Non ! Interdiction formelle ! Nous allons les déposer sur la chaise. En cas d'attaque de sous-marin nucléaire cette nuit, il faut être prêt à partir au combat. »

Les délires marins du capitaine n'amusent plus Christiane depuis longtemps, mais ce soir elle est lasse. Elle a pleuré toute la journée et son thorax est encore tout salé à l'intérieur. Elle empile les affaires du vieil homme et les dépose sur la chaise.

« Vous êtes content ?

– Oui. C'est bien, lieutenant.

– Appuyez-vous contre le mur, je vais vous mettre votre pyjama. »

La voix de Christiane est éteinte. Le capitaine se laisse faire. Elle lui enfile sa chemise tant bien que mal. Il a les muscles raides.

« Attention à votre coude. »

Les gestes de l'infirmière sont rapides et précis. Elle s'est mise en pilote automatique. Lui pense au navire sur lequel il embarquera dès ce soir. Direction les Antilles, la Nouvelle-Zélande, les Bahamas, le pôle Sud. Il tremble un peu.

« Allez, au lit ! »

# CHAPITRE 43
## *Chambre de M. Lebœuf, 2*
## *19 h 30*

La sobriété de la chambre de M. Lebœuf reflète la vie simple qui fut la sienne. Un guéridon en sapin sert de table de nuit. Trois cadres en métal doré avec des photographies. Une en noir et blanc de Pascal Lebœuf à deux ans, une autre à dix-huit, prise le jour de son bachot, et la plus récente où l'on voit Robert et son fils rire aux éclats. Une petite armoire en contreplaqué recélant la précieuse collection de photos dédicacées de vedettes en tout genre fait face à un fauteuil crapaud en panne de velours recouvert d'une vieille toile brodée aux couleurs fanées.

L'histoire de Robert Lebœuf est celle d'un fonctionnaire ordinaire du ministère des Transports. En mars 1959, il a été rappelé en tant que réserviste pour la guerre d'Algérie. Avec ses relations au ministère, il aurait facilement pu se faire réformer, mais il avait le goût de l'aventure. De fait, en entrant aux Transports, il n'avait pas imaginé que l'on n'y voyageait guère. N'étant jamais allé plus loin que Montluçon – l'Auvergne natale de son père, où il avait passé deux étés quand il était gamin –, il a enfilé ses godillots, noué son baluchon et il est parti pour l'Algérie, le cœur léger. La politique l'intéressait peu, il aimait les femmes et les copains. Le rêve de sa vie aurait été de faire partie des Compagnons de la chanson, mais monter sur une chaise à la fin d'un repas entre amis et entonner « Tout va très bien, madame la marquise » suffisait à son bonheur. Sa voix et sa joie naturelle étaient des attrape-filles, il l'avait vite compris. Coureur de jupons dès son plus jeune âge, il avait su enchaîner les conquêtes sans jamais vexer aucune d'elles. La vérité était peut-être qu'on ne le prenait pas au sérieux. Et pourtant, son cœur était aussi sincère qu'il était volage.

Une fois, il a connu une véritable passion. Pour une Bédouine. Cheveux de soie et yeux de miel. Une rose des sables sombre et dorée. Il n'aimait pas la guerre et n'avait jamais eu l'intention de se comporter en héros. Lorsque l'adjudant chargé de l'affectation des nouvelles recrues lui a demandé ce qu'il savait faire, il a tout naturellement répondu « chanter, faire la cuisine et l'amour ! ». Avec son sourire d'enfant, cela ne risquait pas de passer pour une insolence. On l'a collé à la cantine du bivouac, et Robert s'en est trouvé ravi. Tout ce qui lui restait du désert algérien, c'étaient des relents de corned-beef et la frêle silhouette d'une très jeune fille contre un mur blanc. Une prostituée. Il lui avait demandé son âge, elle n'avait pas su lui répondre. Cent sous pour la suivre dans une piaule sordide qui sentait le bouc. Il avait été incapable de la toucher, de poser ses mains d'homme sur ce corps juvénile et parfait. Elle avait semblé déçue, vexée par son manque d'ardeur, alors même qu'il tremblait de désir. Terrorisé à l'idée que d'autres soldats aient moins de scrupules, il était revenu tous les jours, avec des sommes de plus en plus importantes. Il espérait que l'argent suffirait, qu'elle n'essaierait pas d'en gagner davantage avec les caïmans de la troupe. Il avait tort. Un soir, au détour d'une de ces conversations graveleuses qui font la réputation des soldats, il a compris que l'ange de pureté ne s'en tenait pas à leurs échanges de monnaie. Le cœur brisé, il a demandé son affectation dans un autre bled.

On se fait de grandes idées du désert. On pense qu'on y trouvera Dieu. Alors que ce qu'on trouve, dans le désert, ce n'est pas Dieu, c'est soi. C'est-à-dire, le plus souvent, rien. Robert y a ramassé des roses des sables. Il aurait voulu pleurer sous les étoiles, mais ses yeux étaient secs comme le paysage. Sa bonne nature a vite repris le dessus et il ne garda de cette passion platonique qu'un souvenir fade et vaguement ému. La vie poursuivit son cours. De retour à Paris, il reprit sa place au ministère.

C'est alors qu'il rencontra sa femme. Une belle brune plantureuse qui le dépassait d'une tête et dont les gènes avaient clairement gagné la bataille lors de la conception de leur fils unique, Pascal. Les débuts ont été tendres, mais le quotidien a vite tourné maussade. Les infidélités de Robert étaient discrètes et sans conséquences. Soit que son épouse ferma les yeux, soit qu'elle fut naïve, elle ne se plaignit jamais. Puis, un jour de septembre, elle disparut. Pascal avait une dizaine d'années, il pleura sa maman fugueuse. La belle avait fui vers le Sud au bras du frère d'un collègue de son mari. Robert ne se remaria pas, il retourna à ses fourneaux et fut une mère exemplaire. Ses horaires au ministère le lui permettaient. Une vie tranquille en somme, et une blessure.

Pascal est un gentil garçon. Il n'a jamais quitté son père et, à quarante ans passés, il dort encore dans sa chambre d'enfant. En grandissant, il n'a pas eu de chance avec les femmes. Robert se doute bien des causes, mais il ne lui en parle pas. Il désespère de se voir un jour devenir grand-père. Il a souhaité aller aux Bégonias pour laisser l'appartement à son fils et qu'il y fonde une famille. En vain.

# CHAPITRE 44
## *Couloir, 9*
## *19 h 45*

Lorsqu'une femme comme Christiane Talène tient l'ombre d'un début d'espoir, les choses s'enchaînent très vite. Sans logique, sans réalisme, sans leçons tirées des échecs précédents, les rêves d'amour s'amoncellent et se cristallisent. Il a suffi d'une invitation à dîner et de l'usage de la deuxième personne du singulier pour que tout devienne possible. Enfermé dans son bureau, le directeur est maintenant l'homme idéal. Celui longtemps attendu, que l'on a toujours aimé sans le savoir. Ce sera une passion tranquille, une tendresse partagée, le bonheur. Trois heures pour passer du soulagement d'avoir évité le licenciement à la certitude du coup de foudre. Ils n'iront pas à la brasserie du centre-ville, il réservera dans un restaurant chic et intime, avec des coins sombres et des banquettes de velours cramoisi.

Dans la lumière des bougies, elle portera une robe rose. Non, ce sera un déjeuner. Va pour la table d'hôte avec vue sur un jardin d'automne. Non, elle mettra son tailleur crème. Elle lui parlera de tout, même de ses malheurs, et il comprendra. Il lui prendra la main, ils n'auront plus de secrets l'un pour l'autre. Il avouera aussi ses rêves d'une vie à deux fondée sur le respect et la confiance. Christiane boit du petit lait. Ce sera merveilleux.

Philippe Drouin se rend à l'infirmerie. Il jette un regard à sa montre. Le service de Christiane s'achève dans douze minutes. Il la cherche. Lorsqu'un homme qui n'a aucune expérience avec les femmes est dans la situation du directeur, les choses se dégradent très vite. Il se triture les méninges et regrette déjà pour l'invitation à déjeuner. Il n'aurait jamais dû prononcer le mot « ami ». C'est du domaine de l'irréparable. « Vous avez besoin d'amour, comme tout le monde », sous-entendu comme lui. Nul ! Il faut être froid et méprisant pour séduire les femmes, c'est bien connu. Il veut se la faire. Il veut se la faire, point barre. Les femmes aiment les cochons. Alors pourquoi pas lui ? Comment réparer ses maladresses de tout à l'heure ? Et cette manie de rougir pour un rien. Marilyne. Il ne se souvient plus comment il l'avait fait atterrir dans son lit. Marilyne était une folle. Ça ne comptait pas. Quoique. Christiane a un côté hystérique. Elle pleure et elle crie, aussi. Philippe Drouin n'a pas de chance, il faut qu'il soit attiré par les cas désespérés. Sur son lieu de travail qui plus est. Ça va être un calvaire.

« Ah ! Christiane, justement, je vous cherchais.

– Oui, monsieur le directeur.

– Donc, pour demain, j'avais complètement oublié, j'ai un rendez-vous à l'heure du déjeuner et je... »

Il l'a vouvoyée et c'est bien assez. Adieu dîner aux chandelles. Elle a eu tort. Les fuyards et les menteurs. Tous les mêmes. Comment a-t-elle pu s'imaginer ? Il est son patron. Elle est celle qu'on saute dans la pharmacie, celle qui hurle dans la chapelle. Qui pourrait respecter une telle conduite ? Un masque de déception a figé tous les traits de son visage. Philippe Drouin ne comprend pas. Va-t-elle se remettre à pleurer ? Il voit sa lèvre inférieure trembler légèrement. Une scène ? Déjà ? Et soudain tout s'éclaire. Elle est déçue. Une déception ne vient pas sans expectative. Elle espérait donc... Alors, c'est du tout cuit. Il se reprend.

« Christiane, à quelle heure est-ce que tu es libre ?

– Ce soir ?

– Oui, ce soir. Je ne peux pas te parler comme ça dans le couloir. Donne-moi une heure, je te rejoindrai. Il faut qu'on parle. Ça fait trop longtemps qu'on a des choses à se dire tous les deux.

– 20 h 30.

– Ici ?

– Si vous voul... si tu veux. »

Doucement, il lui prend la main et la porte à ses lèvres. Un baiser très délicat, comme une plume. Elle se sent fondre. Elle savait bien. Il l'aime, il l'aime, elle en est sûre.

« 20 h 30, à l'infirmerie. »

Pour une fois, il n'est pas mécontent de lui.

# Chapitre 45

*Chambre de Mme Barbier, 1*

*20 h 00*

Jocelyne ne veut pas dormir. Ses yeux s'accrochent au petit écran et se concentrent du mieux qu'ils peuvent sur les images qui s'agitent. C'est le journal télévisé. Ce soir, la speakerine porte un haut en satin gris perle. Elle est blonde et bien coiffée. Elle annonce les titres. Des violences à Gaza. On voit un bâtiment blanc d'où sortent des flammes très rouges et un épais nuage de fumée noire. Des hommes cagoulés, debouts dans une Jeep décapotable, font le V de la victoire et brandissent des fusils ; la caméra montre en gros plan leurs visages masqués, deux trous déchirés pour les yeux, un pour la bouche, puis on voit des drapeaux flotter au-dessus d'une foule en délire. La speakerine parle d'« état d'urgence ». Elle enchaîne avec les « violentes pluies » qui ont inondé la France et le Royaume-Uni, la veille et dans la matinée. Les roues d'une voiture sont submergées, des personnes évacuées par la Croix-Rouge et un vieux monsieur se tient le dos. Puis, c'est au tour d'une marche silencieuse à la mémoire d'un chef d'entreprise suicidaire ; la speakerine annonce que « les syndicats et les salariés sont très inquiets ». Plan fixe sur les géraniums d'une fenêtre du Palais de justice de Paris, par laquelle un condamné a tenté de s'échapper, « l'homme est grièvement blessé ». Des hommes politiques se font photographier dans un supermarché, on les voit sourire à la foule de journalistes devant une caisse enregistreuse. Des petits bonshommes en combinaison et casquette lèvent une coupe très haut au-dessus de leur tête. Ils s'arrosent de champagne. Jocelyne se demande si c'est du vrai champagne dans de si grosses bouteilles. Elle fait la moue devant ce gaspillage. Enfin, c'est une victoire au basket, et les images montrent de grands hommes qui font rebondir un ballon.

Jocelyne pousse un soupir de contentement et cale confortablement sa tête entre deux oreillers. Elle aime regarder le journal de 20 heures. Quand elle travaillait au bar-tabac, elle avait la télé bien visible en haut dans le coin à gauche et, pour rien au monde, elle n'aurait manqué les informations. Surtout celles de 13 heures avec le beau présentateur. Elle se tenait au courant, ça faisait de la conversation avec les clients. Et puis ça lui remontait le moral, tous ces malheurs dans le monde.

Une carte apparaît à l'écran, zoom sur un point rouge. Une marée de drapeaux, des hommes bras en l'air, des femmes voilées, ils battent des mains et lancent des youyous. Un garçon haut comme trois pommes en uniforme soldatesque brandit une arme. Gros plan sur des hommes masqués. Jocelyne les trouve terrifiants. Deux cents micros multicolores sont tendus vers un homme en noir. La journaliste traduit au fur et à mesure qu'il parle. Un vieil homme bedonnant en chemise beige s'offre un bain de foule. Des grilles se ferment et empêchent une voiture orange de passer. Les mots « isolement » et « trafic d'armes » commentent les images. Retour à la speakerine qui montre une nouvelle carte, verte et rouge, elle parle de « vives tensions » et bute sur le nom du journaliste du prochain reportage. Cette fois-ci, des hommes font brûler des cartons et des papiers dans un appartement. Jocelyne a peur que les rideaux ne prennent feu. « L'heure est aux représailles. » On voit un homme traîné par deux soldats cagoulés. « On peut aisément imaginer le sort qui l'attend. » Jocelyne frémit. Une jeune fille très vulgaire en bas Nylon, robe fuchsia et lunettes de soleil dit qu'elle a peur. Des 4 x 4 longent un mur. Vue plongeante sur le désert. Des gens font leurs courses dans une épicerie comme si de rien n'était et on leur demande leur avis. Un tank surgit des palmiers, les stations-service n'ont plus que trois semaines de réserve d'essence, une voiture carbonisée, une ambulance, un hall d'aéroport vide avec des valises empilées. Jocelyne n'y comprend rien, mais elle est habituée. Ce sont les mêmes images depuis des années.

« Les orages qui ont frappé le Royaume-Uni et la France », « routes coupées », « circulation des trains interrompue ». Après le feu, l'eau. Des voitures flottent, une autre est prise au piège dans un torrent. Un homme raconte que pendant que sa femme partait chercher les secours, il a immobilisé sa voiture avec des cordes. Les pompiers anglais portent des combinaisons noires et des casques jaunes, Jocelyne leur trouve fière allure. « Les pensionnaires d'une maison de retraite ont également dû être évacués. » Jocelyne porte la main à ses lèvres, elle s'écrie : « De Dieu ! Les pauvres gens. » Au fond d'elle-même, pourtant, elle se dit qu'elle aimerait bien que cela arrive aux Bégonias, ça leur ferait de l'animation, surtout pour ceux qui sont en fauteuil roulant et qui ne sortent jamais. Des hommes vident des seaux de boue dans le caniveau. « En France aussi, un village dans le Cantal a été coupé du monde pendant vingt-quatre heures. » Mêmes images d'eaux sales et de rues-rivières. Un vieil homme aux oreilles décollées donne son opinion. Le maire est interrogé. Jocelyne le trouve trop jeune. « L'alerte orange a été levée. » Quel malheur de n'avoir plus personne avec qui commenter les informations.

Mais déjà, c'est au tour des agriculteurs d'être « particulièrement inquiets ». Le sang de Jocelyne ne fait qu'un tour. Elle hait les paysans. Ja-maiscon-tents. Élevée dans une ferme, elle est partie pour la ville dès qu'elle a pu. Sa grand-mère, son oncle, ces vieux rats qui se plaignaient tout le temps et qui passaient pour des anges de conduite alors que... Plan fixe sur une allée d'arbres. « Ici, les oiseaux ont arrêté de chanter pendant plus de trois jours. » Elle ricane. Elle repense au potager de sa grand-mère, aux heures interminables passées à cueillir puis à équeuter des haricots pour faire des conserves sans avoir jamais reçu une pièce en remerciement. Elle revoit les petits lapins blancs qu'on tuait d'un coup de marteau contre le mur. La violence de son oncle. Jocelyne se concentre sur le paysan interviewé, il porte des moustaches et dit qu'il va tout arracher et pointer à l'usine. La violence de son oncle. Jocelyne ne veut pas y penser. Elle empoigne sa télécommande et monte le son.

# CHAPITRE 46

## *Chambre de M. Lebœuf, 3*
## *20 h 15*

M. Lebœuf est de retour dans sa chambre. Christiane est passée pour lui donner ses médicaments, elle l'a trouvé agité et lui a demandé s'il voulait qu'elle prenne sa tension. Il l'a remerciée et l'a congédiée en lui disant qu'il allait se mettre en pyjama et se coucher directement. Robert Lebœuf fait partie des rares résidents encore assez autonomes pour s'habiller et se déshabiller tout seuls. Puis il a refermé la porte et s'est assis sur le petit banc au pied de son lit, tremblant d'allégresse et frissonnant d'embarras. Tout s'est pourtant passé comme prévu. Ou presque. Pendant le dîner, Robert n'a adressé la parole qu'à Thérèse. Elle avait enfilé une veste cintrée et portait une fine rangée de perles autour du cou qu'il ne lui avait jamais vue depuis son arrivée aux Bégonias. Ainsi, elle lui a paru le summum de l'élégance.

Il tente maintenant de se souvenir de quoi ils ont discuté. L'angoisse lui a brouillé la tête. Il a essayé de ne pas trop parler de lui. Il a une tendance au narcissisme, Mme Buissonette, cette vieille chouette, l'appelle Robert-le-Fier. Il ne voulait pas paraître prétentieux, surtout face à une femme aussi humble et gentille que Mme Leduc. Il se demande s'il a dit des choses drôles ? Non. A-t-elle ri ? Non. Il se revoit plongeant ses yeux bleus d'amoureux dans ceux de la petite femme délicate autant que le découpage de son croque-monsieur le lui permettait. Est-ce qu'il a mangé proprement ? Il se dresse d'un bond et fonce dans la salle de bains. Face au miroir, il sourit de tout son dentier. Pas de traces de feuille de salade coincée entre les interstices. Sauvé ! À peine avait-elle fini sa clémentine qu'il s'est levé et a proposé de la raccompagner à sa chambre. Il lui a juste laissé le temps de hocher la tête. Thérèse occupe la première chambre sur la gauche en sortant de la salle à manger. Heureusement, la porte située dans l'angle empêchait que les résidents encore attablés ne puissent les voir. Elle s'est appuyée sur son bras avec insistance, ou alors est-ce lui ? L'émotion les a rendus si faibles. Deux moineaux. Ils ont en réalité dû se soutenir l'un l'autre. Devant la porte, il lui a pris la main.

Il lui a pris la main et l'a portée à ses lèvres. Il en rougit encore. « Madame Leduc, cette nuit, à 10 heures, j'irai dans votre chambre, je dois vous dire quelque chose. » Elle n'a pas répondu. Elle n'a peut-être pas entendu ? A-t-il vraiment eu le courage de dire cela ? Si oui, c'était pure folie. Heureusement qu'il est parti avant d'essuyer un refus. Ou alors, c'est elle qui s'est réfugiée dans sa chambre. Heureusement qu'elle n'a pas accepté. Il serait tombé à la renverse. Tout s'est passé comme prévu. Ou presque. Que va-t-il faire maintenant ? Se mettre en pyjama ? Absurde. Il ne va pas aller déclarer sa flamme à Thérèse Leduc en bonnet de nuit rayé. Qu'adviendra-t-il s'il croise l'infirmière dans le couloir ? Il faudra aller vite. Est-ce que 10 heures ça n'est pas trop tard ? Elle dormira sûrement. Alors il lui déposera un bouquet de fleurs et une lettre sur sa table de nuit. Des fleurs ? Il n'en a pas. Une lettre, c'est une bonne idée. Il n'a pas de papier. Il cherche dans sa chambre et tombe sur le *Télé 7 jours* « 78 pages spécial jeux ». Il le feuillette dans l'espoir de trouver une feuille blanche. Et soudain, il a une idée. Il s'empare d'un stylo-bille vert et, d'une écriture tremblante et penchée, remplit une grille de mots croisés. Pour faire ressortir le cœur de son message, il prend soin d'appuyer un peu plus et même de repasser sur certaines lettres.

JOIE
THERESE
C'EST UNE
VÈRITÉ
POUR MOI
HEUREUX
SANS
AGE UNE
FOLIE UN
MIRACLE
BELLE THERESE

# Chapitre 47
## *Chambre du capitaine Dreyfus, 2*
## *20 h 30*

Christiane est dans le couloir, il est 20 h 30. Le directeur vient à elle. Il s'arrête. Face à face, ils s'observent, comme pour être bien sûrs. Il se jette sur elle. L'élan est aussi violent que l'atterrissage sur ses lèvres est doux. Un long baiser moelleux comme une figue. Elle voit soixante-dix-huit étoiles vertes, de l'électricité monte tout le long de sa colonne vertébrale. La porte entrouverte de la chambre du capitaine Dreyfus. Le lit vide. Ils ne se demandent pas pourquoi le capitaine n'est plus là. Ils s'y précipitent. Il ne fait pas attention au bruit de la barre de métal qui claque sous leur poids. Elle ne pense pas à l'ironie du sort qui la rattrape, car c'est dans cette même chambre qu'elle et Jean-Pierre ont fait l'amour pour la première fois, là qu'il s'est mis à genoux, tel un prince charmant, pour lui offrir le collier en turquoise dans le joli écrin en plaquage de bouleau, le jour de son anniversaire. Ils ne voient rien. La chaleur de leurs bouches et la fébrilité de leurs corps leur font tout oublier. Tremblants et incandescents dans une obscurité presque totale. Elle ne sait plus où commence son corps et où s'arrête le sien. Il murmure à son oreille : « Je vais te faire l'amour très doucement. » Elle se laisse faire. S'abandonnant entièrement aux mains de l'homme lourd à la peau si douce. La peau d'un petit garçon. Elle est nue. Elle ne retient pas ses gémissements lorsqu'il la pénètre. Cet homme la connaît. Elle a l'impression de faire l'amour pour la première fois de sa vie. Elle est transpercée. Un miracle. Il enfouit ses doigts dans ses cheveux. S'y accroche, comme si elle allait partir. Ça lui fait mal et elle adore ça. Elle ne pense pas à lui une minute, elle se laisse submerger par son propre désir de jouissance. À cheval sur lui. Inextinguible soif soudain assouvie. Un vide immense. En paix. Ils se relèvent, titubants. Un peu comme les poules à qui on vient de couper la tête et qui marchent encore quelques mètres.

Elle a retrouvé un de ses sabots sous le lit et enfilé sa blouse comme une automate. Le sperme qui coule le long de ses jambes la ramène à la réalité. Il est déjà sur le seuil. D'une voix sourde, il lui dit d'aller vérifier où est M. Picard. Et avec un bon sourire d'enfant rassasié, il ajoute : « À mardi alors. » Puis il chancelle dans la lumière du couloir comme un voleur de pervenches.

# Chapitre 48
## *Couloir, 10*
## *20 h 45*

Christiane est passée par la salle de bains du capitaine. Elle a essuyé sa culotte de coton bleu, remis de l'ordre dans ses cheveux, réajusté sa blouse, et tenté de recouvrer ses esprits. Elle est exténuée. Rompue par les pleurs du matin, les angoisses suivies des espoirs de l'après-midi et enfin cette apothéose, l'ivresse d'avoir été possédée.

Ses pas la dirigent vers l'infirmerie. Elle a quelque chose à faire, mais elle ne sait plus quoi. Elle ne pense pas à ce qui vient de se passer, elle n'essaie pas de comprendre. Pour une fois, elle a pris le plaisir qui s'offrait à elle sans se poser de questions. Elle voudrait juste rentrer chez elle. Elle pense à son fils, cet enfant blond à lunettes. Cet amour de patience qui l'attend sagement chez eux. La joie de sa vie. Gentil, serviable, brillant élève. La journée des professeurs est la plus belle de l'année pour Christiane. « Votre fils, madame Talène, est un enfant tout à fait exceptionnel. Je n'ai jamais vu ça. Il est d'une maturité... » Luc avait douze ans lorsque son père a quitté le 24 rue des Muguets. Leur deux pièces mansardé débordant d'objets. Au départ, elle a pensé qu'elle ne s'en sortirait pas toute seule, qu'un garçon élevé dans les jupes d'une mère célibataire ne deviendrait jamais un homme. Elle a fait des pieds et des mains pour que Guy le prenne un week-end de temps en temps. Ils n'étaient pas mariés. Il avait toujours des excuses bidons, et le petit était tellement déçu à chacune de ces annulations sordides qu'elle avait préféré renoncer. Étonnamment, la fuite de cet homme n'a pas changé leur vie. Sur le plan pratique, du moins, ce qui l'avait effrayée au départ n'était qu'un leurre. Car elle avait appris à vivre sans lui bien avant qu'il parte. Elle se tapait tout le boulot, les courses, le ménage, les devoirs de Luc, mais cela avait toujours été ainsi. Au milieu de son chagrin, elle s'était surprise à penser que les choses étaient même beaucoup plus faciles. Sans Guy, il y avait moins de ménage, moins de repassage. Pour les factures, elle a refusé les billets tendus de l'homme coupable. La peur au ventre. Allait-elle pouvoir assumer ? La mère et le fils menaient une vie simple, elle voulait ne rien lui devoir et le faire se sentir inutile, surtout. Luc était un enfant modèle, il comprenait tout. Il avait pris dix ans dans les dents et était devenu le petit homme de la maison. À quinze ans, il faisait les courses, la cuisine, le ménage comme un vieux garçon. Il était l'épaule, le soutien inconditionnel de sa mère épuisée. Elle a de la chance de l'avoir. Elle a eu au moins cette chance-là.

Elle rassemble ses pensées. Elle est exténuée. Il lui reste une chose à faire avant de partir, mais quoi ? Le dossier de Mme Paradis ? Les fiches pour les médicaments ? Prévenir Isabelle ? Sa tête est vide. Elle flotte. Elle voudrait rentrer chez elle. Dîner avec son Luc qui lui racontera sa journée. Elle imagine la table mise et les deux chaises coincées entre le mur et le Frigidaire de leur cuisine de poupée. Dire qu'elle le laisse seul tous les dimanches. Jamais une plainte, jamais un reproche. « Travaille bien, ma petite maman chérie. » Tant pis. Si elle a oublié, ça ne devait pas être si important que ça. Elle en a assez vu pour aujourd'hui. Elle va prendre ses affaires et rejoindre son grand garçon. Et puis dormir. Il est déjà très tard. Son fils va peut-être s'inquiéter. Elle lui téléphonera sur la route. Le dimanche soir, avec les embouteillages, c'est l'horreur. Elle en a au moins pour une heure. Elle va lui dire de dîner sans elle. Elle prendra juste un verre de vin. Elle ira se coucher directement. Dormir. Ne plus penser à rien.

# Quatrième partie

*Les sensations ne sont rien*
*que ce que le cœur les fait être.*

Jean-Jacques Rousseau,
*Julie ou la Nouvelle Héloïse*

## Chapitre 49

*Cuisine, 1*

*21 h 00*

Elle appuie sur l'interrupteur. Le néon clignote un long moment avant d'asperger les murs d'une lumière blanchâtre. La cuisine des Bégonias se compose d'une table en Formica, deux chaises, un évier, un Frigidaire, un mixeur géant et cinq fours micro-ondes de modèle industriel. Les repas arrivent tout préparés par camion, le personnel n'a rien à faire, à part retirer la Cellophane et réchauffer le tout. Ce qui n'est pas consommé est jeté ou embarqué par la grosse Josy. Isabelle a faim. Sa garde de nuit a commencé il y a à peine une heure et déjà, elle furète à la recherche d'un yaourt, d'une orange, d'un quignon de pain. Isabelle est une stagiaire infirmière, elle sera diplômée en juin de cette année. Sous sa blouse, elle porte une jupe rayée bleue et un chemisier blanc. Elle est brune et menue, mais elle a tendance à faire l'accordéon.

Un kilo de perdu, douze de retrouvés. Depuis son adolescence, c'est ainsi. Elle ne fait pas attention, elle mange même si elle n'a pas faim. Ça n'est pas de la gourmandise, c'est une habitude. Surtout ces derniers temps, elle a des fringales pas possible.

Elle porte les cheveux mi-longs. Petite, elle avait une coupe au carré avec des mèches plus longues à droite qu'à gauche. C'était sa mère qui leur coupait les cheveux à tous. Pour les garçons, c'était facile, la tondeuse du père suffisait. Pour elle, la mère commençait par couper au niveau du menton, une mèche étant toujours plus courte que les autres, elle « égalisait » jusqu'aux oreilles. Arrivée aux lobes roses, elle était bien forcée de s'arrêter, cela aurait fait garçon. Isabelle ne se souvient plus de la dernière fois qu'elle a mis les pieds chez un coiffeur. Par principe, elle n'aime pas ça. Être assise face à son reflet pendant si longtemps lui fait horreur. Aujourd'hui, elle se coupe les pointes toute seule, quand elle a le temps, quand elle y pense. Elle ne sait pas si c'est bien droit derrière, mais elle est une inconditionnelle de la queue de cheval et ça n'a aucune espèce d'importance. Isabelle n'est pas une beauté, elle n'est pas spécialement laide non plus. Elle n'est pas spéciale du tout. Elle aime bien ses mains. Elle essaie de les protéger tant qu'elle peut, car les doigts des infirmières sont voués aux crevasses et aux gerçures. Isabelle n'est pas une fille superficielle. Elle a choisi d'être infirmière pour aider les autres. Sa mère aussi était infirmière, jusqu'à ce qu'elle accouche de sa fille aînée, elle, Isabelle. Son père est militaire, dans la marine. Isabelle est née huit mois et deux jours exactement après les épousailles. Toute son enfance, elle a entendu sa mère la traiter de prématurée. C'était important, pour la mère, de bien insister sur ce point. Parfois les gens racontent de ces choses.

Isabelle a quatre frères. Marc, Jean, Mathieu et Pierre. Sa famille est catholique, très pratiquante. Isabelle ne croit pas en Dieu, elle croit en l'amour du prochain. Ça lui suffit. Tous les enfants ont été scouts, ils ont fait la quête pour les lépreux des anciennes colonies et vendu du muguet le 1er mai au profit des orphelins de guerre. Les parents d'Isabelle sont des gens sains et équilibrés. Un peu racistes, un peu antisémites, juste ce qu'il faut. De bons Français. On ne parle ni d'argent ni de politique à table. Parfois, le père a cogné les garçons un peu fort, mais un père se doit d'être respecté. Et puis, au final, il n'était pas souvent là. Isabelle n'épousera pas un marin. Isabelle veut épouser Désiré. Il le faut. C'est le plus bel homme qu'elle ait jamais vu. Des yeux en amande qui sont la douceur même, une bouche parfaite, un sourire félin et une voix de miel. Désiré. Désiré qui pose sur elle ses longues mains fines. Désiré qui ondule et qui rit. Désiré corps d'athlète, peau de soie. Isabelle veut épouser un homme qui l'aime et qu'elle aime. Alors, bien sûr, ça va être compliqué.

Ils se sont rencontrés à l'école. Dans un amphi composé à quatre-vingt-dix pour cent de filles, ça n'était pas difficile de le remarquer. Elle ne se souvient pas d'avoir autant voulu qu'un homme la regarde. Isabelle, la timide, la gentille sans prétentions. Isabelle qui prend la vie comme elle vient a senti ses genoux trembler. Désiré. Le plus beau prénom du monde. Elle était encore vierge, et alors ? Elle ne s'était jamais promis d'attendre le mariage. C'est elle qui a fait le premier pas. Un vague prétexte de devoir à rendre pour le lendemain. Il a souri et ils sont allés prendre un café. Tout est tellement simple avec lui. Elle se souvient de la première fois qu'il l'a embrassée. Elle en a eu mal au ventre pendant tout le week-end, rien que d'y penser. La bouche de Désiré. Il l'a emmenée dans sa chambre de bonne, un petit nid capharnaüm perché sur les toits de Montparnasse, avec un vasistas cassé et les toilettes sur le palier. Isabelle vit encore chez ses parents. Ils font l'amour l'après-midi. Parfois même ils sèchent les cours tant ils s'aiment. Le seul endroit sur terre où Isabelle se sente bien, c'est nue dans les bras de Désiré. Elle est allée voir un gynécologue.

## Chapitre 50
### *Salle à manger, 5*
### *21 h 15*

Isabelle traverse la salle à manger. Elle passe dans la pénombre devant les chaises alignées et muettes. Elle n'a rien trouvé à grignoter en cuisine. Son dernier espoir consiste en un paquet de petits-beurre entamé la veille. Elle se souvient l'avoir laissé dans le tiroir du bureau de l'infirmerie. Si la grosse Josy n'est pas passée par là. Christiane lui a dit que Josy tirait les cartes. Elle ne croit pas à ce genre de pratiques occultes, mais tout de même, un de ces jours, elle arrivera un peu plus tôt et elle lui demandera si ça va vraiment être compliqué. Isabelle y pense tout le temps. Elle ne peut en parler à personne. Comment raconter qu'elle s'est laissée envahir par ce feu qui lui brûle le bas-ventre à chaque fois qu'elle le voit ? Comment expliquer qu'elle n'a pas fait attention ? Qu'il est déjà trop tard ? Elle l'aime passionnément. Elle ne se serait pas crue capable d'une telle folie. Elle ne se serait pas crue une femme sensuelle pour deux sous. Lui fait un stage dans un service de réanimation, à l'hôpital, le jour. Ils se voient peu, ça lui manque. Encore trois mois. La gériatrie, c'est dur. Infirmière, c'est un métier dur.

Son premier stage s'était déroulé dans une clinique spécialisée pour les malades d'Alzheimer. Isabelle avait détesté. Trop fragile. Elle s'était dit : les vieux, plus jamais. Et voilà, elle y est retournée. Les Bégonias sont une maison bien moins difficile cependant. Elle se souvient de la fois où elle en a pleuré. Elle se souvient de Mme Goderre et de Mme Roger, gavées de somnifères et attachées à leur lit parce que leurs enfants en avaient fait la demande expresse. Il fallait les comprendre. Mme Goderre, quatre-vingts ans au compteur, prenait Mme Roger, quatre-vingt-treize ans, pour sa fille. Cette dernière s'était fait adopter avec complaisance et toute la journée elles déambulaient main dans la main en s'appelant « maman, ma petite mère, mon enfant chérie ». Leurs enfants, les véritables soi-disant, les enfants du sang venaient une fois par mois constater, impuissants, que l'amour maternel de celles qu'ils avaient placées dans un mouroir ne leur revenait plus. Le personnel ayant malencontreusement laissé échapper qu'on autorisait les deux vieilles à dormir ensemble, ils avaient posé leur veto. Il fallait les comprendre. Voir leurs mères respectives dormir avec une étrangère qu'elle appelait par leur prénom à eux était insupportable. Le premier soir de la séparation forcée avait été terrible. Les deux femmes hurlaient à la mort alors que les infirmières les emportaient chacune dans sa chambre. « Maman, maman », criait à vous déchirer le cœur la plus vieille des deux. « Allez, Mme Goderre, faites donc pas la comédie, Isabelle, viens m'aider ! Attrape-lui l'épaule. » Spectatrice pétrifiée, Isabelle sentait un à un les nœuds se former dans son gosier. Et pourtant, les familles étaient dans leur bon droit ; on ne pouvait pas les faire payer pour deux lits si un seul était utilisé. Alors, on avait forcé la dose de médicaments, on les avait sanglées l'une et l'autre, et Isabelle s'était enfermée aux toilettes pour pleurer. Le lendemain matin, les deux malades avaient recommencé à marcher main dans la main, jusqu'à la tombée de la nuit. Pendant un mois, la crise s'était répétée. Et un jour, elles n'avaient plus fait d'histoire. Isabelle a omis de mentionner cette anecdote dans son rapport de stage.

Elle se souvient aussi de la fois où une pensionnaire lui a envoyé une claque magistrale alors qu'elle essayait pour la troisième fois de lui faire avaler ses pilules. Tous les matins, elle devait esquiver ses coups. La vieille hurlait et la battait à la moindre seconde d'inattention. Elle terrorisait la jeune infirmière. Isabelle avait vu une de ses collègues frapper un malade. Au fond de son cœur, elle ne l'avait pas blâmée. Certains d'entre eux étaient si agressifs. Difficile de garder son sang-froid quand on est inexpérimenté, peut-être encore plus quand on est usé par vingt ans de métier. Il y avait aussi M. Rémillard, ce militaire de carrière qui lui a fait tout d'abord penser à son propre père. Avant de le retrouver un matin, nu comme un ver, assis sur le rebord de son lit. Il avait arraché son change et s'était badigeonné de la tête aux pieds de ses excréments. Il en avait même jeté sur les murs. Remugles et vision d'apocalypse. Elle en a encore des haut-le-cœur. Bien sûr, ils n'étaient pas tous ainsi. Certains arrivaient même à la faire rire. Comme Mme Pépin, qu'elle avait croisée dans le couloir, chapeau sur la tête, petit chemisier à pois, blazer, broche dorée à la boutonnière, sac à main, chaussures et chaussettes... jupe et culotte oubliées. Ou encore M. Turcot, un amour d'homme, il souriait toujours et répondait béatement à chacune des questions que vous lui posiez : « Il est 18 heures. » Il y avait aussi celle qui la prenait pour sa bonne : « Prévenez Louis, préparez la voiture, nous partons pour Deauville, et apportez-moi une verveine », lui disait avec le plus grand naturel du monde la pauvre vieille attachée à son lit. Et celle qui passait tout son temps prostrée, incapable d'articuler une parole alors que, assise devant un piano, elle vous jouait l'intégrale de *La Truite* de Schubert sans faire une seule fausse note. Isabelle n'était pas assez forte. Ces trois mois l'ont bouleversée. Pour son deuxième stage, elle est partie en cancérologie.

# Chapitre 51
## *Infirmerie, 2*
## *21 h 30*

Elle va se faire un café. Sur le petit réchaud de la chambre de bonne de Désiré, il y a une cafetière napolitaine. Le café est très fort. Désiré met toujours trois sucres. À l'infirmerie, le liquide sombre qui sort de la machine s'apparente plus à du jus de lentilles. Elle réfrène un bâillement. Elle n'est pas faite pour exercer un métier de nuit, ni pour un métier ingrat et mal payé d'ailleurs. Il faut vraiment être habitée par la vocation pour accepter de telles conditions de travail. En commençant ses études, elle n'imaginait pas que cela impliquerait d'avoir des crevasses au bout des doigts. Les produits chimiques agressaient ses mains. Les cannes, les déambulateurs, les fauteuils roulants, les dentiers, les Sonotone, les couches, la souffrance, la maladie, les plaintes, les gémissements, les cris, les larmes, les escarres, la putréfaction, le sang, le vomi, les nausées attaquaient sa foi et attisaient ses peurs. Au réveil elle a des nausées. Les odeurs pestilentielles de chair en décomposition, les plaies ouvertes, les corps décharnés, la sénilité, la démence, la folie, la vieillesse, la mort. La mort, la mort, la mort. La mort attendue, la mort combattue, la mort implacable. L'acharnement thérapeutique, les grabataires transpercés de tuyaux innombrables pour les nourrir, pour les hydrater, pour les faire respirer, pour continuer alors que la mort est déjà assise dans la chambre et qu'elle se marre doucement. Elle ne s'attendait pas à recevoir un choc aussi violent. En cancérologie, elle a vu des enfants souffrir à petit feu de leucémies interminables. Et puis mourir. À l'école, on leur apprenait « l'accompagnement en fin de vie ». À l'hôpital, on leur apprend à remplir des papiers administratifs. Caser les malades, cocher les morts. Elle a vu autour d'elle des collègues extrêmement distantes. Elle se doute bien qu'elle finira par ne plus être affectée, elle aussi. On s'habitue à tout. Elle a presque hâte de perdre sa douceur et sa sensibilité.

Isabelle déchire l'emballage du sachet de sucre, en verse le contenu dans le gobelet en plastique brûlant et le jette machinalement dans la poubelle. Alors, elle voit le paquet de petits-beurre éventré. Il n'en reste pas une miette. Elle le dira à Josy demain matin. Non, elle ne dira rien. Elle lui demandera de lui tirer les cartes. Isabelle voudrait savoir ce qui se passera avec Désiré. Isabelle est enceinte. Enceinte de Désiré qu'elle aime et qui l'aime. Alors, bien sûr, ça va être compliqué. Elle ne peut en parler à personne. Comment expliquer le bonheur de la vie qui s'agite dans son ventre et fait palpiter ses seins sous son chemisier ? Elle veut cet enfant. Elle ne le tuera pas. Elle voit bien assez de morts. C'est un bébé de l'amour, un bébé conçu dans une chambre de bonne à Montparnasse, sur un matelas posé au sol. Ce sera le plus bel enfant du monde. Il l'unira à Désiré pour toujours. Ils seront heureux, ils prendront un petit appartement. Isabelle adore imaginer sa décoration. Quand elle ne pense pas à Désiré ou au bébé, elle choisit dans sa tête la couleur des rideaux, des canapés, des coussins. Elle peut passer des heures à feuilleter un catalogue Ikéa, les assiettes avec les motifs de fleurs bleues, le tapis en jonc de mer, celui avec la bordure grise, le chandelier en fer forgé à cinq branches, la table basse aux lignes asiatiques et le lit à baldaquin de la page 36. Elle fait des listes, des budgets. Il faudra payer en plusieurs fois. Sa famille ne les aidera pas. Peut-être celle de Désiré ? Non, ils ne demanderont rien à personne. Ils ont un bon métier tous les deux. Les premiers mois, ce sera difficile, mais elle recommencera à travailler très vite. Ils alterneront poste de jour et poste de nuit, ainsi le bébé sera toujours avec l'un d'eux. Désiré sera un père formidable, aimant et doux. Elle compte et recompte, nous sommes en octobre, elle accouchera en avril, ils seront diplômés en juin, elle reprendra le travail en juillet. Il faut qu'elle se renseigne pour les aides. Au début, ils peuvent rester dans la chambre de bonne, après ils auront assez d'argent. Elle réfléchit et se dit que le canapé en velours rouge est trop cher, et puis si ça se trouve ils n'auront pas la place. Ce serait mieux de prendre un clic-clac, s'ils n'ont qu'une seule chambre, ce sera celle du bébé. Adieu le lit à baldaquin. Elle essaie de se représenter une nursery, elle peindra des petits poissons au pochoir sur les murs, ou alors une frise avec des fleurs, des liserons... si c'est une fille. Elle voudrait bien avoir le catalogue Castorama. Elle s'imagine avec Désiré poussant un gros chariot plein de peinture. Désiré. Désiré. Il faut qu'elle le lui dise. Tous les soirs, il l'appelle à 23 h 30. Ce soir. Ce sera ce soir. Elle n'en peut plus de rêver leur bonheur, elle veut le vivre.

# Chapitre 52
## *Chambre de Mme Buissonette, 3*
## *21 h 45*

Sur la table de nuit de Marthe, trône un globe en verre, il vibre au rythme des ronflements de la vieille dame.

C'est un cadeau de Louis Buissonette pour leurs trente ans de mariage, le 1er mai 1978. Un collier de fleurs d'oranger artificielles couronne une photographie des deux époux avec leur épagneule Josette. Marthe porte une jupe de laine verte assortie à la cravate de Louis. Elle tient un bouquet de muguet. Le couple rayonne d'abnégation. Marthe a conservé cet objet de mauvais goût pour se rappeler combien elle aimait sa chienne et à quel point son mariage fut malheureux.

# Chapitre 53
## *Chambre de Nini, 1*
## *22 h 00*

C'est une froide nuit d'octobre. Les infirmières ne sont pas venues. C'est une mauvaise nuit. Nini s'agite. Elle se retourne dans son lit et égrène ses souvenirs pour tenter de trouver le sommeil.

Il y eut la fois où, rentrant du Palais de justice, elle était passée devant cette vitrine. Une robe bleu ciel avec des smocks marine. Elle revoit la vendeuse prendre un temps infini à plier le papier de soie, à faire les nœuds du paquet. Et la joie de Camille. « Oh ! Une robe. » Elle l'avait essayée tout de suite. Une vraie poupée. « C'est une robe qui tourne ! Merci Nini, ma Ninotchka, merci, un baiser. » Camille était toute petite, Nini était sa bonne fée. Comme les choses ont changé aujourd'hui.

Il y eut le temps où elle l'emmenait au restaurant du rond-point, celui près du bois. Camille commandait toujours une escalope milanaise. « À la place de la sauce tomate, je pourrais avoir du pistou, s'il vous plaît ? – Alors on comptera un supplément. » Ce qu'il pouvait être con et rapiat, le patron. Nini disait à Camille de prendre ce qu'elle voulait. Un petit oiseau qui ne terminait jamais son assiette. Leurs îles flottantes étaient délicieuses. Nini se souvient du caramel dégoulinant sur la crème anglaise.

Il y eut les années où elle habitait un appartement au rez-de-chaussée. Il donnait sur un sous-bois avec des bouleaux argentés. Le petit jardin aurait pu être très joli, si ce salaud de jardinier avait été un peu plus honnête. Et ses chiens. Ils ravageaient les plates-bandes. Ce pauvre caniche noir, maigre et fou depuis qu'il avait survécu aux roues d'une voiture lancée à toute vitesse. Tout le monde le trouvait affreux. Nini l'adorait. C'est vrai qu'il pissait partout, surtout sur les tapis de laine et sur les pieds du canapé en velours. Et son shihtzu, yeux de crapaud, gueule écrasée, des problèmes de respiration. Tous les amis de Nini se moquaient de lui. Personne n'aimait les bêtes autant qu'elle. Et cette connasse de gardienne avec ses bigoudis et ses charentaises. « Faites taire vos chiens, madame Lieber, faites taire vos chiens ! » Elle n'avait que ça à la bouche. Toute sa vie, Nini a eu des problèmes de voisinage. Quand ses chiens se mettaient à aboyer, il n'y avait rien à faire. Elle leur hurlait dessus et ils hurlaient de plus belle. Au fond, ça la ravissait. L'air pincé de Camille quand elle arrivait chez Nini et qu'elle ouvrait directement la fenêtre. « Nini, ça sent le pipi de chien ! Nini ça sent vraiment mauvais. Regarde-moi ces cendriers. Tu ne les vides jamais ! On est dans un nuage de fumée. » Nini n'a jamais eu d'autorité, pas plus sur ses chiens que sur Camille. Nini sourit dans son lit en repensant à la tête de Camille, on aurait vraiment dit que ça la prenait à la gorge. Elle se souvient de la période où Camille voulait s'occuper de sa vieille Ninotchka. Camille rêvait de mettre en ordre soixante ans d'accumulation de papiers. De l'ordre, soi-disant. Nini détestait cela. Elle disait qu'elle s'y retrouvait très bien toute seule. Et cette manie que Camille avait de tout jeter. Elle tient ça de sa mère. Place nette. La tornade blanche. Dès qu'elle rangeait quelque chose, Nini le redérangeait. Elle faisait de la résistance. Lorsque Camille repartait, elle lançait un regard sur l'ensemble et disait : « Nini, j'ai l'impression que ça ne sert à rien ce que je fais pour toi. C'est encore plus le bordel que lorsque je suis arrivée. Pas étonnant que tu perdes deux paires de lunettes par an. Je suis sûre qu'elles sont toutes quelque part dans ton salon. » Un bordel inépuisable, infini. Et ses femmes de ménage, ce qu'elles ont pu lui crier après ! Oh ! mais Nini le leur rendait bien. Elles ne tenaient pas longtemps. Sauf celles qui acceptaient de jouer aux cartes. Nini adorait jouer aux cartes, surtout à la bataille, parce que ça ne s'arrête jamais, et aux dames aussi, aux petits chevaux et au poker. Le poker ça fait une éternité qu'elle n'y a pas joué. Avec son mari, ils pouvaient tenir des nuits entières. En rentrant il lui disait : « J'ai perdu deux loyers » et elle lui répondait : « J'en ai gagné trois. » Nini s'est toujours pas mal foutue de l'argent. L'argent c'est fait pour être dépensé. Elle savait bien qu'elle finirait sur la paille. Elle aime trop les belles choses. Les livres et les tableaux. Les tableaux, surtout. Elle n'avait jamais assez de place. Même sur ses murs, c'était le bordel.

Il y eut les étés où elle emmenait Camille en vacances. Ce que cette enfant était bavarde ! Un moulin à paroles. Nini l'appelait mademoiselle Logorrhée, mademoiselle la Diarrhée-verbale. Tout de même, elle aimait bien ses histoires. Parfois Nini lui récitait le poème allemand « Le Roi des aulnes », mais seulement la première strophe. Nini parlait bien allemand, dans sa jeunesse. Camille lui riait au nez en disant que c'était du charabia. Nini a toujours aimé la poésie. Camille lui a volé une vieille édition des *Fleurs du Mal* avec une gravure du portrait de Charles Baudelaire protégée par un papier-calque jauni. Camille s'en défend, elle prétend que Nini lui a offert. Donner, c'est donner. Reprendre... Nini aime bien faire des cadeaux, mais demande toujours qu'on les lui rende. Camille n'accepte plus rien d'elle.

Il y eut les soirs où ils dansaient tous. Nini a été une grande sportive et une grande danseuse. La mère, le beau-père, la sœur et l'amoureux de Camille, les invités s'il y en avait, ils mettaient de la musique et toute la famille dansait. C'était les plus belles soirées du monde. Ils la prenaient tous dans leurs bras en chantant Julien Clerc et Gérard Lenorman. Nini avait des ressorts dans les jambes. Camille lui disait : « T'as un sourire canaille, Ninotchka. » Ce qu'ils pouvaient rigoler. Nini était la reine de la fête.

Elle se souvient de tout. Elle ne veut pas s'endormir. Elle a peur.

Il y eut le jour où elle est tombée dans la rue, à cause de ses chiens. Elle avait un peu forcé sur la dose de rosé aussi, mais personne ne l'a su. On ne mélange pas alcool et médicaments. La maladie de Parkinson avait commencé son attaque lente. Les pompiers l'ont emmenée à l'hôpital. Après, elle n'a plus jamais dansé.

Ne pas s'endormir. Ils vous font vous coucher trop tôt dans cette maison. Elle est un oiseau de nuit, elle veut faire la fête. Ils n'ont rien fait, cette année, pour son anniversaire.

Il y eut cette période où elle se sentait tellement seule. Elle appelait chez Camille. Ils lui disaient : « Tu peux pas appeler vingt fois par jour, Nini. Qu'est-ce que tu veux ? Tu appelles et tu n'as rien à dire ? » Non, elle n'avait rien à dire. Parfois elle les appelait juste pour les emmerder, parfois pour rire. Ils l'invitaient à dîner. Ils étaient gentils. Ils venaient la chercher en voiture. Elle a toujours aimé se faire trimballer. Puis elle n'avait pas faim et elle ne tenait pas en place, alors elle se levait de table et demandait qu'on la raccompagne. Ça les énervait. C'est vrai qu'ils en ont fait des allers-retours. Elle les avait à l'usure. Elle les aimait. Une grande ventouse d'amour irascible. Voilà ce qu'elle était. Ce qu'elle est.

# CHAPITRE 54

## *Chambre de Mme Barbier, 2*
## *22 h 15*

Les cerisiers sont en fleur. Les délicats pétales blancs parmi les branches sombres qui s'entrelacent. C'est toujours comme cela que les cauchemars de Mme Barbier commencent, dans un grand jardin aux premiers beaux jours. On entend les cris joyeux des enfants et le gazouillis des oiseaux. Les petites filles portent des robes claires et les garçons leur courent après avec les arrosoirs qu'ils ont volés dans le potager du père Georges. Des arrosoirs remplis à ras bords, bien trop lourds pour eux, ça fait peur aux filles et toutes virevoltent pour éviter de se faire mouiller. Quand les garçons ralentissent leur course, les filles viennent les narguer : « Ja-mais-vous-nous-attraperez-tralalalalère », et le jeu reprend de plus belle. Les parents boivent du vin et quand les enfants ont soif, on leur donne de l'orangeade. Ils sont une dizaine de garnements, les cousins cousines et les petits voisins. Ils rient aux éclats. Alors, la mère de Jocelyne se lève d'un bond et crie : « Moins de bruit, les enfants. » Jocelyne qui passait par là se fait tirer les oreilles par son oncle. « Petite coquine, où cours-tu comme ça ? » Elle baisse la tête et murmure : « Désolée. » « C'est pas grave va, viens donc avec moi, on va aller faire de l'orangeade, tes cousins ont tout bu. » Sa petite main dans la grosse paluche de son oncle, elle se laisse entraîner, elle voudrait bien continuer à jouer avec les autres, mais c'est une enfant docile. Elle cherche les yeux de sa mère pour lui montrer comme elle est gentille. La grande femme nerveuse aux ongles rouges a repris sa conversation. Quand Jocelyne sera grande, elle voudrait ressembler à sa maman. Elle est si belle dans son manteau de lin rose. On entend des hurlements de joie, la petite voisine, celle qui louche et qui porte un cache, s'est fait avoir par le cousin Gaston. Elle est trempée. L'oncle de Jocelyne serre sa main plus fort. « Allez viens donc, qu'est-ce que tu regardes comme ça ? » « Désolée. » Ils traversent la grande pelouse parsemée de pissenlits, ils passent les cages à lapins vides et le poulailler. Jocelyne a peur des poules. Ils arrivent dans la petite maison. La cuisine est minuscule, la vaisselle du déjeuner trempe dans l'évier. La poubelle en métal déborde d'épluchures. Sur une planche en bois, un couteau est resté à moitié enfoncé dans la carcasse d'un poulet décharné. Son oncle est si grand, il prend toute la place. Jocelyne ne sait pas où se mettre. Elle regarde l'enfilade de casseroles cabossées. Les poêles graisseuses s'empilent tant bien que mal sur une étagère brinquebalante. Un vieux torchon à carreaux bleus gît par terre. « Tiens, tu n'as qu'à couper les oranges. » « Mais il n'y en a plus. » « Va voir si mémé en a dans son garde-manger. » « Des oranges ? » « Va voir, je te rejoins. » Jocelyne sait bien que les oranges c'est pour les jours de fête, sûr qu'il n'y en a plus, et surtout pas dans cette pièce sombre où pendent des jambons et des gousses d'ail tressées. Elle cherche parmi les cageots d'oignons, d'échalotes et de pommes de terre. Il n'y a pas d'oranges. Elle entend la porte se refermer derrière elle. Dans l'obscurité, les bocaux de haricots luisent étrangement. Mémé est la reine des conserves. « Faut laisser ouvert, on n'y voit plus. » « T'inquiète pas pour ça. » Jocelyne n'a pas peur lorsqu'elle sent la grosse main de son oncle se poser sur son épaule. « Tu aimes ton oncle, dis ma petite Jocelyne ? » « Oui. » « Alors pourquoi que tu m'embrasses jamais ? » « Si. » « Alors fais un bisou. » Jocelyne n'a pas peur lorsqu'elle s'avance pour embrasser du bout des lèvres la joue qui pique. Elle voudrait juste sortir du garde-manger. Maman dit qu'il y a des rats dans cet endroit-là, même si mémé ferme tout bien à clef, avec les rats y a rien à faire. « Il n'y a pas d'oranges. » Jocelyne n'a pas peur lorsque son oncle la tient serrée dans ses bras. « Fais encore un bisou. » Il la serre de plus en plus fort.

Jocelyne se penche à nouveau, elle sent la bouche de son oncle se coller contre la sienne. Elle pousse un petit gémissement de dégoût. « T'aimes ça ? Dis, t'aimes quand je te fais un bisou, petite coquine ? » Jocelyne essaie de se dégager, mais son oncle est trop fort pour elle. Il rit. « Il n'y a pas d'oranges, on peut y aller maintenant ? » Le grand homme continue à rire, tout doucement. Elle sent sa barbe dans son cou et son cœur se met à battre plus vite. La joue râpeuse qui se frotte contre son visage la brûle. Une main glisse sur son mollet et remonte jusqu'à son genou. Jocelyne ne se débat pas. Elle a peur, mais elle ne sait pas bien pourquoi. Une odeur de terre sèche. La main remonte jusqu'à sa petite culotte. « Tu vas être gentille, hein ? » Tout son corps est pressé contre celui de cet homme à genoux dans la poussière du garde-manger. Elle lève la tête et voit les ombres des jambons se balancer au bout de la poutre. La main de l'oncle a retiré sa petite culotte et elle sent les gros doigts chercher leur chemin entre ses jambes. Soudain, elle a mal, tellement mal qu'elle laisse échapper un cri. « Doucement, doucement. » L'homme murmure à son oreille en même temps qu'il pose son autre main sur sa bouche. Elle a peur et elle a mal, tellement mal. Derrière la porte en bois, elle entend les autres enfants rire. Elle ne comprend pas pourquoi son oncle fait ça. C'est le cousin Gaston qui a eu l'idée d'aller voler les arrosoirs du père Georges. Dans un grognement, l'homme la renverse sur le sol, il lui écarte les jambes et se plaque contre elle. Il est lourd, tellement lourd. Elle peut voir son visage dans la lumière qui filtre au bas de la porte. C'est un monstre comme dans les histoires que mémé raconte aux petits le soir pour les endormir. Sa bouche tordue dans un rictus atroce, il se mord les lèvres et Jocelyne sent entre ses cuisses un morceau de chair qui s'enfonce dans un déchirement. Au loin, les jeux des enfants couvrent son hurlement. Sa mère va venir la sauver. C'est sûr, sa mère va l'entendre et de ses grands ongles rouges, elle saignera l'animal qui dévore sa fille.

Un cri d'horreur a troublé le silence du couloir des Bégonias. La porte s'ouvre et la lumière jaillit. Isabelle se précipite sur Mme Barbier. Combien de temps a-t-elle hurlé ? Dressée dans son lit, Jocelyne sent de grosses larmes couler le long de ses joues. Sa mère n'est pas venue.

## Chapitre 55
*Débarras*
*22 h 30*

Dans un coin, on a plié un fauteuil roulant dont le dossier est arraché. Un aspirateur bleu et vert. Un carton posé au sol contenant un sac en plastique noir fermé par une ficelle orange et un autre blanc avec des motifs de nuages, remplis de vieux chiffons sales. Deux étagères en métal qui brillent. Sur la première, cinq paquets de couches « Changes anatomiques adultes », une boîte de 100 masques à usage unique simple pli, deux boîtes de gants d'examen en latex 100 pièces, des draps propres blancs et jaunes bien pliés repassés. En haut de la seconde, un sac de voyage en cuir beige, deux gros cartons marron à pois verts et un pot de myosotis en plastique, certains ont perdu leurs pétales. En dessous des rouleaux de sacs-poubelles de différentes tailles et de différentes couleurs, trois paquets de 10 lavettes bleues, un paquet entamé de lavettes rouges, sept éponges à gratter blanches. En bas, un spray Superglass détergent pour les vitres 500 ml, un gel antiseptique pour les mains 300 ml turquoise, un cendrier, un désodorisant 750 ml « parfum floral » avec le dessin de fleurs tropicales rouges et orange, une bouteille de Baygon vert 100 cl spécial insectes rampants « cafards, fourmis, blattes, araignées », un flacon W-C mousse 750 ml, un spray nettoyant désinfectant 750 ml, la brosse d'un balai rouge décapité. Au sol, un carton rempli à ras bords de rouleaux de papier hygiénique. Au centre de la pièce, un chariot de ménage à roulettes avec une poubelle, deux bacs et trois balais dont un de lavage à plat et une raclette, une serpillière et son seau, une pelle aéroport. Dans le bac du dessus, un désodorisant, un nettoyant désinfectant et trois nettoyants surfaces vitrées, une éponge humide, un rouleau de sacs-poubelles noirs et leurs bracelets en caoutchouc. Dans celui du dessous, des chiffons, des serviettes coupées en petits carrés et des vieux draps. Contre le mur, un chariot de quatre poubelles alignées. La première a un couvercle gris et une étiquette : *Serviettes – Gants de toilette*, la deuxième un couvercle violet : *Draps – Draps-housses – Traversins – Taies – Alèses*, la troisième un couvercle rouge : *Linge des résidents – Bavoirs* et la dernière un couvercle jaune : *Poubelle à descendre par la trappe couvercle bien fermé.*

Au mur, une affichette indique la procédure à suivre pour l'entretien des salles de bains et du mobilier.

***Protocole d'entretien MDR médicalisée : mobilier chambre et salle de bains journalier et hebdomadaire***

> Frapper à la porte et dire bonjour. Enfiler une paire de gants à usage unique. Ouvrir la fenêtre après accord du résident.

**Salle de bains – préparation :**

> Pulvériser du plus loin au plus près de la porte le Maxiclean sur le lavabo, la robinetterie, la tablette du lavabo, la douche, la barre d'appui, les WC, le support balayette, etc. Tremper la balayette dans la cuvette. Tirer la chasse d'eau. Laisser agir 5 minutes.

> Le vendredi : Tirer la chasse d'eau. Appliquer le WC mousse dans la cuvette. Laisser agir 5 minutes. Brosser avec la balayette et tirer la chasse d'eau.

> Arbonet tous les jours sauf le vendredi : Arboderm.

**Mobilier chambre :**

> Plier la lavette bleue en 4. Pulvériser le produit sur celle-ci. Effectuer l'essuyage du mobilier de la chambre en utilisant toutes les faces de la lavette. Prendre un soin particulier à tout ce qui a été touché.

> Une fois par semaine, effectuer l'essuyage du reste du mobilier : armoire, porte, etc. Mettre la lavette dans le seau rouge.

.../...

> En cas de salissure organique (selles, urine, sang) : Enlever le gros de la salissure avec du papier WC ou de l'essuie mains, pulvériser le spray nettoyant désinfectant.

> En cas de résident immunodéprimé, utiliser le spray nettoyant désinfectant à la place de l'Arboderm ou de l'Arbonet.

**Salle de bains – action :**

> Rincer une lavette rose. Effectuer l'essuyage de la tablette lavabo, du lavabo, de la robinetterie, de la barre d'appui, de la douche, des WC, etc. En cas de salissure importante, utiliser un morceau de tampon blanc jetable. Mettre la lavette dans le seau rouge.

> Remplacer le sac-poubelle.

> Pulvériser un peu de Superglass sur le miroir. Essuyer avec du papier jetable.

> Fermer la fenêtre de la chambre.

# CHAPITRE 56

## *Chambre du capitaine Dreyfus, 3*
## *22 h 45*

La chambre du capitaine est vide. Le dessus-de-lit porte encore la marque des corps de Christiane et de Philippe. Le capitaine est loin. Il a marché longtemps. Droit devant. Ça n'est pas la première fois qu'il s'échappe. Depuis qu'il est arrivé aux Bégonias, le capitaine ne rêve que d'évasion. La première fois, il avait profité de la négligence d'un visiteur qui avait laissé la porte du sas de sécurité ouverte. Ce jour-là, il n'avait rien prévu. Il avait été rattrapé au bout du parking. Après, il s'est installé à l'accueil des jours entiers, guettant une nouvelle occasion de passer. Mais la fille derrière son comptoir en simili acajou observait son petit manège et l'a signalé à la direction. C'est comme cela qu'il s'est mis à étudier les autres issues possibles. Il avait alors remarqué le trou, ou plutôt l'espace, entre le grillage qui bordait le patio et le mur du bâtiment blanc. D'une trentaine de centimètres de largeur et dissimulé par un buisson de lauriers-roses, personne n'aurait pu penser qu'un pensionnaire s'enfuirait par là. Mais avec ses quarante kilos de muscles, le capitaine passait à l'aise. Lorsqu'on l'a ramené aux Bégonias après sa deuxième tentative, le directeur l'a longuement questionné pour savoir qui lui avait donné le digicode. Le capitaine a fait l'imbécile. Son avantage est de se faire passer pour beaucoup plus fou qu'il n'est. Un début de démence fronto-temporale, ça vous laisse encore capable de manigancer deux ou trois astuces. Le capitaine a donc tenté tant bien que mal de tirer les leçons de ses échecs. Le grand départ devait s'effectuer de nuit, c'était une certitude. Il savait que les bateaux n'étaient pas loin. Quelques rues à la vérité séparent les Bégonias d'un port de Seine. Le tout était d'embarquer sur un navire incognito et de ne réapparaître qu'une fois en pleine mer. C'est pour cela qu'il emplissait ses poches de pain à chaque déjeuner. Pour tenir dans la cale le temps qui le séparerait d'un bon ragoût à la table des matelots. Tous les jours, depuis trois mois, il pensait que c'était le grand soir, et après le dîner, médicaments aidant, il était très fatigué et devait renoncer. Mais cette nuit du 1er octobre, il l'a fait. Il s'est mis au lit comme un bon enfant sage sous l'œil de l'infirmière. Le cœur battant, il a attendu. Il a écouté le silence et s'est rhabillé, sans oublier de mettre sa casquette de marin porte-bonheur. Par un heureux hasard, lorsqu'il est sorti de sa chambre, Isabelle était enfermée avec ses projets d'avenir dans l'infirmerie et M. Lebœuf n'avait pas encore tenté de rejoindre Mme Leduc. Les veilleuses ovales du couloir brillaient d'une douce lumière le long des murs. On se serait cru à bord du France. Tremblant, il a traversé la salle à manger. Il a compté en silence les chaises muettes et elles ont gardé son secret. Il a tourné à gauche dans la salle d'activités. Son excitation était telle qu'il a failli se prendre la porte vitrée qui donne sur le patio en plein front. Les mains crispées, il a ouvert et refermé cette dernière, puis a glissé sur le gazon comme un renard au clair de lune et a écarté les branches sombres. Il a ramassé les petits morceaux de pain sec dissimulés au pied du laurier. Une jambe après l'autre. Il était libre. Alors, la peur au ventre, d'un pas rapide et tête en avant, il a longé la voie ferrée qui passe derrière les Bégonias.

Il a marché longtemps. Et maintenant, il a froid et il ne sait plus bien ce qu'il fait dans ces rues désertes au milieu de la nuit. Son imagination s'embrouille, il compte les lampadaires qui inondent la chaussée de leur lumière orangée. Des petits pavillons de banlieue avec leurs grilles en fer forgé et leurs jardins proprets se succèdent. Il a marché trop longtemps. Certaines allées sont sombres et désertes. L'angoisse le prend, il va se perdre dans le noir. Il passe devant une boulangerie aux présentoirs vides, un café, un coiffeur.

Dans la vitrine d'un pressing, on a accroché une grande robe de soie blanche que l'obscurité fait ressembler à une mariée pendue. Le rythme de ses pas s'accélère, il fonce, il fuit. Le sang cogne à ses tempes, tout, autour de lui, est étranger et malfaisant.

Et soudain, il s'arrête. Son visage s'éclaire. Le port avec ses péniches se dresse devant lui. Il est arrivé. Tout lui revient en mémoire, il a réussi. Les arbres de la berge opposée trempent leurs longues branches dans la Seine scintillante. Leur bruissement divin fait frissonner le capitaine. Des dizaines, des centaines de péniches dorment blotties les unes contre les autres. C'est à peine si l'on peut entendre le clapotis des canots attachés à l'arrière. Cornette II, Notre-Dame des Oies, Victorine, Nec Mergitur. Le vieil homme se penche avec délectation pour lire les petites lettres qui forment les noms de ces embarcations et leur valse de promesses. Drapeaux, flammes et pavillons tendent leurs ombres parmi les cordages et les antennes satellites entrelacés. Il n'a jamais rien vu de plus beau. Sur le ponton de déchargement, un remorqueur et sa grue lui clignent de l'œil. Il reprend sa marche et longe les quais. Rosalie III, Myosotis VII, Appalaches, Bracelettes, Richelieu, les péniches ressemblent à de gros poissons plats et énigmatiques. Il est heureux, il ne compte plus. Il est serein. Il tâte le pain dans le fond de la poche de son pantalon. Il marche, il est libre. Direction les Antilles, la Nouvelle-Zélande, les Bahamas, le pôle Sud, les cocotiers et les pingouins. Il ne sera plus jamais enfermé, il va enfin vivre le rêve de sa vie.

Il ne voit pas.

À bâbord, à tribord ! La grande aventure, l'océan bleu et immense.

Il est inondé de lumière. Il ne voit plus.

Son cœur exulte, il va partir.

Il n'a pas vu.

Il est le Grand Capitaine Dreyfus.

Les phares de la voiture de police sont braqués sur lui. Il est un vieux fou échappé d'une maison de retraite.

# CHAPITRE 57

*Chambre de Thérèse, 3*

*23 h 00*

Robert a oublié de souhaiter bonne fête à Thérèse. Ils ont fait l'amour, et juste avant de fermer leurs paupières, joue contre joue, ils se sont dit en riant qu'ils le referaient souvent. Ils ont fait l'amour comme deux vieilles personnes avec des corps flétris et des rhumatismes. Ils ont fait l'amour comme deux adolescents, tremblants de peur et d'excitation. Ils ont fait l'amour avec leurs dentiers et leurs membres fracturés tenus par des broches. Et avec leurs mains nouées par l'arthrose, ils se sont caressés comme des amants. Ils ont fait l'amour, tout simplement. Pas plus vite, pas plus doucement. Robert a cru qu'il n'avait jamais autant désiré une femme, Thérèse a pensé qu'elle avait attendu cela toute sa vie. Une vie de misère sentimentale et sensuelle pour s'entendre dire à soixante-dix-huit ans « Madame Leduc, cette nuit, à 10 heures, j'irai dans votre chambre, je dois vous dire quelque chose. » Un amant colibri avait couvert sa main de baisers passionnés. Tout était encore possible. Ils ont fait l'amour, pour la première fois depuis longtemps. La grille de mots croisés est restée pliée en quatre dans la poche du veston de Robert. Il n'en a pas eu besoin. Le désir a tout remplacé. Le désir a tout réalisé. Ils ont fait l'amour de la manière la plus simple du monde. Et après, nus dans les draps jaunes des Bégonias, enlacés, ils se sont dit des choses belles de la vie, de l'âge, du temps, ils se sont promis un amour plus vieux, mariage heureux. Robert a raconté le désert d'Algérie, les murs lézardés de la casbah et la petite Bédouine ; Thérèse a décrit Émile, ses sapinières et ses rosiers. Elle l'a tutoyé et il a ri. Il lui a dit qu'elle sentait bon le printemps. Elle lui a répondu « vieux dragueur » et elle s'est serrée contre lui. Leurs peaux fanées, soyeuses comme des pêches, leurs cuisses flasques et leurs os saillants de petits poulets. Il n'a même pas été question que Robert retourne dans sa chambre. S'endormir dans les bras de l'être aimé, c'est ce qu'il y a de mieux. Un lit simple n'a jamais fait peur aux vrais amoureux.

La tête posée dans le creux de l'épaule de son amant, Thérèse s'est assoupie. Robert passe doucement la main dans la fine chevelure argentée. Ses yeux glissent sur les ombres de la chambre, l'armoire dans le coin, les trois étagères au-dessus de la table de chevet. Il sent le sommeil le gagner.

Sa tête s'alourdit. Par terre, près des rideaux, il voit luire la paire de ballerines au vernis gris. Il se dit qu'il embrassera les petits pieds de Thérèse au réveil.

« Tu dors ? »

Elle marmonne de plaisir en guise de réponse. Alors, tout doucement, il chuchote : « Je t'aime, Thérèse. »

L'obscurité l'empêche de voir, mais il sait qu'elle sourit.

# Chapitre 58
## *Cuisine, 2*
## *23 h 15*

En sortant de la chambre de Mme Barbier, la faim l'a reprise. Machinalement, Isabelle ouvre pour la seconde fois les placards de la cuisine un à un. Rien. Des bols, des verres, des tasses, des assiettes, un paquet de 1 000 serviettes en papier avec des motifs de Père Noël et de sapins enneigés, du Sopalin à pois rouges. Elle a envie d'une choucroute garnie et d'une tarte aux fraises. Avec des saucisses de Francfort et beaucoup de moutarde. Mme Barbier s'est rendormie. La pauvre vieille. Toutes les nuits, Isabelle l'entend crier. Ça lui perce le cœur. Un soir, les yeux encore pleins d'effroi, Jocelyne lui a raconté son cauchemar. Depuis, elle se contente de pleurer dans ses bras. Il existe toutes sortes de plaies exsudatives. Dans ces moments-là, Isabelle se dit qu'elle n'est pas complètement inutile, qu'elle fait un beau métier malgré tout. « Vous êtes gentille, ma petite Isabelle. Vous êtes gentille, vous au moins. » Elle caresse doucement le front en sueur de la vieille femme détruite. « Dormez, madame Barbier, dormez ma bonne, vos dragons sont partis, ils ne reviendront pas, je vous le promets. » C'est la seule résidente à laquelle Isabelle s'est attachée. Elle lui manquera lorsque son stage sera terminé. À l'école, ils vous apprennent qu'il ne faut pas s'impliquer. Cela impressionne toujours Isabelle, cette façon qu'ont les infirmières expérimentées de garder leurs distances. « Mme Bidule a perdu sa chaussure. » Et alors ? « Elle est tombée. » C'est pas grave. « M. Trucmuche hurle. » Ça arrive. « Mme Unetelle est morte. » C'est la vie.

La vie. Elle ne le dira pas à ses parents. Elle le leur cachera jusqu'au bout. Puisqu'elle a tendance à faire l'accordéon, elle portera des vêtements larges et ils n'y verront que du feu. Elle n'a pas le choix. Elle ne leur annoncera qu'à la naissance, comme ça au moins ils comprendront. En voyant l'enfant. Il paraît que ça ne se voit pas tout de suite. Sauf si c'est un garçon, il a les testicules plus foncés, mais elle n'est pas obligée de leur montrer le bébé nu. Peut-être qu'il tiendra de sa mère. Elle s'en fiche. S'ils le voient tout de suite, tant mieux. Une fois passée l'angoisse qu'elle soit une fille mère, ils seront bien contents d'apprendre que le papa est là, qui attend de les rencontrer. Il faut qu'ils se marient. Isabelle rêve d'une bague marguerite, un saphir avec une corolle de diamants. Ses parents seront soulagés, même s'il est noir. Noir. Noir. Un Noir. Leur fille avec un Nègre. Leurs petits-enfants des négros. Le cœur d'Isabelle se serre. Ça ne passera pas. Ils ne comprendront pas. Ils n'ont jamais rien compris. Ça sera terrible. Elle pleurera. Pleurera l'irréparable. Elle est prête. Elle s'en fiche, elle va le faire. Elle aime Désiré, Désiré l'aime et leur bébé sera le plus beau du monde. Elle a hâte de le sentir bouger dans son ventre. Elle a hâte de sentir la petite bouche d'un enfant de Désiré téter son sein blanc. Blanc. La sonnerie de son portable retentit dans la nuit. C'est lui.

« Allô ?

– Bonsoir, ma coccinelle.

– Désiré, mon Désiré.

– Oui.

– Désiré, il faut... que... que je te dise... non ! ne dis rien c'est moi... c'est important... Désiré ?

– Allô ? T'es où là ? Ça capte mal.

– Je suis dans la cuisine, tu m'entends ? Attends, je change de pièce... »

# CHAPITRE 59

## *Salle à manger, 6*
## *23 h 30*

« Allô ? Ça va mieux là ?

– Oui, c'est très bien, bouge pas ma gentille libellule.

– Oui, ce soir, c'est un soir important.

– Y a un problème ?

– Non, aucun problème. Ça va toi ? C'était bien ta journée ?

– Pas terrible.

– Ah...

– Roger Brindillet est venu à la maison hier, pour prendre l'apéritif. Résultat, on a picolé jusqu'à 2 heures du mat'. Il était cramé des quatre pattes. Il a fait un trou de cigarette dans notre tapis...

– J'aime bien quand tu dis "notre" tapis.

– Bref, ce matin, c'était le foutoir, je me suis réveillé avec une barre dans la tête et au boulot j'ai tout fait de travers.

– Mon pauvre amour.
– Et j'ai perdu mon gilet bleu.
– Où ?
– Je sais pas, puisque je te dis que je l'ai perdu.
– Désiré, je t'aime.
– Moi aussi je t'aime, mais pourquoi tu prends cette voix-là ? Tu sonnes bizarre.
– Tu m'aimes, toi ?
– Oui, bien sûr, tu es ma coccinelle d'amour.
– Moi je t'aime à la folie. Tu veux m'épouser ?
– Ouh la !
– Ris pas, Désiré. Désiré, je suis enceinte.
– C'est une blague ?
– Pardon ?
– T'es sérieuse ?
– J'attends un enfant de toi.
– Hm...
– Tu es content ?
– Je ne sais pas. C'est violent.
– Je n'aurais pas dû te dire ça au téléphone.
– Non.
– Non quoi ?
– Non, je... pourquoi, enfin, comment est-ce arrivé ? Tu le voulais ?
– Je voulais te le dire ce soir, c'était un trop beau secret pour moi toute seule.
– Tu l'as fait exprès ?
– Non, mais c'est merveilleux, ça me donne des palpitations.
– Qu'est-ce qu'on va faire ?
– On va le garder.

– On va le garder ? Et tes parents ?
– Mes parents seront ravis.
– Tu veux des lunettes ?
– Et les tiens, de parents ?
– Et les miens, pas plus que les tiens.
– On s'en fiche, on s'aime. Un enfant de l'amour, une merveille, il sera le plus gentil, le plus intelligent. Pardonne-moi de te l'avoir annoncé au téléphone, je ne pouvais plus tenir. Je ne l'ai pas fait exprès non, bien sûr, c'est un accident, mais je sais maintenant que tout mon bonheur en dépend. Un enfant de toi, mon amour.
– On est très jeunes.
– Moi je suis prête.
– Tu le penses vraiment ? Un enfant c'est sérieux, c'est pas des bisous dans une chambre de bonne. C'est toute la vie qui change.
– Je suis prête. Je t'aime.
– Moi aussi je t'aime, mais il faut réfléchir.
– J'ai déjà réfléchi, je ne fais que ça depuis trois mois.
– Trois mois ? Trois mois ! Donc, c'est trop tard. Tu me mets devant le fait accompli.
– Oui.
– Au téléphone, comme ça, tu me dis que tout est fait, quoi qu'il arrive, je vais avoir un enfant.
– Oui, avec moi.
– De toi.
– L'amour c'est des miracles.
– L'amour, ça se vit à deux, ça se partage, Isabelle.

– Oui, et si je t'aime alors ça veut dire que toi aussi, puisqu'on ne peut pas être seul à aimer.

– Je ne sais pas. J'ai besoin de temps.

– Tu m'en veux ?

– Je ne sais pas. Je t'appelle demain.

– Désiré ? Tu m'en veux ?

– Bonne nuit.

– Désiré ?

– Oui.

– Dis-moi.

– Bonne nuit Isabelle, ma petite araignée folle. »

## Chapitre 60
### *Chambre Mme Barbier, 3*
### *23 h 45*

Les cerisiers sont en fleur. Les délicats pétales blancs parmi les branches sombres qui s'entrelacent. Dans son sommeil, la respiration de Mme Barbier s'accélère. Alors, parviennent les cris joyeux des enfants, les petites filles en robes claires et les garçons leur courant après avec les arrosoirs qu'ils ont volés dans le potager du père Georges. Des arrosoirs trop lourds. « Ja-mais-vous-nous-a...ttr...a...pe...rez », la rengaine s'estompe et vient se fondre dans le creux de son oreille. Les cerisiers sont en fleur et leurs pétales sont un millier de boules de coton dans lesquelles Jocelyne virevolte. Légère comme si elle dansait parmi les nuages. Un chien aboie dans le lointain. Le bruit des verres de vin qui s'entrechoquent ressemble au tintement d'une cloche de l'autre côté de la terre. Les grelots des rires enfantins sont minuscules, comme filtrés par une mousse magique et invisible qui atténuerait chaque son. Elle ressent une divine impression de flottement. « Moins de bruit, les enfants. » La mère de Jocelyne parle comme les poissons dans l'océan. Elle ressemble à une grande carpe et agite ses nageoires aux bouts rouges, rouge lisse. Une main s'accroche au lobe de son oreille. « Petite coquine. » C'est son oncle gros pantalon blanc. « Petite coquine, où cours-tu comme ça ? » Elle baisse la tête et murmure « Désolée. » « C'est pas grave va, viens donc avec moi, on va aller faire de l'orangeade, tes cousins ont tout bu. » Sa petite main dans la grosse paluche de son oncle. Il porte une chevalière en plaqué or. Le contact du métal chaud lui glace les sangs. Elle se laisse entraîner, mais elle sait. Elle a un peu peur, un peu seulement, car elle sait le moment venu. Si elle a dit qu'elle était désolée, c'était pour ne pas troubler les plans de son oncle. Oh ! Elle connaît les hommes, si petite soit-elle dans sa jupe de cotonnade. Elle a un peu peur parce que, cette fois-ci, il faut qu'elle réussisse. Elle cherche les yeux de sa mère pour lui montrer comme elle est brave. Sa mère ne viendra pas l'aider, ça aussi elle le sait. Quand Jocelyne sera grande, elle protégera ses enfants. Jocelyne veut être grande. Un silence ouateux s'installe. Elle voit au loin la petite voisine trempée et le cousin Gaston qui bat des mains en silence, comme dans un film muet. « Allez viens donc, qu'est-ce que tu regardes comme ça ? » Tout est blanc, si blanc que c'en est aveuglant. Disparues les cages à lapins et le poulailler, disparu le jardinet où mémé plante de l'oseille, du persil et du muguet. La pelouse s'est transformée en lac laiteux, immobile. Ils arrivent dans la maison claire. La cuisine est minuscule, Jocelyne regarde incrédule l'évier qui déborde de vaisselle. On croirait les assiettes de sa dînette. Et les robinets qu'elle pouvait à peine atteindre, ils lui arrivent maintenant à la taille. Comme dans les histoires de géants que Mémé raconte le soir pour endormir les cousins, tout est disproportionné. Elle se tourne vers son oncle, le monstre nain. Lui aussi a compris que Jocelyne avait grandi. Jocelyne avec ses lourdes nattes et sa tenue légère de petite fille le dépasse d'au moins une tête. Il ouvre la bouche pour crier, aucun son n'en sort. Le carrelage immaculé les enveloppe d'une lumière crue. Tout est blanc, comme la jupe de Jocelyne, comme le ciel à travers la vitre, comme le blanc des yeux de son oncle qui la regarde, ahuri. Soudain, un objet brillant attire son attention. Sur une planche en bois, un couteau est à moitié enfoncé dans la carcasse d'un poulet décharné. « Tiens, tu n'as qu'à couper les oranges. » Elle tend le bras vers l'objet tranchant et s'en empare dans le plus grand silence. Le couteau est devenu le prolongement de son bras démesuré. « Des oranges ? » Il n'y a pas d'oranges. L'homme écarquille les yeux, il sait ce que la petite géante va faire. Il s'agrippe à sa robe. Il lui arrive à peine aux genoux. Alors, tout doucement, elle le soulève et le dépose sur la planche en bois graisseuse. Elle le déshabille. L'homme poupée se débat dans les restes de peau de poulet. Jocelyne le tient fermement. Avec son pouce elle lui écrase le ventre, et méthodiquement, elle va le désosser. D'abord les pieds, puis les genoux. Ça craque alors qu'elle enfonce la pointe du grand couteau dans les rotules de l'homme volaille. Jocelyne ne mange jamais le cartilage, non, ce qu'elle préfère dans le poulet, c'est le blanc. Le visage de l'oncle animal se crispe de douleur. « Doucement, doucement. » Sa tête touche le plafond, elle se penche de toute sa hauteur et murmure à son oreille en même temps qu'elle lui découpe un bras : « Tu vas être gentil, hein ? » L'autre bras. Puis elle lui écarte les cuisses. Son sexe n'est pas plus gros qu'un flageolet. Mémé, c'est la reine des conserves. De la pointe de son couteau, elle soulève doucement le membre de l'homme sanguinolent. Il n'est pas encore mort. Jocelyne rit, un gentil rire d'enfant cruel et insouciant. Il ne lui fera plus jamais de mal. Peu importe ce que sa mère dira. La croira-t-elle, cette fois-ci ? La grondera-t-elle seulement, lorsqu'elle verra l'oncle désossé ? De la pointe de son couteau, elle joue avec le petit flageolet rétréci qui lui a fait peur toutes les nuits de sa vie. C'est le dernier cauchemar. Celui où l'oncle est puni. Alors, d'un grand coup sec, elle transperce la verge de l'oncle et triture son couteau jusqu'à ce qu'il ne reste plus qu'une immonde bouillie. La poubelle en métal déborde d'épluchures. Jocelyne se débarrasse de l'homme charpie. Elle l'ensevelit sous les peaux des pommes de terre, les restes du déjeuner, le trognon de la salade, les miettes du gâteau et les écorces d'oranges. Un océan d'ordures l'engloutit. Il a disparu.

Par la fenêtre de la petite cuisine, elle voit les cerisiers en fleur. Les délicats pétales blancs parmi les branches sombres qui s'entrelacent. Un grand jardin aux premiers beaux jours.

# CHAPITRE 61
## *Chambre de Nini, 2*
## *00 h 00*

Dans sa chambre aussi, Nini a réussi à foutre le bordel. C'est difficile de choisir ce que l'on va emporter dans sa dernière demeure. Pour Nini, c'était « le plus possible ». Des livres, alors qu'elle ne lisait plus depuis longtemps, des albums de timbres à moitié vides, des disques et une sono qu'elle ne savait pas faire marcher. C'est sa femme de ménage qui a volé ses timbres. Camille lui a volé ses livres. Une télévision, sa grosse télévision qui s'accorde si mal avec le reste du mobilier imitation Napoléon III. Des tableaux. Celui avec l'âne qui tire une charrette de petit bois, celui avec les trois magistrats perchés sur une montagne rayée, celui avec le coq stylisé qui a pondu un œuf énorme, celui bariolé au couteau qui est affreux, et l'aquarelle du mille-pattes, et la sanguine d'un profil à la Cocteau, et le grand des trois femmes nues... non, pour celui-ci, il n'y avait pas la place, elle a dû le laisser. Dans l'armoire vitrée, il y a de vieilles photos en noir et blanc. Nini en robe de soirée avec son gros mari en smoking. Une photo de sa mère, sèche et l'œil sévère, une autre de son père avec des lunettes d'écaille et une pipe, des photographies de sa fille en vacances, de Camille avec un pull jaune démesuré. Sur le guéridon, des hortensias s'enfoncent dans un vase opaque trop haut pour eux. Il y a une boîte de chocolats bon marché entamée, un paquet de Marlboro light. Nini voulait prendre un tapis, mais la direction de la maison le déconseille fortement. Risque de chute. Nini voulait prendre ses bijoux, sa marquise et ses perles de Tahiti, mais la direction l'interdit. Risque de perte.

Elle a fini par s'endormir. Entre deux souvenirs de danse et au son des aboiements de ses chiens. Nini a le sommeil agité. Elle s'ennuie trop dans la journée pour pouvoir dormir si tôt. On a fermé les volets. Elle tressaute. C'est une mauvaise nuit. Nini s'éveille dans l'obscurité la plus complète. Les tableaux, les meubles et même la grosse télévision forment des blocs sombres et menaçants.

*À trop crier au loup, on en voit le museau.*

Nini ne voit rien sans ses lunettes. Elle est myope depuis sa plus tendre enfance.

*Un enfant bâillait comme un pou tout en gardant son troupeau. Il décide de s'amuser.*

Nini est insomniaque. Elle a fait le tour de ses souvenirs. Elle est lasse. Elle veut qu'on vienne la voir. L'oiseau de nuit voudrait discuter. Elle tend le bras pour appuyer sur la sonnette. Elle demandera un médicament. N'importe lequel.

*« Au loup ! hurle-t-il. Au loup ! Vos troupeaux sont en grand danger ! » Et il crie si fort qu'il s'enroue.*

Nini a beaucoup crié dans sa vie. Elle a beaucoup appelé. Pour faire son intéressante, pour qu'on l'aime. Nini a autant crié de joie qu'elle a crié à l'aide.

*Pour chasser l'animal maudit, les villageois courent, ventre à terre, trouvent les moutons bien en vie, le loup, ma foi, imaginaire...*

Lorsqu'elle est arrivée aux Bégonias, Nini a beaucoup fait marcher la sonnette. Elle disait qu'elle sentait son cœur partir, qu'elle avait les jambes paralysées, mal à la tête, besoin d'un verre d'eau, d'un gilet. Les insomnies de Nini fatiguent le personnel.

*Le lendemain, même refrain. Les villageois y croient encore.*

Une fois, Nini a dérangé la garde de nuit pour aller faire pipi alors qu'elle a une couche. Et à peine levée, elle a voulu une cigarette. L'infirmière s'est fâchée, mais pas autant que la fois où Nini a failli mettre le feu à la poubelle de sa salle de bains. Nini cache ses briquets. La petite Isabelle est jeune et inexpérimentée, Nini se demande comment elle va pouvoir la faire tourner en bourrique cette fois-ci ?

*Troisième jour, un vrai loup vint et c'était un fin carnivore.*

Une angoisse oppresse sa poitrine. Sans somnifères, elle ne pourra jamais s'endormir. Elle a l'impression d'étouffer.

*« Au loup ! cria l'enfant. Un loup attaque vos troupeaux ! »*

*« Ah ! Le petit impertinent ! mais il nous prend pour des nigauds ! » s'écrièrent les villageois.*

Sa sonnette a été débranchée.

*Le loup fit un festin de roi.*

# CHAPITRE 62

## *Chambre de Mme Alma, 3*
## *00 h 15*

Comme sur des pilotis. En équilibre sur une dalle de béton posée haut dans le ciel. Louise regarde les nuages. Il va pleuvoir. Il va se passer quelque chose. Ce sera un jeu. Louise attend. Et voilà qu'une bulle descend des limbes. Une bulle de savon aux reflets d'arc-en-ciel. Lentement. Louise a le temps de la faire éclater avant qu'elle ne touche la dalle. Mais déjà, une deuxième suit, puis une troisième. Louise doit courir. Une quatrième, le rythme s'accélère, les bulles pleuvent. Louise doit faire vite et les percer avant qu'elles ne touchent le sol. Elles sont des centaines. Lorsqu'elles éclatent, elles dessinent des cercles gris foncé sur le béton. Louise voit la dalle, peu à peu, changer de couleur. Elle court partout, elle fait des grands mouvements avec les bras pour les tuer avant que tout ne soit recouvert de cette bave sombre. Elle brasse des milliers de bulles. Elle a peur.

On donne une grande fête avec des vases chinois. Des potiches ramenées du Tonkin par papa. Le lustre du salon brille de ses trente-six pampilles. Si elle regarde bien, elle peut voir dans les éclats du cristal douze mille petite Louise dans une robe rouge grenat. Celle en velours avec le col de dentelle que sa mère lui a fait faire pour l'occasion. Les hommes sont en habit. Ça tourne, ils sont des milliers. Elle leur arrive à peine à la taille. L'un d'eux s'avance vers elle et la prend dans ses bras. Les longs pans de sa jupe mauve sont une immense corolle de fleur exotique. Louise a vingt ans. Elle est déjà mariée. René lui tient fermement la main. Elle déteste les bateaux. Le vent souffle fort. La mer est aigue-marine. Le vent plaque son imperméable. Elle a coupé ses cheveux pour le voyage. Son fils s'approche, un jouet en bois tendu vers elle. Elle n'arrive pas à savoir ce que c'est. Le lit de mort de sa mère. Les bougies pour la veillée nocturne. Elle a envie d'une cigarette. Son fils a grandi. L'appartement est vide. Elle décide de déplacer les meubles. De classer les vieilles affaires. Elle descend à la cave. Des piles de cartons qui s'emboîtent jusqu'au plafond. Elle ne veut pas y penser. Elle cherche ce jouet. Un dragon, un soldat, une auto. Perdu, très certainement. Démembré. La cave est trop sombre. La lumière l'éblouit. Ils vont faire un pique-nique. Les branches des arbres grillagent le ciel si bleu. L'été. Le parfum de l'herbe dans les sous-bois. René est là qui ne sait pas se servir d'un tire-bouchon. Il fait le clown, elle rit aux éclats. Ils remplissent leurs verres de ce merveilleux vin, ce vin de merveille. Il fait si bon. Le bruit de la coquille des œufs durs. Morcellement. Les asperges, le poulet froid et la mayonnaise de la bonne Édith. René lui sourit. Elle remonte la mèche de cheveux qui lui tombe sur le coin de l'œil. Ils sont amoureux. La *Symphonie espagnole* de Lalo. René est mort. Elle est allée écouter un violon pleurer toute seule. Elle ne veut pas y penser. La symphonie opus 21 pour violon et orchestre. Londres, le bateau, la mer, leur amour, la solitude, la vieillesse, les Bégonias, la mort. Leur fils, tout petit avec son jouet en bois qui lui tend les bras. Elle a peur que son chapeau ne s'envole. Louise assise dans l'obscurité de la salle Pleyel. En deuil.

« Il est l'heure d'aller dormir, ma Louison. » « Oh Papa, encore une minute, s'il te plaît. » Le lustre brille à lui éclater les tympans. Les hommes en habit font tourner le pommeau de leur canne et les robes de soie se froissent dans un bruit d'ailes d'oiseau. Les femmes n'en finissent pas de hocher leurs chignons, leurs gants et tous ces bracelets, mon Dieu Louise voudrait bien en avoir un pareil. Celui avec les rubis de la dame rousse, celui-là, mais déjà son père s'est emparé de sa petite main et l'emporte loin des vases chinois, et des tapis persans. Dans un coin, elle aperçoit soudain un petit garçon. Il est en costume marin rayé, on dirait qu'il s'apprête à faire un long voyage. Dans ses mains il tient un objet mystérieux. Un jouet, peut-être une poupée, ou une marionnette. Louise n'arrive pas bien à voir. L'enfant l'a vue. Il court vers elle, il lui tend les bras. « Maman, maman, regarde le bel avion que papa m'a offert ! » Le chapeau de Louise s'envole, le lustre tourbillonne une dernière fois dans le gémissement d'un violon, le petit garçon jette son avion en l'air et tout l'orchestre s'emballe, le jouet en bois fonce vers Louise, les ailes bien à l'horizontale, elle prend peur, il faut qu'elle le rattrape avant qu'il se brise. Elle a lâché la main de son père, elle court, mais l'avion se démultiplie, il y en a des centaines maintenant. Il pleut des avions. Louise doit faire vite et les attraper avant qu'ils s'écrasent au sol. Ils sont des milliers. Elle court partout, elle fait de grands mouvements avec les bras, elle a peur, il faut les sauver. L'appartement est en fête. Dans le tumulte, Louise entend très distinctement le bruit d'une coquille d'œuf qui se brise. Tout coule. Elle en a plein les mains. Le jaune d'œuf a taché sa belle robe grenat. Le petit garçon a disparu.

# CHAPITRE 63

*Couloir, 11*

*00 h 30*

Oui, cela pourrait se terminer ainsi, au bout du couloir, dans l'angle, juste avant le tournant à droite, en face de l'ascenseur qui monte au premier étage. Dans une longue plainte monotone, longue et rauque. Un cri guttural dans la nuit du couloir des Bégonias, celui de Mme Destroismaisons. La malade dort par intermittence. Si elle crie, c'est qu'elle a soif, mais elle ne le sait pas. Alphonse est parti. Elle est perdue pour l'humanité. Sa vie entière est un songe depuis que les petites cellules qui font fonctionner sa mémoire ont perdu la bataille. Un grand champ de ruines abrité sous son crâne.

Le temps va s'écouler dans une odeur de beurre rance, dans la nuit du couloir des Bégonias où trottinent quelques fourmis égarées. On entend aussi les ronflements de Mme Barbier. Qui sait si, une fois devenues gâteuses, Marthe et Jocelyne ne seront pas les meilleures amies du monde ? Les bruits du couloir se fondent dans le silence, mais si l'on tend bien l'oreille, on perçoit au loin les respirations paisibles de Thérèse et Robert, les vieux anges amoureux. Eux pourraient mourir demain qu'ils ne seraient pas malheureux. L'amour, que l'on soit jeune ou tout ridé, l'amour est le seul fil qui tienne. Isabelle qui caresse doucement son ventre en pleurant de joie le sait. Mme Alma a oublié toutes les guerres et les luttes de son siècle, elle est retournée aux fêtes de son enfance, au sapin de Noël et à ses amours, elle aussi. Demain dès l'aube, on cherchera à savoir pourquoi la chambre du capitaine Dreyfus est vide, heureusement, le commissariat du secteur appellera pour qu'on vienne chercher un vieux fou qui correspond à son signalement.

Cela pourrait aussi se terminer très loin du couloir des Bégonias, dans l'appartement d'Aline et de Jean-François qui se sont réconciliés. Il a cédé et dès demain, il appellera M. Drouin pour inscrire sa mère. Philippe n'a pas sommeil, il classe une série de douze timbres avec toute la fébrilité d'un homme qui revoit ses mains caressant le corps d'une femme. Christiane est rentrée chez elle, son fils lui a lu sa dernière dissertation et elle a eu une pensée émue pour les mères de Victor Hugo et d'Émile Zola. Jean-Pierre Picard a tenté d'embrasser sa femme langoureusement ; elle lui a demandé d'être bien gentil et de lui apporter une aspirine dans un grand verre d'eau. Martine et Michel rentrent de leur dîner chez les Audiberti, ils ont trop mangé et Martine se promet de ne boire que du bouillon le lendemain. Sébastien Barbier télécharge un film pornographique sur Internet, sa femme s'est endormie le nez dans le dernier roman à l'eau de rose d'un auteur à succès. Désiré a appelé son ami Roger et lui a annoncé la nouvelle. Malgré leur gueule de bois de la veille, tous deux trinquent à l'instant même à l'avenir d'un bébé radieux. Assise face à son poste de radio, Josy égrène un chapelet et prie pour la terre entière. Camille est pendue à son téléphone et demande à son amoureux de lui dire des choses belles. Alphonse Destroismaisons cherche le sommeil et hésite à reprendre un somnifère. Demain, il retournera auprès de sa femme. Demain, il l'habillera, la coiffera, nouera un foulard de soie autour de son cou, puis ils iront faire quelques pas dans le couloir.

Dans ce lieu qui appartient à tous et à personne. Là où défilent les mines déconfites des familles, une boîte d'orangettes enrubannée sous le bras, là où se pressent les souliers des infirmières et des médecins, piluliers à la main. Là où serpentent les rumeurs et les dernières mesquineries de ceux qui s'accrochent à leur fil, là où se déversent les chagrins et où naissent les ultimes joies offertes par l'acharnement thérapeutique. Les souvenirs de vies ô combien différentes se terminent tous ici, de la même façon.

Oui, cela pourrait se terminer ainsi, au bout du couloir, dans l'angle, juste avant le tournant à droite. En face de l'ascenseur qui monte vers les autres étages. Là où d'autres petites vieilles et d'autres vieillards dorment, avec leurs photographies jaunies enfermées à double tour dans leurs armoires. Dans les répercussions des souffles entrecoupés de tous ceux-là qui ne sont pas encore morts. Comme Nini, qui vagit dans l'obscurité de sa chambre. Mais le couloir est désert, et pour elle aucune oreille ne se tend.

# CHAPITRE 64

*Chambre de Nini, 3*

*00 h 45*

Ses mains tremblent, ses mains tremblent tellement. Elle est à bout de forces et elle vitupère, pourtant. Au loup ! Au loup ! Cette fois-ci ça brûle vraiment. Elle veut qu'on vienne. Ses lunettes sur la table de chevet sont trop loin. Elle ne voit rien. À peine le rai de lumière qui filtre sous sa porte. Elle tend la main vers cette satanée sonnette. Dans la buée des somnifères, elle se tord et s'agrippe. Elle glisse. Elle tombe. La sonnette a été débranchée. Nini appelait trop souvent. Elle est seule. Elle n'a même pas eu la Légion d'honneur, et elle meurt seule dans une mare de sang.

# Cahier des charges

Dans *La Vie mode d'emploi*, Georges Perec décrit la situation d'un immeuble à un temps donné, le 23 juin 1975, vers huit heures du soir. Comme si la façade avait été enlevée, un narrateur nous dépeint les décors, les gens qui se trouvent dans l'immeuble, leur occupation et leurs histoires. L'immeuble est réduit à un carré assimilable à un damier de 10 cases sur 10. Chaque case équivaut à une pièce ou à une portion des parties communes. L'organisation du roman(s) repose entre autres sur trois procédés formels :

– La polygraphie du cavalier qui décide de l'ordre de description des pièces.

– Le bi-carré latin orthogonal d'ordre 10 utilisé pour répartir de manière non aléatoire mais formellement réglée les éléments des listes dans les différents chapitres.

– Les listes et leurs éléments.

Pour *Nous vieillirons ensemble*, nous avons repris ces contraintes et nous les avons transposées de la façon suivante :

1) La polygraphie du cavalier

Le rez-de-chaussée des Bégonias est assimilable à un damier de 8 cases sur 8. En partant de la case X avec un cavalier d'échecs, on lui fait parcourir les 63 autres cases par 63 sauts consécutifs, sans répétition ni omission. Cet algorithme fixe l'ordre des 64 chapitres du roman, puisque chaque chapitre correspond à une pièce.

Ordre des chapitres selon la polygraphie
Tableau I

| | | | | | | | |
|---|---|---|---|---|---|---|---|
| 47 | 56 | 43 | 38 | 45 | 54 | 61 | 64 |
| 42 | 39 | 46 | 55 | 60 | 63 | 36 | 53 |
| 57 | 48 | 41 | 44 | 37 | 34 | 31 | 62 |
| 40 | 27 | 50 | 59 | 32 | 29 | 52 | 35 |
| 49 | 58 | 25 | 28 | 51 | 22 | 33 | 30 |
| 26 | 9 | 12 | 15 | 24 | 5 | 18 | 21 |
| 11 | 14 | 7 | 2 | 19 | 16 | 23 | 4 |
| 8 | 1 | 10 | 13 | 6 | 3 | 20 | 17 |

2) Les bi-carrés latins contraignants

Numérotation des cases pour les bi-carrés latins
Tableau 2

| | | | | | | | |
|---|---|---|---|---|---|---|---|
| 57 | 58 | 59 | 60 | 61 | 62 | 63 | 64 |
| 49 | 50 | 51 | 52 | 53 | 54 | 55 | 56 |
| 41 | 42 | 43 | 44 | 45 | 46 | 47 | 48 |
| 33 | 34 | 35 | 36 | 37 | 38 | 39 | 40 |
| 25 | 26 | 27 | 28 | 29 | 30 | 31 | 32 |
| 17 | 18 | 19 | 20 | 21 | 22 | 23 | 24 |
| 9 | 10 | 11 | 12 | 13 | 14 | 15 | 16 |
| 1 | 2 | 3 | 4 | 5 | 6 | 7 | 8 |

Un bi-carré latin est une forme de carré magique constitué de couples majuscule-minuscule. Aucun de ces couples n'est répété et aucun symbole ne figure plus d'une fois dans la même colonne ni dans la même ligne.

Exemple de bi-carré latin :

| | | |
|---|---|---|
| Aa | Bb | Cc |
| Bc | Ca | Ab |
| Cb | Ac | Ba |

Bi-carré latin I pour *Nous vieillirons ensemble*
Tableau 3

| | | | | | | | |
|---|---|---|---|---|---|---|---|
| 1<br>1 | 2<br>2 | 3<br>3 | 4<br>4 | 5<br>5 | 6<br>6 | 7<br>7 | 8<br>8 |
| 2<br>5 | 1<br>6 | 4<br>7 | 3<br>8 | 6<br>1 | 5<br>2 | 8<br>3 | 7<br>4 |
| 3<br>2 | 4<br>1 | 1<br>4 | 2<br>3 | 7<br>6 | 8<br>5 | 5<br>8 | 6<br>7 |
| 4<br>6 | 3<br>5 | 2<br>8 | 1<br>7 | 8<br>2 | 7<br>1 | 6<br>4 | 5<br>3 |
| 5<br>7 | 6<br>8 | 7<br>5 | 8<br>6 | 1<br>3 | 2<br>4 | 3<br>1 | 4<br>2 |
| 6<br>3 | 5<br>4 | 8<br>1 | 7<br>2 | 2<br>7 | 1<br>8 | 4<br>5 | 3<br>6 |
| 7<br>8 | 8<br>7 | 5<br>6 | 6<br>5 | 3<br>4 | 4<br>3 | 1<br>2 | 2<br>1 |
| 8<br>4 | 7<br>3 | 6<br>3 | 5<br>1 | 4<br>8 | 3<br>7 | 2<br>6 | 1<br>5 |

3) les listes et leurs éléments

Nous avons établi 10 listes de 8 éléments chacune. Chaque bi-carré latin agençant deux listes, nous avons défini, grâce à la permutation des colonnes, 5 bi-carrés latins pour 80 éléments.

Listes

1 Manque
2 Tissu
3 Couleur
4 Vêtement
5 Nombre
6 Plante
7 Aliment
8 Meuble
9 Bijou
10 Animal

## Couples de listes pour les bi-carrés latins

BCL1 = liste 1 + liste 2
BCL2 = liste 3 + liste 4
BCL3 = liste 5 + liste 6
BCL4 = liste 7 + liste 8
BCL5 = liste 9 + liste 10

## Éléments des listes

| BCL1 | Liste 1 : MANQUE | Liste 2 : TISSU |
|---|---|---|
| 1 | manque tissu | coton |
| 2 | manque couleur | soie |
| 3 | manque aliment | velours |
| 4 | manque animal | laine |
| 5 | manque accessoire | Nylon |
| 6 | manque meuble | carreaux |
| 7 | manque chiffre | rayures |
| 8 | manque végétal | pois |

| BCL2 | Liste 3 : COULEUR | Liste 4 : VÊTEMENT |
|---|---|---|
| 1 | blanc | robe |
| 2 | gris | jupe |
| 3 | bleu | manteau |
| 4 | orange | chemise |
| 5 | rouge | gilet |
| 6 | jaune | bas |
| 7 | noir | chaussures |
| 8 | vert | chaussons |

| BCL3 | Liste 5 : NOMBRE | Liste 6 : PLANTE |
|---|---|---|
| 1 | sept | rose |
| 2 | trente-six | muguet |
| 3 | quatre | bégonia |
| 4 | douze | herbe |
| 5 | mille | brindille |
| 6 | trois | plante en pot |
| 7 | cent | sapin |
| 8 | soixante-dix-huit | bouleau |

| BCL4 | Liste 7 : ALIMENT | Liste 8 : MEUBLE |
|---|---|---|
| 1 | viande | table |
| 2 | légume | chaise |
| 3 | alcool | banc |
| 4 | laitage | déambulateur |
| 5 | dessert | tapis |
| 6 | boisson | fauteuil roulant |
| 7 | condiment | armoire |
| 8 | fruit | lit |

| BCL5 | Liste 9 : BIJOU | Liste 10 : ANIMAL |
|---|---|---|
| 1 | bracelet | animal de la ferme |
| 2 | canne | chien-chat |
| 3 | lunettes | oiseau |
| 4 | montre | poisson |
| 5 | bague | insecte |
| 6 | broche | animal sauvage |
| 7 | sac | reptile |
| 8 | collier | cheval-âne |

Exemple de fonctionnement du premier bi-carré latin pour les chapitres 1 et 2 :

Dans le premier bi-carré latin (tableau 3), la case correspondant au lieu où se déroule le premier chapitre (case 1 du tableau 1, case 2 du tableau 2) contient le couple 7/3.

Le premier BCL agençant les listes 1 et 2, on prend donc l'élément 7 de la liste 1, à savoir « Manque chiffre » et l'élément 3 de la liste 2, à savoir « velours ». Ce qui signifie qu'un chiffre sera manquant et que le mot velours sera présent dans le premier chapitre.

Pour le deuxième chapitre (case 2 du tableau 1, case 12 du tableau 2), on trouve dans le BCL1 (tableau 3) le couple 6/5. On prend donc l'élément 6 de la liste 1 du BCL1, à savoir « Manque meuble » et l'élément 5 de la liste 2, à savoir « Nylon ».

Et ainsi de suite, pour arriver au tableau suivant qui indique les mots qui devront se trouver dans chaque chapitre selon la contrainte des bi-carrés latins d'ordre 8 :

## Tableau résultant

| | BCL1 | BCL2 | BCL3 | BCL4 | BCL5 |
|---|---|---|---|---|---|
| Chapitre 1 | Manque chiffre<br>Velours | Vert<br>Chemise | Soixante-dix-huit<br>Herbe | Fruit<br>Déambulateur | Collier<br>Poisson |
| Chapitre 2 | Manque meuble<br>Nylon | Vert<br>Chaussures | Soixante-dix-huit<br>Sapin | Fruit<br>Armoire | Collier<br>Reptile |
| Chapitre 3 | Manque aliment<br>Rayures | Jaune<br>Manteau | Trois<br>Bégonia | Boisson<br>Banc | Broche<br>Oiseau |
| Chapitre 4 | Manque couleur<br>Coton | Jaune<br>Gilet | Trois<br>Brindille | Boisson<br>Tapis | Broche<br>Insecte |
| Chapitre 5 | Manque tissu<br>Pois | Vert<br>Robe | Soixante-dix-huit<br>Rose | Fruit<br>Table | Collier<br>Animal<br>de la ferme |
| Chapitre 6 | Manque animal<br>Pois | Bleu<br>Chaussures | Quatre<br>Sapin | Alcool<br>Armoire | Lunettes<br>Reptile |
| Chapitre 7 | Manque accessoire<br>Carreaux | Blanc<br>Jupe | Sept<br>Muguet | Viande<br>Chaise | Bracelet<br>Chien-Chat |

| | | | | | |
|---|---|---|---|---|---|
| Chapitre 8 | Manque végétal<br>Laine | Blanc<br>Gilet | Sept<br>Brindille | Viande<br>Tapis | Bracelet<br>Insecte |
| Chapitre 9 | Manque accessoire<br>Laine | Jaune<br>Manteau | Trois<br>Bégonia | Boisson<br>Banc | Broche<br>Oiseau |
| Chapitre 10 | Manque meuble<br>Velours | Gris<br>Bas | Trente-six<br>Plante en pot | Légume<br>Fauteuil roulant | Canne<br>Animal sauvage |
| Chapitre 11 | Manque chiffre<br>Pois | Gris<br>Robe | Trente-six<br>Rose | Légume<br>Table | Canne<br>Animal<br>de la ferme |
| Chapitre 12 | Manque végétal<br>Coton | Orange<br>Gilet | Douze<br>Brindille | Laitage<br>Tapis | Montre<br>Insecte |
| Chapitre 13 | Manque accessoire<br>Coton | Noir<br>Manteau | Cent<br>Bégonia | Condiment<br>Banc | Sac<br>Oiseau |
| Chapitre 14 | Manque végétal<br>Rayures | Noir<br>Chaussons | Cent<br>Bouleau | Condiment<br>Lit | Sac<br>Cheval-Âne |
| Chapitre 15 | Manque chiffre<br>Soie | Rouge<br>Chemise | Mille<br>Herbe | Dessert<br>Déambulateur | Bague<br>Poisson |

| | | | | | |
|---|---|---|---|---|---|
| Chapitre 16 | Manque animal<br>Velours | Rouge<br>Bas | Mille<br>Plante en pot | Dessert<br>Fauteuil roulant | Bague<br>Animal sauvage |
| Chapitre 17 | Manque tissu<br>Nylon | Rouge<br>Robe | Mille<br>Rose | Dessert<br>Table | Bague<br>Animal<br>de la ferme |
| Chapitre 18 | Manque animal<br>Nylon | Gris<br>Chaussures | Trente-six<br>Sapin | Légume<br>Armoire | Canne<br>Reptile |
| Chapitre 19 | Manque aliment<br>Laine | Orange<br>Manteau | Douze<br>Bégonia | Laitage<br>Banc | Montre<br>Oiseau |
| Chapitre 20 | Manque couleur<br>Carreaux | Orange<br>Chaussons | Douze<br>Bouleau | Laitage<br>Lit | Montre<br>Cheval-Âne |
| Chapitre 21 | Manque aliment<br>Carreaux | Noir<br>Jupe | Cent<br>Muguet | Condiment<br>Chaise | Sac<br>Chien-Chat |
| Chapitre 22 | Manque couleur<br>Laine | Noir<br>Gilet | Cent<br>Brindille | Condiment<br>Tapis | Sac<br>Insecte |
| Chapitre 23 | Manque tissu<br>Soie | Bleu<br>Chemise | Quatre<br>Herbe | Alcool<br>Déambulateur | Lunettes<br>Poisson |

| | | | | | |
|---|---|---|---|---|---|
| Chapitre 24 | Manque couleur<br>Rayures | Blanc<br>Chaussons | Sept<br>Bouleau | Viande<br>Lit | Bracelet<br>Cheval-Âne |
| Chapitre 25 | Manque chiffre<br>Nylon | Bleu<br>Robe | Quatre<br>Rose | Alcool<br>Table | Lunettes<br>Animal de la ferme |
| Chapitre 26 | Manque meuble<br>Velours | Bleu<br>Bas | Quatre<br>Plante en pot | Alcool<br>Fauteuil roulant | Lunettes<br>Animal sauvage |
| Chapitre 27 | Manque aliment<br>Nylon | Orange<br>Bas | Douze<br>Plante en pot | Laitage<br>Fauteuil roulant | Montre<br>Animal sauvage |
| Chapitre 28 | Manque végétal<br>Carreaux | Jaune<br>Chaussons | Trois<br>Bouleau | Boisson<br>Lit | Broche<br>Cheval-Âne |
| Chapitre 29 | Manque chiffre<br>Coton | Gris<br>Chaussons | Trente-six<br>Bouleau | Légume<br>Lit | Canne<br>Cheval-Âne |
| Chapitre 30 | Manque animal<br>Soie | Vert<br>Bas | Soixante-dix-huit<br>Plante en pot | Fruit<br>Fauteuil roulant | Collier<br>Animal sauvage |
| Chapitre 31 | Manque accessoire<br>Pois | Noir<br>Bas | Cent<br>Plante en pot | Condiment<br>Fauteuil roulant | Sac<br>Animal sauvage |
| Chapitre 32 | Manque végétal<br>Soie | Noir<br>Robe | Cent<br>Rose | Condiment<br>Table | Sac<br>Animal de la ferme |

| | | | | | |
|---|---|---|---|---|---|
| Chapitre 33 | Manque aliment<br>Coton | Blanc<br>Manteau | Sept<br>Bégonia | Viande<br>Banc | Bracelet<br>Oiseau |
| Chapitre 34 | Manque végétal<br>Nylon | Blanc<br>Chemise | Sept<br>Herbe | Viande<br>Déambulateur | Bracelet<br>Poisson |
| Chapitre 35 | Manque accessoire<br>Velours | Blanc<br>Chaussures | Sept<br>Sapin | Viande<br>Armoire | Bracelet<br>Reptile |
| Chapitre 36 | Manque végétal<br>Velours | Jaune<br>Robe | Trois<br>Rose | Boisson<br>Table | Broche<br>Animal<br>de la ferme |
| Chapitre 37 | Manque chiffre<br>Carreaux | Vert<br>Gilet | Soixante-dix-huit<br>Brindille | Fruit<br>Tapis | Collier<br>Insecte |
| Chapitre 38 | Manque animal<br>Laine | Gris<br>Jupe | Trente-six<br>Muguet | Légume<br>Chaise | Canne<br>Chien-Chat |
| Chapitre 39 | Manque tissu<br>Carreaux | Gris<br>Gilet | Trente-six<br>Brindille | Légume<br>Tapis | Canne<br>Insecte |
| Chapitre 40 | Manque animal<br>Carreaux | Rouge<br>Manteau | Mille<br>Bégonia | Dessert<br>Banc | Bague<br>Oiseau |

| | | | | | |
|---|---|---|---|---|---|
| Chapitre 41 | Manque tissu<br>Laine | Rouge<br>Chaussons | Mille<br>Bouleau | Dessert<br>Lit | Bague<br>Cheval-Âne |
| Chapitre 42 | Manque couleur<br>Nylon | Noir<br>Chemise | Cent<br>Herbe | Condiment<br>Déambulateur | Sac<br>Poisson |
| Chapitre 43 | Manque aliment<br>Velours | Noir<br>Chaussures | Cent<br>Sapin | Condiment<br>Armoire | Sac<br>Reptile |
| Chapitre 44 | Manque couleur<br>Velours | Orange<br>Robe | Douze<br>Rose | Laitage<br>Table | Montre<br>Animal<br>de la ferme |
| Chapitre 45 | Manque accessoire<br>Nylon | Jaune<br>Bas | Trois<br>Plante en pot | Boisson<br>Fauteuil roulant | Broche<br>Animal sauvage |
| Chapitre 46 | Manque animal<br>Rayures | Vert<br>Manteau | Soixante-dix-huit<br>Bégonia | Fruit<br>Banc | Collier<br>Oiseau |
| Chapitre 47 | Manque tissu<br>Coton | Vert<br>Chaussons | Soixante-dix-huit<br>Bouleau | Fruit<br>Lit | Collier<br>Cheval-Âne |
| Chapitre 48 | Manque animal<br>Coton | Bleu<br>Jupe | Quatre<br>Muguet | Alcool<br>Chaise | Lunettes<br>Chien-Chat |

| | | | | | |
|---|---|---|---|---|---|
| Chapitre 49 | Manque accessoire<br>Rayures | Orange<br>Jupe | Douze<br>Muguet | Laitage<br>Chaise | Montre<br>Chien-Chat |
| Chapitre 50 | Manque couleur<br>Pois | Jaune<br>Chemise | Trois<br>Herbe | Boisson<br>Déambulateur | Broche<br>Poisson |
| Chapitre 51 | Manque tissu<br>Velours | Gris<br>Chemise | Trente-six<br>Herbe | Légume<br>Déambulateur | Canne<br>Poisson |
| Chapitre 52 | Manque meuble<br>Laine | Vert<br>Jupe | Soixante-dix-huit<br>Muguet | Fruit<br>Chaise | Collier<br>Chien-Chat |
| Chapitre 53 | Manque chiffre<br>Laine | Bleu<br>Chaussons | Quatre<br>Bouleau | Alcool<br>Lit | Lunettes<br>Cheval-Âne |
| Chapitre 54 | Manque meuble<br>Carreaux | Bleu<br>Manteau | Quatre<br>Bégonia | Alcool<br>Banc | Lunettes<br>Oiseau |
| Chapitre 55 | Manque aliment<br>Pois | Blanc<br>Bas | Sept<br>Plante en pot | Viande<br>Fauteuil roulant | Bracelet<br>Animal sauvage |
| Chapitre 56 | Manque couleur<br>Soie | Blanc<br>Robe | Sept<br>Rose | Viande<br>Table | Bracelet<br>Animal de la ferme |
| Chapitre 57 | Manque aliment<br>Soie | Jaune<br>Chaussures | Trois<br>Sapin | Boisson<br>Armoire | Broche<br>Reptile |

| | | | | | |
|---|---|---|---|---|---|
| Chapitre 58 | Manque meuble<br>Pois | Rouge<br>Chaussures | Mille<br>Sapin | Dessert<br>Armoire | Bague<br>Reptile |
| Chapitre 59 | Manque tissu<br>Rayures | Bleu<br>Gilet | Quatre<br>Brindille | Alcool<br>Tapis | Lunettes<br>Insecte |
| Chapitre 60 | Manque meuble<br>Coton | Rouge<br>Jupe | Mille<br>Muguet | Dessert<br>Chaise | Bague<br>Chien-Chat |
| Chapitre 61 | Manque chiffre<br>Rayures | Rouge<br>Gilet | Mille<br>Brindille | Dessert<br>Tapis | Bague<br>Insecte |
| Chapitre 62 | Manque meuble<br>Rayures | Gris<br>Manteau | Trente-six<br>Bégonia | Légume<br>Banc | Canne<br>Oiseau |
| Chapitre 63 | Manque accessoire<br>Soie | Orange<br>Chaussures | Douze<br>Sapin | Laitage<br>Armoire | Montre<br>Reptile |
| Chapitre 64 | Manque végétal<br>Pois | Orange<br>Chemise | Douze<br>Herbe | Laitage<br>Déambulateur | Montre<br>Poisson |

## Remerciements

Lydie Albert-Bordelai, Claudette Bouaziz, Anne-Marie Caccinolo, Madame Chapelle, Madame Charles, docteur Philippe Depoulain, Hélène Dunod, Agnès Franiatte, André Franier, docteur Kébouchi, Claudine Lassen, Madame Léon, Maman, Madame Mardesson, Alberte Martinon, Madame Mayard, Emmanuel de Peretti de la Rocca, Dominique Suma.

## Gratitudes

À Madeleine Regnier, mon petit ange de mémé.

À Gérard, mon très cher beau-père, pour tout ce livre et tout le reste.

À Xavier, sans qui ce livre n'aurait jamais pu exister.

Pour l'éditeur, le principe est d'utiliser des papiers composés de fibres naturelles, renouvelables, recyclables et fabriquées à partir de bois issus de forêts qui adoptent un système d'aménagement durable.
En outre, l'éditeur attend de ses fournisseurs de papier qu'ils s'inscrivent dans une démarche de certification environnementale reconnue.

*Ce volume a été composé*
*par Nord Compo à Villeneuve-d'Ascq*
*et achevé d'imprimer en février 2008*
*sur presse Cameron*
*dans les ateliers de* **Bussière**
*à Saint-Amand-Montrond (Cher)*
*pour le compte des Éditions Stock*
*31, rue de Fleurus, 75006 Paris*



*Imprimé en France*
Dépôt légal : février 2008
N° d'édition : 02 – N° d'impression : 080470/4
54-51-6124/9